L!NK

Titolo originale: *Coming Up for Air*
Testo: © Lou Abercrombie, 2022
Illustrazioni: © Anna Kuptsova, 2022


Pubblicato per la prima volta nel 2022 in Gran Bretagna da
Stripes Publishing Limited, un marchio di Little Tiger Group,
1 Coda Studios, 189 Munster Road, London SW6 6AW

Traduzione: Roberto Serrai
Realizzazione editoriale: Netphilo Publishing, Milano

www.giunti.it


Via Bolognese 165 – 50139 Firenze – Italia
Via G. B. Pirelli 30 – 20124 Milano – Italia
Prima edizione: luglio 2023

LOU ABERCROMBIE

# Air

## Una boccata d'aria

GIUNTI

*A Julia, la mia sorella gemella, con amore.*

# Parte prima

## APNEA

**APNEA** [a-pnè-a] *s.f.*

**Sostantivo**
Termine scientifico che indica l'atto di trattenere il fiato.
Letteralmente «senza respiro».

**Patologia**
Sospensione della respirazione così come avviene nei mammiferi marini.

# Un bel respiro

Immaginate questo: una ragazza distesa sott'acqua, rilassata, i capelli chiari che fluttuano indisturbati mentre l'ultimo respiro le pulsa nelle vene. Contempla serena la sua vita e si gode la quiete e il senso di pace che la invadono. Gli istanti diventano minuti, eppure non torna su a riprendere fiato. Forse è un pesce? Magari una sirena? Qualunque cosa sia, sembra che sott'acqua si senta a casa.

Ora stacchiamo e passiamo a un'inquadratura della sottoscritta che si arrabatta goffa mentre cerca di restare immobile sotto i cinque centimetri d'acqua che è riuscita a tirare giù, prima che diventi fredda. Non è proprio l'immagine patinata che avevo in mente: nella vasca da bagno, con indosso solo gli occhialini, non sono esattamente al mio meglio.

Trattenere il fiato sott'acqua mentre ricordo gli avvenimenti della giornata, come una regista che si fa proiettare il girato del giorno, è la cosa che preferisco fare in assoluto. Con il campo visivo ristretto a ciò che mi sta proprio davanti e solo un monologo interiore come voce narrante, mi sembra di guardare la vita attraverso un obiettivo. Mi dà una prospettiva diversa e così posso concentrarmi su ciò che è davvero importante. È buffo quanto riesca a rilassarmi così.

Io mi immagino sempre dentro a un film. In un montaggio serrato si avvicendano: un gruppo di migliori amici che ridacchiano davanti a un hamburger; la protagonista, cioè io, che corre da sola in un parco cittadino; la protagonista, sempre io, che guarda pensosa fuori dalla finestra, una musica toccante come colonna sonora. Non sarebbe fantastico se la nostra vita avesse davvero una colonna sonora? Di sicuro, se sentiste una sinistra melodia di violini indovinereste cosa sta per succedere…

*Ottantadue pecorelle, ottantatré pecorelle…*

Conto così, nella mia testa, mentre penso a come girerò il sequel di quella che è stata la mia vita a Londra.

Mia madre Min – follemente creativa, ambasciatrice del caos, anima di ogni festa e adolescente perenne – ha perso il lavoro in una grande casa di postproduzione a Soho e ora ci deporta nella cittadina dov'è nata, a trecento miglia da tutto ciò a cui sono affezionata e che amo. Non sono mai stata da quelle parti – ecco, qui partono i violini – ed è là che è morto mio padre, prima che nascessi. Min dice che è un immondezzaio ai confini della realtà e che aveva fatto voto di non tornarci mai più, ma lei è piuttosto incline a eccessi di melodramma quindi, qualunque cosa dica, è meglio non fidarsi. A proposito: dovrei cercare quel posto su Internet. Se voglio mettermi a girare documentari è importante avere più di un punto di vista.

Il fatto è che io adoro il posto dove viviamo. Sarà pure un minuscolo bilocale, ma è a Wardour Street, proprio nel cuore di tutto. Per dire: come eravamo riuscite a trovarlo solo grazie alla sua parlantina è da sempre l'aneddoto preferito di Min. L'avevano assunta come *runner*, ma lei aveva fatto amicizia con un regista emergente, Bob, che a tempo perso ristrutturava immobili. Non so come l'avesse convinto ad affittarcene uno, ma da allora sono rimasti amici e quindici anni dopo eccoci qui…

*Centotrentuno pecorelle, centotrentadue pecorelle.*

Quando mi ha detto che il capo l'aveva licenziata, ho subito pensato che fosse colpa mia. A Robin non era mai piaciuto che gironzolassi per le sale montaggio e il mese scorso, dopo che avevo chiesto l'autografo a un ospite famoso, ero stata bandita. Niente di strano, credo, visto che licenziano la gente per molto meno e io sono una quindicenne rompiballe che sta sempre dove non dovrebbe. Ma l'ospite era la conduttrice di un programma per cui sono in fissa: *Big Mother*, un reality dove certi mocciosi convinti di avere la madre migliore di tutte la fanno invitare a una gara dove le concorrenti cucinano, fanno jogging e, tanto per non farsi mancare niente, c'è pure uno sport estremo da fare all'aperto.

*Centocinquantadue pecorelle, centocinquantatré pecorelle.*

Era da un po' che sentivo il cambiamento in arrivo. Min è una stacanovista ma sono secoli che dice che la postproduzione è un lavoro da giovani. Non ero preparata a un intervento così radicale sulle nostre vite. Qua ho degli amici, un lavoretto il sabato, per non parlare della scuola; ma, se Bob vende l'appartamento per trovare i fondi per il film che vuole girare e Min non ha messo un penny da parte, non abbiamo scelta.

*Centosettantacinque pecorelle...*

Ormai sono sotto da quasi tre minuti e tutti gli organi mi si contraggono e chiedono a gran voce una boccata d'aria. Ma io resisto e prima di tornare su arrivo a tre minuti e mezzo, boccheggiando.

«Sì!» grido, dando un bel pugno in segno di trionfo, senza pensare allo scroscio d'acqua che esce dalla vasca.

«Sei ancora lì?» domanda Min, facendosi strada fino alla tazza, dove si appollaia con le mutandine alle caviglie – lei deve avere sempre un pubblico, quale che sia – mentre l'orlo del suo abito vintage si imbeve come una spugna dell'acqua che ho versato.

«Record personale» ansimo, mentre ancora riprendo fiato.

Lei si rabbuia. «Spero che tu non abbia finito l'acqua calda.»

Raggiunge il lavandino in punta di piedi e là inizia i lunghi e laboriosi preparativi per un'uscita serale. Mi è sempre piaciuto tanto sdraiarmi nella vasca a guardarla. Un'impeccabile acconciatura ad alveare, una bella passata di eyeliner fino alla punta delle sopracciglia modellate alla perfezione, fondotinta chiaro, un'ombra scura sugli occhi e labbra appena accennate. Sta bene. E alla fine di una serata non si cura per niente la pelle: solo acqua e sapone. Come faccia a non riempirsi di punti neri non lo so.

«Avanti» dice, incitandomi a uscire dalla vasca. «È la nostra ultima sera in città. Rendiamola indimenticabile.»

# Piscary Bay

Cittadina inglese

**Descrizione**

**Piscary Bay** è una vivace cittadina di pescatori situata sulla costa sudoccidentale dell'Inghilterra. È nota per i pittoreschi panorami da cartolina, con le case colorate adagiate sul fianco delle colline, intorno a una baia color acquamarina che nelle giuste condizioni si illumina grazie alla bioluminescenza. È una destinazione turistica sempre più frequentata e anche un luogo dove la gente di città può trasferirsi alla ricerca di una vita più tranquilla. E chi potrebbe fargliene una colpa? I prezzi delle case sono abbordabili, il mare è perfetto per il surf e si possono fare gite di un giorno lungo la costa per ammirare un gran numero di animali nel loro habitat, come foche, delfini e pulcinella di mare. Gli unici pericoli sono le forti correnti della risacca e, ovviamente, gli abitanti del posto…

Meteo: 22° C, vento da nordest a 14 km/h, tasso di umidità 61%
Popolazione: 20.342 (dati del censimento 2011)
Ora locale: 18.04, domenica 23 giugno.

# Una serata indimenticabile

Quella sera facciamo il giro dei nostri posti preferiti. Questo significa Min che mi aspetta, con pazienza, mentre giro dei brevi filmati per non dimenticarne neanche uno. Credo sia il suo modo di ringraziarmi per non averle imposto una crisi adolescenziale. Non che mi capiti di averne, peraltro. L'esperta di queste cose è lei.

A Londra ci sono tanti bei posti dove i turisti non arrivano. Cimiteri gotici dove puoi sederti sotto lo sguardo di gargoyle inquietanti. Stradine laterali che portano a giardini che scoppiano di fiori e fauna selvatica. È in posti del genere che io e Min abbiamo accumulato una vita di ricordi.

«E quella volta che ci siamo trascinate fino ai giardinetti di Regent's Park e io sono immediatamente caduta dall'albero dove mi avevi detto di non arrampicarmi? E allora sei dovuta tornare a casa di corsa, con me in braccio che strillavo e ti sanguinavo sulla spalla?»

«La macchia non è mai andata via» dice Min, e ride. «Ed era pure il mio cappotto preferito.»

Le stringo la mano. «Scusa.»

Scuote la testa. «Non essere sciocca. Avevi solo quattro anni, *tesoooro.*» Lo dice allungando la O come una stella del cinema degli anni d'oro di Hollywood. Siamo entrambe appassionate dei vecchi film in bianco e nero e da quando ho memoria ogni domenica pomeriggio ne guardiamo uno insieme.

«E quando sono scappata e mi sono nascosta qui?» le chiedo quando arriviamo ai Phoenix Garden, dove c'è la nostra panchina preferita.

«Ecco dov'eri finita» dice Min, e spalanca la bocca fingendosi terrorizzata, solo per assecondarmi, perché questa scena l'abbiamo interpretata chissà quante volte. «Quando tornasti a casa ero su tutte le furie. Era buio e...»

«... Dovevi andare a cena con un cliente» finisco. «Sì, me lo ricordo.»

Min mi agguanta la mano e mi scruta il volto con urgenza. L'ho già detto che è melodrammatica, vero? «Non era per quello» ansima. «Ero preoccupata per te.»

Così continuiamo a ricordare. Cerchiamo entrambe di non parlare di cosa viene dopo, delle domande difficili che seguitano a riempirmi la testa, senza che io le abbia invitate. Per esempio: che cosa farò in un villaggio di pescatori dove non conosco anima viva e dopo aver perso tutti gli amici che ho fatto tanta fatica a trovare? Queste preoccupazioni le metto da parte, però: devo inventarmi un lato positivo.

«Se andiamo a vivere al mare, magari possiamo prenderci un cane» azzardo, perché Min è sempre stata contraria all'idea. Non vuole assumersi altre responsabilità...

«Tesoooro!» strilla, piegata in due dalle risate. «Mi fai morire!»

«Non stavo mica scherzando.»

«Nemmeno io» ribatte. «Ora, lo vuoi mettere giù quel telefono? Non si può mangiare e filmare contemporaneamente, lo sai.»

*Sguardo in camera. Parla per te...*

Dopo aver cenato al nostro chiosco di street food taiwanese preferito e fatto un salto al Nellie Dean perché Min voleva salutare il padrone del pub, torniamo a casa con la sconfortante prospettiva di mettere in valigia le ultime cose. Troviamo Bob che ci aspetta in strada, appoggiato al portone, vestito come una buona metà dell'industria televisiva in giacca, camicia, jeans e scarpe da ginnastica.

«Hai un bel coraggio» sputa fuori Min, avvelenata.

«Sono venuto a salutarvi. Stellina...» dice, con tono affettuoso, e la sua voce rauca si impasta nel soprannome che mi ha dato. «Mi mancherai.»

Min gli passa accanto stizzita, ficcando con rabbia la chiave nella toppa. «Pensa a *lei*, perché no? Se non te ne fossi accorto, ci stai lasciando *entrambe* in mezzo a una strada.»

Bob sospira. «Mi dispiace. Sai quanto è difficile mettere piede nel cinema. Non voglio fare intrattenimento per tutta la vita.» Si volta verso di me e tira fuori qualcosa da dietro la schiena. «Mi inviti a entrare o no? Ho portato il tuo milkshake preferito...»

Spalanco gli occhi. «Burro di arachidi e doppia panna montata? Oddio, Bob, ti adoro!» strillo, e lo abbraccio forte.

«Lui non entra» borbotta Min, ingrugnita.

«E invece sì» rido. «Ignorala. Non sarebbe la nostra ultima sera senza di te.»

«È tutto a posto» dice, allegro. «Ho portato qualcosa anche per lei.» E, nell'altra mano, ha una bottiglia di vino.

# Cambio di scena

Non so a che ora va via Bob, né a che ora se ne va a letto Min, quello che so è che farla svegliare in tempo per l'autobus delle 11.00 da Victoria Station diventa un'impresa. Facciamo una corsa folle verso la stazione della metro di Oxford Circus, un incubo ancora peggiore per via del giradischi che Min ha voluto prendere per forza e delle quattro valigie stracolme delle nostre cose. Abbiamo un sacco di vestiti, noi.

«Forza» mugolo. «Non possiamo perdere l'autobus.»

Min alza gli occhi al cielo e sbuffa come un'adolescente ribelle. «Faccio del mio meglio, va bene?»

«Lo so» sibilo.

*Stacco. Tragitto in metro.* Io e Min bisticciamo, mentre faccio di tutto per mantenere la calma e trattengo il fiato. Quando arriviamo alla stazione degli autobus, però, sono pronta a sfogare tutta una gamma di emozioni che vanno dall'urlare a pieni polmoni al versare un fiume di lacrime. Quando l'autobus lascia la stazione e la vita londinese che adoro diventa solo una macchia confusa, ad avere la meglio sono le lacrime...

«Quanto manca?» borbotta Min, frugando nella borsa di pelle vintage alla ricerca degli occhiali da sole, due tesori scovati dal robivecchi come solo lei sa fare.

«Dieci ore» rispondo, e guardo incupita la mia adorata Londra che ci sfreccia accanto. «Avevo fatto dei panini, ti sei ricordata di prenderli?»

Scuote la testa. «Scusa, li ho dimenticati.»

«Ma li avevo fatti apposta per il viaggio» mugugno. «Non è ancora giorno di paga.»

«Sì, grazie, questo lo so bene. Per me comunque non servivano. Al momento non mangio né grano né latticini.»

*Sguardo in camera. Sarà un lungo viaggio.*

Se la mia vita fosse un film, la prossima scena ci vedrebbe arrivare alla stazione fresche e riposate, accolte da un estatico zio Henry – il fratello di Min – o sarebbe un montaggio di noi che chiacchieriamo e ridiamo, mentre la campagna ci sfreccia intorno, con una chitarra pizzicata come colonna sonora. La realtà è ben più noiosa e, dopo un'ora passata a guardare entrambe dal finestrino, non sopporto più quel silenzio e quel malumore e le propongo una partita a «Io vedo... io vedo...»

«Quanti anni hai, otto?» mi sfotte.

«Era solo una proposta» rispondo permalosa. «Allora alla cosa preferita. Qual era il nostro...?»

«Ho la madre di tutti i dopo sbronza. Che ne dici di un po' di silenzio, così posso schiacciare un pisolino?»

Senza aggiungere altro chiudo la bocca, torno a guardare dal finestrino e infilo le cuffie, così almeno posso dare una colonna sonora alla mia noia.

Quando arriviamo è ormai tardi, lo stomaco mi brontola di brutto e con Min ho quasi esaurito la pazienza. Dio solo sa come deve stare lei, perché ha rifiutato l'offerta di condividere il mio pranzo e ha speso ciò che restava dei nostri soldi in gomme da masticare.

Piscary Bay è minuscola. Da una parte la via principale, dall'altra la spiaggia e il mare; riesco a vedere da un'estremità all'altra della baia senza muovere la testa, letteralmente. Okay, forse così è un tantino esagerato, me è comunque un bel cambio di scena rispetto a Londra.

«C'è il mare» dico a bocca aperta non appena riesco a vederlo, con il sole che rompe la barriera delle nuvole e proietta sull'acqua fasci di luce dorata che sembrano un dono del Cielo. «È stupendo» mormoro.

Min, con ancora indosso gli occhiali da sole, alza le spalle. «È il mare. Aiutami con le valigie, ti va?»

«Dov'è lo zio Henry?» domando, e mi guardo intorno nella stazione dell'autobus deserta, sul lungomare altrettanto deserto, a parte qualche surfista e la gente che porta a spasso il cane.

Alza di nuovo le spalle, apatica. «E chi lo sa?»

«Quanto è lontana la casa?»

Indica a sinistra della baia, dove il sole tramonta dietro a file e file di case dai colori vivaci, strette al fianco della collina. Sopra si distingue il profilo di una specie di villa, in una splendida posizione sulla scogliera a strapiombo sul mare.

«È quella?» dico, sbalordita. «Wow! Non mi avevi detto che eri cresciuta in un castello.»

Min sbuffa. «Aspetta e vedrai.»

«Mi sa che allora sarà meglio andare» rispondo, allegra. «Speriamo che lo zio Henry abbia preparato una bella cenetta.» E parto di buona lena, trascinandomi dietro le due grosse valigie, con il giradischi sottobraccio che mi tortura i fianchi.

«Forza, Min» grido un po' più tardi. È lenta come una lumaca, grazie al suo tacco dodici.

«Faccio del mio meglio» borbotta. «Accidenti a queste valigie.»

*Sguardo in camera. Certo, il problema sono le valigie.*

«Dovevamo lasciare tutto a Londra.» Anche se lei porta quelle di gran lunga più leggere, sembra oberata dal peso.

«Vieni, dammi questa» dico, e le tolgo di mano la valigia più piccola.

«Grazie, tesoro» mormora lei, e parte al piccolo trotto, a quanto pare ignara del peso che adesso mi sto scammellando io, e in salita. Una degna metafora della mia vita!

Ma è come se il panorama non mi permettesse il malumore, mentre il tramonto continua a fare il suo mestiere. Sfumature rosa, arancioni e gialle si mescolano come acquerelli e trasformano il cielo in una lucentezza di oro e rosa.

E io non riesco a staccare gli occhi dal mare. Da come somiglia a una pezza di seta azzurra con riflessi d'argento, increspata dalla brezza. È così invitante, soprattutto dopo dieci ore di autobus. Potrei tuffarmi e lasciarmi avvolgere da quell'acqua fresca. Per questo, però, dovrò aspettare domani e all'idea sento quasi la tensione scivolarmi dalle spalle. Per la prima volta, da quando Min mi ha detto che venivamo qui, mi sento davvero entusiasta per ciò che potrebbe riservarmi l'estate.

# All'improvviso

Da vicino la casa, rivestita di assicelle bianche, è ancora più triste. È circondata da un sottile muro di pietra che segue il sentiero della scogliera e sul davanti ha un giardino incolto, dove l'ortica e le erbacce arrivano alle ginocchia; nel mezzo si distingue a fatica un vialetto di pietra, che porta a una tetra veranda – che gira tutto intorno alla casa – e a un enorme portone con un cartello: THE CLIFF HOUSE. Pare abbandonata da anni.

«C'è qualcuno?» domando, incerta, sbirciando nel buio da una finestra con i vetri crepati.

«Voglio ben sperarlo, accidenti» borbotta Min, e si attacca al campanello.

Niente. «Dev'essere guasto» dico io, e controllo il telefono. Mi è rimasta abbastanza batteria per filmare la prima volta in assoluto che vedrò lo zio Henry.

Min bussa forte, con il pugno chiuso, e quando ancora nessuno viene ad aprire si alza in punta di piedi e grida nella buca delle lettere: «Henry! Smettila di parlare con quei maledetti pesci!». Alla fine, dopo un'altra sequenza di colpi e improperi, da qualche parte all'interno sfarfalla una luce e sentiamo dei passi che si trascinano lenti verso la porta.

«Chi è?» dice una voce burbera. «Minnie, che diavolo ci fai qui?» E all'improvviso, con un sobbalzo, vedo un paio di occhi semichiusi che sbattono le palpebre dall'altra parte della buca.

«Non mi chiamare così» protesta Min, come una bambina stizzosa. «Avanti, apri.»

Dopo un altro discreto ritardo la porta si apre, scricchiolando lentamente, e mostra un uomo esile e magro che somiglia a Min più di me, con i capelli castano scuro e la pelle chiara, e che sarebbe alto se non stesse curvo come un fiore appassito. La sua notevole mancanza di senso della moda lo caratterizza come l'antitesi della sorella.

*Sguardo in camera. Signore e signori, mio zio!*

«Lei è Coco» dice Min, spingendomi avanti. «Tua nipote.»

«Ah sì» fa lui, alzando un sopracciglio. «Come la tua stilista preferita.»

«Non è vero!» strilla Min. Esagerando un po', se volete sapere come la penso. Cioè, per essere vero è vero...

Lo zio Henry sbuffa, ma sembra divertito da quella reazione.

«Ciao, zio Henry» dico.

«Levami quel telefono dalla faccia» borbotta.

«Scusa. Volevo solo documentare l'evento.»

Mi fissa. «E perché?»

«Perché è la prima volta che ti vedo.»

«Non è vero» ribatte. «Sono venuto all'ospedale quando sei nata.» Tace per qualche istante, e poi: «Sai che i piccoli di squalo possono nascere in tre modi diversi? E in certe specie devono sopravvivere alla gestazione senza che i fratelli se li mangino».

*Sguardo in camera. Be'...*

«Già, ma certo, professor Pesce» ridacchia Min.

«Entriamo, che dici?» gli domando. «Il viaggio è stato lungo e moriamo di fame.»

Lo zio Henry alza le spalle, con indifferenza, gira sui tacchi e si trascina per il corridoio buio fino a una stanza illuminata dove affonda, esausto, in una poltrona consunta. Lo so perché lo seguo. Min, invece, resta sulla soglia, testarda, come se non volesse entrare.

Buffo: nella mia testa mi ero immaginato lo zio che veniva ad aprirci, io che gridavo «Zio Henry!» e lui che ci accoglieva a braccia aperte. Mentre resto lì, imbarazzata, a domandarmi quando ci farà fare il giro della casa o servirà la cena, all'improvviso capisco: Min non lo aveva informato del nostro arrivo.

# Lo zio Henry

«Non ti puoi presentare così, dopo quindici anni, senza neanche una telefonata, una lettera o almeno un'email!»

*E... fermo immagine!*

È il volto esterrefatto dello zio Henry. La fronte furiosa scava una linea frastagliata tra gli occhi spalancati e increduli e le labbra, seminascoste da una barba scura e parecchio incolta e picchiettata di bianco, si contraggono in un ringhio. Da quanto ho capito, in un'ora che siamo qui, vive come un eremita in questa casa enorme e piena di spifferi. E il nostro arrivo non ha fatto che peggiorare la situazione.

«Be'?» chiede con rabbia. «Non avete niente da dire?»

«Zio Henry, Min ha fame» spiego, guardando nervosa ora l'uno ora l'altra. «Non ha mangiato niente tutto il giorno. Neanche un morso del siluro che ho comprato da Subway alla stazione di servizio. Non mangia grano.»

«Non mangia grano? Siluro? Ma come parli?»

Rido, sperando di alleggerire la tensione. Aspetta e spera.

«Il siluro è un tipo di panino. Il mio preferito è tonno e formaggio fuso, cetriolini e senap...»

Mi fulmina con gli occhi e taccio.

«Minnie, che ci fate qui? Avresti potuto avvisarmi.»

«Così non saresti nemmeno venuto ad aprire?» dice, con tono di scherno. «No grazie.» Torna a fissarlo in silenzio e io posso guardarla con gli occhi sbarrati quanto mi pare, ma lei non tira fuori una parola di spiegazioni. Sinceramente, così non ci aiuta.

«Minnie» abbaia lo zio Henry.

«Min! Mi chiamo Min» ringhia lei, digrignando i denti.

A quanto pare tocca a me spiegare tutto. Lui la prende notevolmente con filosofia, come se l'aspettasse da sempre, finché concludo, seppur con i piedi di piombo: «E allora... siamo venute a stare da te».

«È uno scherzo» farfuglia, sempre più arrabbiato.

Sono allibita. Cioè, lo so che siamo arrivate all'improvviso, ma siamo parenti e non ne ha altri oltre a noi due, per quanto ne so. Di sicuro dovrebbe essere più contento di vederci.

«Questa è anche casa mia. O quel che ne resta» borbotta Min, guardando quella cucina così male in arnese, dove ciotole, tazze e piatti sono sparsi un po' ovunque.

«Coco, rimedia qualcosa da mangiare, ti va? Se non mangio qualcosa credo che potrei svenire.»

«Sta' indietro» sibila lo zio Henry, appena muovo un passo verso il suo decrepito frigorifero. «Là dentro ci sono dei lombrichi e l'ultima cosa che voglio è che me li rovini. Comunque, non c'è niente da mangiare.»

«Possiamo andare da qualche parte?» domando, speranzosa.

«Non a quest'ora, no» dice lui. «È tardi. Stavo per andare a letto.» Poi, con un sospiro, aggiunge: «Seguitemi» ed esce di malavoglia. «Attente al gradino» borbotta. «Traballa. Anche quello... e quello... e pure quell'altro...» e va avanti così finché, in pratica, devo fare due rampe di scale saltellando. Non è cosa da poco se ti porti dietro *due* valigie e nessuno si offre di aiutarti. Non che lo zio Henry sembri così forte. Pare piuttosto un vecchio che gira per casa in ciabatte con indosso una vestaglia lisa. Mi domando quanti anni abbia. È buffo; Min ne ha sempre parlato come se avessero quasi la stessa età e lei ha compiuto da poco trent'anni…

«Lì dentro» dice lo zio Henry, accennando brevemente a una porta malandata. «E il bagno è laggiù. Buonanotte.»

«Zio Henry» lo chiamo. «Qual è la password per il Wi-Fi?»

Lui sbuffa. «Lascia perdere.» E strascicando i piedi raggiunge la stanza in fondo al corridoio, lasciandomi sola a fare come se fossi a casa mia, come in effetti è. Nella stanza per gli ospiti ci sono solo un letto matrimoniale sfatto, tende sfrangiate e un pavimento di legno dal quale sembra infiltrarsi uno spiffero esageratamente freddo per essere estate.

Metto giù le valige e mi sento come se un tornado avesse travolto la mia vita, rendendola irriconoscibile. Troppo stanca per pensare a ciò che mi aspetta, mi rannicchio sul letto tirandomi sopra il piumino che sa di muffa e scivolo in un sonno esausto.

*Dissolvenza al nero…*

# Alla ricerca di Nemo

Ieri notte ho immaginato di essere un personaggio delle *Cronache di Narnia*. Lucy, ovviamente. Lo zio era il professore e questo immagino faccia di Min la Strega Bianca. A ogni modo, mi sono chiesta se ci fossero delle stanze meravigliose da esplorare. Magari un armadio. Preferibilmente con un portale magico che mi spedisca in una terra lontana o, meglio ancora, di nuovo a Londra. Tuttavia, quando scosto le tende, non mi si rivela la meravigliosa Narnia d'inverno, ma uno scenario estivo che mi lascia a bocca aperta per la gioia.

Dalla cima della scogliera, alla luce dell'alba, la cittadina si vede appena, riflessa negli specchi d'acqua in cui è racchiusa mentre si allunga verso l'alto, lungo la costa. Più avanti, le barche ondeggiano sull'acqua del porto, dove distinguo a malapena i più mattinieri che iniziano la giornata. All'orizzonte, una striscia arancione intenso si scontra con il mare satinato d'argento e increspato, puntellato dalla schiuma bianca delle onde che si infrangono, mentre la luce del sole del primo mattino colpisce la marea in arrivo. Wow. Che spettacolo, e pure di più!

Sono quasi tentata di andare a nuotare, ma il colpo di vento fresco e salmastro che mi aggredisce i sensi quando apro la finestra mi suggerisce di aspettare che la giornata si scaldi un po'. Così, invece, rivolgo l'attenzione – e il telefono – alla casa.

*Motore... azione!*

*Dissolvenza in apertura. Esterno giorno. La casa risplende graziosa nel rosa di cui la tinge il gigantesco faro del sole nascente.*

Contemplo quello scenario con il vento in faccia, godendomi la pace e il silenzio, a parte il ruggito delle onde che si infrangono alla base della scogliera. Se allargo il campo, però, nell'inquadratura entra anche la cupa realtà della casa. La sua tetraggine, le sue condizioni così malandate, piena com'è di crepe e buchi che non dovrebbero esserci: le assicelle del rivestimento staccate e penzoloni, le finestre rotte e il legno marcito. Sembra un posto senz'anima.

*Stacco. Interno giorno.*

Infiniti corridoi di stanze fredde e malridotte, ingombre di mobili vecchi e polverosi, finestre sporche, carta da parati che si scolla e vernice che si stacca a scaglie.

Al primo piano, supero una porta bianca scrostata con gigantesche lettere rosse che dicono FUORI DAI PIEDI O CON MIN TE LA VEDI, accanto a un poster mezzo strappato di Amy Winehouse e un adesivo dei *Re delle onde*. Vinta dalla curiosità entro in punta di piedi e trovo Min che se la dorme in un angolo, rannicchiata in posizione fetale, circondata dalla sua vita da adolescente. Pareti decorate con manifesti di artisti pop che riconosco appena e ghirlande di luci fulminate da tempo. È come vedere un'istantanea della sua vita prima che nascessi.

Più avanti, lungo il corridoio, trovo altre camere intasate di sacchi dell'immondizia e scatoloni, e un bagno ammuffito, con la tenda della doccia che penzola dal binario e un rubinetto gocciolante che ha macchiato di verde la ceramica bianca del lavandino. Apro la porta della camera di mio zio, giusto uno spiraglio, perché sono curiosa. Non vedo granché, però. Le tende oscurano gran parte della luce, ma capisco lo stesso che c'è parecchia confusione. Abiti sparsi sul pavimento, libri e carte addossati in maniera precaria alle pareti. Un'altra cameretta da adolescente, se mai c'è stata un'adolescenza!

In cima alle scale, che salgono scricchiolando verso il centro della casa, spingo una pesante porta e resto a bocca aperta quando un improvviso afflusso di luce diurna mi colpisce dalle finestre enormi, su tre lati, che mi regalano una splendida vista panoramica del mare.

Il grande attico open space è organizzato come un laboratorio scientifico e, a giudicare dalla quantità di polvere e ragnatele, un laboratorio dimenticato dal tempo. Le lampadine penzolano nude dalle travi di legno del soffitto e dondolano nel vento. Qua e là sono incastrate mensole cariche di flaconi scuri e contenitori di vetro di varie forme e dimensioni, pieni di una gran quantità di polverine, liquidi colorati e di quelle che sembrano lische di pesce.

Al centro c'è un gigantesco bancone con un grande telaio in metallo con provette di ogni tipo, come se fosse appena stato interrotto un esperimento molto importante. Becchi di Bunsen, occhiali protettivi, pinze e becher sono sparsi ovunque.

A sinistra, sotto a una finestra che affaccia direttamente sul mare, c'è una scrivania di legno intagliata, coperta di altre pile di libri e scartoffie e, ciliegina sulla torta, un grosso computer antidiluviano. Sulla parete alle spalle, scarabocchiate con l'inchiostro nero, ci sono formule su formule. Alcune sono cancellate con rabbia, con tanto di parolacce scritte sotto. Riesco quasi a provare, come fosse mia, la frustrazione dello zio Henry per non essere riuscito a trovare la risposta giusta.

La mia attenzione viene attratta dall'estremità opposta

della stanza, dove noto un leggero sfarfallio, e all'improvviso prende vita una scena sottomarina. La vasca dei pesci è enorme. Piena di rocce dai colori vivaci e alghe che ondeggiano lente nell'acqua. E i pesci! Gialli e neri, viola e blu. C'è perfino una coppia di pesci a strisce bianche e arancioni, come Nemo. È il pesce palla, però, quello che viene a fissarmi. Gonfia le guance – si vede che è un maschio – e strabuzza gli occhi con l'aria triste, come a dire: *Non dovrei essere qui!*

*Sguardo in camera. So come ci si sente...*

«Che cosa pensi di fare?»

Mi volto di scatto e vedo lo zio Henry che mi fulmina con lo sguardo velato. Alla luce del sole sembra più giovane. La barba è castano scuro con giusto una spruzzata di bianco e ha una gran testa di capelli castani, ricci e ribelli, e solo qualche ruga.

«Buongiorno, zio Henry» dico, con allegria, e lascio che il suo cattivo umore mi scivoli addosso. Per fortuna sono parecchio allenata. «Non ti ho sentito salire... Adoro la tua vasca dei pesci. È bella.»

«Non l'avrai mica toccata, vero?» boccheggia, e strabuzza gli occhi come il pesce palla. «I pesci percepiscono le vibrazioni... Che diavolo è questo brontolio?»

«È da ieri a pranzo che non tocco cibo.» Faccio una smorfia mentre lo stomaco continua a borbottarmi forte.

Lo zio Henry fa un balzo indietro. «Ma i pesci devono mangiare solo una volta al giorno.»

«Io... be'... non sono un pesce» mormoro. «E sto morendo di fame.»

«Allora vai a prendere qualcosa da mangiare» dice, alzando gli occhi al cielo. «Il supermercato sarà aperto, a quest'ora.»

Gli rispondo con un sorrisetto nervoso. «Io, insomma... io... non ho soldi.»

«Chiedili a Min.»

«È al verde pure lei» dico.

«Cosa? E secondo te io sarei pieno, invece?» ribatte lui sbuffando forte. «Va bene. Però ti faccio una lista. Le consegne a domicilio sono tutte prenotate fino alla settimana prossima, quindi già che ci sei tanto vale che fai la spesa.»

# Zombie

Quando esco dal cancello per imboccare il sentiero della scogliera, rimango ancora una volta colpita dallo splendore del mare che adesso, nella luce piena del giorno, scintilla turchese. È così attraente, così bello, che se non fosse per il brontolio dello stomaco mi ci tufferei subito. Scendo la collina di corsa fino al negozio che abbiamo oltrepassato ieri sera e mi godo la sensazione della brezza marina tra i capelli e del sole in faccia. Forse, dopotutto, stare qui non è così male.

«Buongiorno» dico sorridendo alla prima persona che incontro, una tipa adolescente che rifornisce gli scaffali e che non risponde. Forse non mi ha sentito. «C'è un profumo divino» aggiungo, inalando bruscamente. «Avete un forno vostro?»

L'adolescente, muta, accenna al retrobottega dove intravedo una rastrelliera con pane fresco e paste dolci che fanno gorgogliare ancora di più il mio stomaco, pieno di aspettative. Adoro il pane appena uscito dal forno; ha il profumo delle cose fatte in casa. Perlomeno è così che me lo immagino. Min ha smesso di cucinare quando ero piccola e anche allora preparava solo omelette e fagioli su fette di pane bianco tostato comprato al negozio.

Compro un croissant e lo divoro con mezzo litro di latte al cioccolato, seduta sul muretto all'esterno, mentre guardo la marea in arrivo e mi godo i suoni del mare. A Londra mica posso farlo, no?

Finalmente la cittadina si sveglia e ogni tanto arriva qualcuno che porta a passeggio il cane o fa surf al mattino presto. Vedo un ciclista dall'aria strana che accosta davanti al supermercato su una Bmx rosso vivo. Con un casco in pendant, la camicia bianca, la cravatta nera e gigantesche scarpe da ginnastica dello stesso colore, sembra che gridi: «Guardatemi, guardatemi!».

«Ehi» lo saluto, con un cenno amichevole.

Mi lancia un'occhiata mentre si toglie il casco, liberando una massa di capelli castano dorato che gli scendono fin sugli occhi e che lui subito si tira indietro, e nel frattempo alza il volto al sole. Una cosa come quelle che si vedono nelle pubblicità della Coca-Cola, insomma.

«Mi piace il tuo casco» dico. «Non ne ho mai visti così. Quasi tutti i ciclisti sfrecciano per Soho – io vengo da lì – vestiti di pelle nera, come comparse di un film di supereroi.»

Il ciclista risponde alle mie risatine con un grugnito, mentre fa per entrare nel negozio. Ho la tentazione vaga di fargli notare la sua scortesia ma, siccome sto cercando di farmi degli amici e non dei nemici, tengo per me i commenti. Lo seguo all'interno, per finire di fare la spesa per lo zio Henry – la lista è lunga quanto il mio braccio – e con la speranza di iniziare una conversazione con qualcuno. La ragazza annoiata che prima riforniva gli scaffali però ha le cuffie e al ragazzo in cassa importa più di parlare della temperatura del mare con quel cafone del ciclista che di prendere i miei soldi. Dopo alcuni minuti ferma lì, il mio schiarirmi la gola sta diventando un po' troppo evidente, ma loro ancora non smettono di chiacchierare.

«Mi dispiace interrompervi» dico con il mio sorriso più smagliante «ma che ne dite di farmi pagare?»

«Zombie del cavolo» borbotta il ciclista, facendosi da parte.

Io ridacchio. «L'apocalisse è iniziata senza di me?»

Lui alza gli occhi al cielo. «Siamo in estate, no? Succede tutti gli anni. Invadete tutto, lasciate plastica e immondizia sulle spiagge e poi vi levate dalle scatole e tornate a casa.»

*Sguardo in camera. Credo che stia parlando dei turisti.*

«Io abito a Cliff House» gli dico.

«Bella grossa quella» dice con scherno, stringendo le palpebre. «Da quando sono arrivati i Cuculi questo posto non è più lo stesso, hanno trasformato tutto in un Airbnb.»

«I cuculi» mormoro confusa. Decido di tentare un approccio diverso e mi incollo sulla faccia un sorriso ancora più smagliante per vedere se si addolcisce un po'. «Allora, che si fa da queste parti?»

Risponde al mio sorriso con uno sguardo assassino, poi punta il dito verso la spiaggia. «Mi sembra ovvio. Stai solo attenta a rimanere dove ci sono i bagnini, okay? E tieniti lontana dagli scogli. Quelli come te vengono qui e si sentono immortali, però la risacca non guarda in faccia nessuno... E non sporcare la spiaggia.»

Espiro lentamente. Dà per scontate un sacco di cose, considerando che nemmeno mi conosce. Buffo, dopo un po' di conversazione di solito le persone riesco ad accattivarmele.

«Non sono immortale» dico, con un frettoloso cenno del capo. «Me lo ricorderò. Posso avere un sacchetto, per favore?» domando al cassiere dopo aver capito che non riuscirò a portare tutto in mano.

«Sono altri cinque pence» sogghigna.

Fisso le monetine che ho sul palmo. «Quattro vanno bene lo stesso?» domando. «Posso tornare tra poco con un altro penny.»

«Mi dispiace, è la politica aziendale.»

Non ho alternative se non prendere tutto in mano e andarmene dal negozio, mentre li sento che borbottano «Zombie del cavolo...» senza troppa discrezione.

# Fratelli e sorelle

Alla fine, entro barcollando in cucina con la spesa. Min è a tavola, accasciata sulla sedia con il suo caffè, sperduta in una maglia blu da pescatore che si è tirata fino alle ginocchia, i capelli spettinati all'indietro e il trucco del giorno prima che le ha sporcato le guance. E non so come riesca, comunque, ad avere un aspetto decente.

*Guarda in camera e sgrana gli occhi.*

«Hai dimenticato il latte» brontola.

«Scusa, ma non avevano il latte di avena e avevano finito quello di soia. È intollerante al lattosio» spiego, versandomi una tazza di caffè, quando lo zio Henry senza tante cerimonie le sbatte davanti una bottiglia di latte.

Lui si adombra. «Hai sempre fatto un sacco di storie per mangiare.»

«Non è fare storie, quando sei allergica» ribatte lei. «Bene, lo prenderò senza latte. Cosa mi hai comprato che posso mangiare, tesoro? Muoio di fame.»

«Fiocchi d'avena» dico, e le mostro la scatola, trionfante.

«E come li dovrei mangiare?» si lamenta lei. «Con l'acqua? Sai che non lo sopporto.»

«Ah, già» dico, e mi sento un'idiota. «Scusa, non ci avevo pensato.»

Mi allontana con un cenno, sdegnata. «Non ci pensi mai.»

«Ha appena fatto la spesa per la settimana.» Lo zio Henry si acciglia ancora di più. «Secondo me il problema sei tu, *Minnie*.»

«Mi chiamo Min» ribatte lei, con un lampo negli occhi. E, quando lo zio Henry risponde con un sorriso affettato, lei prende una manciata di fiocchi d'avena e glieli tira in faccia, prendendolo negli occhi. Cerco di soffocare una risata, ma il caffè che mi esce dal naso mi tradisce.

Lo zio Henry ci guarda storto, togliendosi i fiocchi beige rimasti impigliati nelle sopracciglia. «Ma quanti anni hai?» sghignazza. «Dodici? Sei patetica... *Minnie*.»

Min si rabbuia, come se le avesse rivolto il peggior insulto possibile. E probabilmente è così. Mi sembra di essere tornata indietro nel tempo e di assistere a una scena di vent'anni prima. Quasi mi aspetto che entri la nonna, dia uno scappellotto a entrambi e ordini loro di smetterla di litigare. O almeno me la immagino così, non l'ho mai conosciuta.

«Senti chi parla» ribatte Min. «E poi te l'ho detto: non chiamarmi così. Mai più. Hai sentito?»

«*Mi*, *mi*, *mi-mi*, *mi*» fa lo zio Henry, un uggiolio stridulo e irritante.

«Zitto» ringhia Min.

Lo zio Henry le fa un sorrisetto. «*Mi*?»

«Dico sul serio» risponde lei, e stavolta lo bersaglia con un croissant. Lui però è pronto e si scansa e il croissant atterra alle sue spalle, sul pavimento.

«Sei tragica, lo sai?» sbuffa.

«No, tu lo sei» dice Min. «Idiota.»

«Da che pulpito...»

*Sguardo allibito in camera...*

Raccolgo il croissant da terra – per la regola dei (circa) cinque secondi – e scivolo fuori dalla stanza senza che se ne accorgano. Se avessi un fratello, una sorella o un qualsiasi altro parente, sono sicura che non mi comporterei mai così. Secondo me sono entrambi un po' tragici.

# Stregata

Fuori da Cliff House c'è un cancelletto bianco mezzo scardinato, con un cartello che recita: PROPRIETÀ PRIVATA, DIVIETO D'ACCESSO. Il sentiero che scende da lì è piuttosto ripido e in certi punti mette i brividi, però conduce a una caletta sabbiosa, deserta e separata dalla spiaggia principale da un enorme e frastagliato cumulo di scogli che diventano gradualmente più piccoli via via che spariscono nel mare. Sembra un dinosauro con la testa ficcata nella scogliera e con la coda nell'acqua.

Guardando il mare che si scaglia contro le rocce e con le parole rabbiose del ciclista cafone che ancora mi suonano nelle orecchie, all'improvviso la mia determinazione a nuotare perde slancio. Non aiuta nemmeno la brezza che mi fa volare i capelli dal viso e mi spruzza addosso una raffica di acqua fredda e salata, quando le onde gelide mi si schiantano intorno alle caviglie. Non sono nemmeno sicura di *riuscirci*, a entrare in acqua.

Corro su e giù per la spiaggia, scalza, e la sabbia mi si infila tra le dita. A Londra, quando avevo un problema, andavo a correre; valutavo i pro e i contro finché non avevo le idee più chiare. Oggi però non funziona e crollo sulla sabbia, sudata fradicia, con la testa piena di pensieri preoccupati.

Tante domande senza risposta, come: rimarremo qui solo per l'estate? Quando torniamo a Londra? Perché lo zio Henry è un cuculo? E perché quel ciclista è stato così cafone?

Torno a guardare il mare e mi ritrovo stregata dalla linea blu e sfocata dell'orizzonte sgombro, dalle onde che si infrangono lente sulla battigia, dai gabbiani che planano senza sforzo seguendo la brezza. E prima di rendermene conto resto in bikini e, fiduciosa, entro in acqua.

*Stacco. I miei occhi si spalancano per lo shock mentre perdo la sensibilità alle caviglie e ai piedi.*

Insisto, decisa a superare quel momento, digrignando i denti mentre l'acqua gelata mi arriva alle cosce e facendo una smorfia quando raggiunge lo stomaco. Mi fermo e sono sul punto di tornare a riva. Di sicuro fa troppo freddo per nuotare. No! Non posso lasciarmi battere da un po' d'acqua fredda!

Mi tuffo – è l'unico modo per bagnare le spalle – e torno in superficie con un ululato mentre il gelo corre lungo la spina dorsale come tante pugnalate.

Nuoto avanti e indietro, costringo le braccia a uno stile libero rapido e forte, e sbatto le gambe come una pazza. Certo non è bello a vedersi, ma lentamente e con sicurezza il mio corpo si abitua. Comincio addirittura ad avere caldo. Poi, qualcosa sul fondo del mare attira la mia attenzione: una conchiglia o un sassolino che scintilla alla luce del sole. Faccio un respiro profondo e mi tuffo a testa ingiù, anche se le onde rendono difficile restare sommersi. Senza maschera l'acqua salata mi fa bruciare gli occhi ed è più difficile vedere, così agguanto la prima conchiglia che trovo. Risalgo a prendere fiato ma, ora che l'ho tirata fuori dal suo letto bagnato, quella scintillante curiosità non è più così bella.

Mi tuffo di nuovo, non resisto. È ancora meglio della vasca da bagno. È così tranquillo e c'è così tanto da esplorare. Ignorando il bruciore agli occhi mi spingo avanti, sott'acqua, e quando riemergo attraverso a nuoto la caletta, cogliendo più dettagli possibili. Come il fatto che Cliff House, che ora splende bianchissima e da lontano pare senza difetti, da quaggiù somiglia a una casa di bambole. Sopra di essa, il cielo azzurro è costellato di nuvolette bianche mentre i gabbiani planano e si tuffano seguendo il vento. All'improvviso, uno si tuffa in picchiata ai piedi della scogliera, puntellata di piscine naturali che si fanno sempre più piccole via via che si addentrano nel mare. Là noto una serie di cartelli dall'aspetto ufficiale. Credo che lo zio faccia sul serio, nel cercare di tenere lontano gli estranei.

Mi giro sul dorso e guardo le nuvole, con il calore del sole che mi stuzzica le parti esposte. Il corpo si rilassa e la mente lo segue. È bellissimo. Mi sento così viva! Per quanto possa amare Soho – con i miei amici, la vita sociale e tutto il trambusto di una città dove succedono tante cose – il traffico, le strade piene di turisti senza meta e l'aria densa e afosa dell'estate, quando puoi vedere la foschia che sale dal fondo stradale, mi danno la claustrofobia.

Questo a Londra non posso farlo. E allora, a un tratto, so come devo comportarmi. Con due mesi d'estate davanti, una casa enorme con una camera tutta per me e una spiaggetta privata da esplorare, e un accesso illimitato al mare, non ho alternative: devo sfruttare al massimo questa vacanza imprevista.

# Screams

Quando torno è come se avessi premuto il tasto «pausa» durante la piazzata di Min con lo zio Henry. Stanno ancora litigando e ho la sensazione che abbiano ripreso da dove avevano smesso quindici anni prima.

«È casa mia!» grida lo zio Henry.

«È casa *nostra*!» risponde Min, sempre gridando.

«La mamma non voleva che tu restassi qui. Non dopo tutti i problemi che avevi creato.»

«Be', allora doveva modificare il testamento» ribatte Min. «Tu hai lasciato che questo posto andasse in rovina, Henry.»

Lui sbuffa e si guarda intorno, le pentole e le padelle ammucchiate nel lavandino, i piatti e le scodelle impilati a casaccio.

Qualcuno dovrebbe proprio dare una pulita.

«Sei troppo indaffarato a parlare con i tuoi pesci del cavolo» dice Min. «Che non possono nemmeno risponderti.»

«Quanto a questo» grida lui «possono sempre comunicare tra loro facendo vibrare la vescica natatoria!»

*Sguardo in camera. Ops.*

Min scoppia a ridere. «Avevo dimenticato quanto sei deficiente. Quel tuo bel laboratorio non frutta granché, vero? Se la mamma sapesse quanto ci hai sperperato si rivolterebbe nella tomba.»

«Certo, be', almeno io con i soldi ci ho fatto qualcosa» ribatte lui. «Tu li hai sprecati con le baby-sitter. E comunque sono malato» borbotta, grattandosi la nuca.

«Malato» ripete Min, in tono infastidito.

«Dacci un taglio, Min» l'avverte lo zio Henry.

«Dacci un taglio, Min» gli rifà il verso lei. Se vuole irritarlo, ci sta riuscendo.

Vorrei gridare «Stop!», ma non credo che la prenderebbero molto bene. E allora torno subito fuori, armata di una banconota da dieci sterline che ho trovato nella tasca dei jeans. Dopotutto ho un'intera cittadina ancora da esplorare, persone da conoscere, film da girare!

*Dissolvenza su una lunga panoramica della baia.*

Alla mia sinistra c'è il mare e un sentiero ripido che porta alla via principale; sull'altro lato della strada rispetto alla spiaggia, lungo un marciapiede rialzato con una ringhiera scura, non è che ci sia molto. A un'estremità ci sono il porticciolo e un pub, il Pesce Volante, e dall'altra c'è il Devi's Deli, il piccolo supermercato dove sono stata prima. Al centro c'è un albergo tutto rosa e dall'aspetto elegante, il Burbank Hotel, e lo spazio che resta è occupato da un negozio di articoli per il surf, un negozio di souvenir, un bar con enoteca, l'edicola, un Plaice 2 Be dove servono fish and chips e una gelateria che si chiama Screams.

Quest'ultima scoperta mi riempie di gioia: vado matta per il gelato. Se potessi lo mangerei a pranzo e a cena, e d'altra parte nessuno me lo impedisce. A Soho, il sabato, lavoravo alla gelateria di Rai. Rai era un tipo alla mano e finito il turno mi lasciava mangiare tutto il gelato che volevo. Il mio preferito era un cono con pistacchio e caramello salato. Il miglior. Lavoro. Di sempre.

«Salve» dico, tutta sorridente, alla donna dietro al bancone, schiacciando il naso contro il vetro per guardare i gusti che saranno la metà di quelli che avevamo da Rai. E vabbè.

«Cosa ti metto?» domanda lei. È sulla cinquantina, ha i capelli brizzolati pettinati all'indietro in una crocchia e un grembiule con il nome della gelateria, e sta guardando storto il mio telefono.

«Sto filmando il mio arrivo qui» le spiego. «Per ricordo, sa? Proprio adesso stavo ammirando il vostro assortimento di gusti.»

Il volto della donna si deforma in una smorfia confusa. «Sono i soliti gusti. E tu, Bennie Khatri, dove credi di andare?» si rivolge un ragazzo alto con i capelli scuri e la carnagione olivastra.

«A fare qualche tuffo» risponde.

«E invece no. Tra un attimo arriva il furgone delle consegne e mi servi qui.»

«Dai, mamma» si lamenta lui, gesticolando verso la porta.

«Dopo ci sarà tutto il tempo. Il mare non va da nessuna parte. Ora, per piacere, puoi occuparti di questa cliente?» Detto questo, appende al chiodo il grembiule e sparisce nel retrobottega della gelateria.

«Scusa» dico, con un sorrisetto complice che lui non ricambia.

«Cosa ti metto?» sospira.

«Ce l'avete il pistacchio?» domando.

Arriccia il naso. «Solo i gusti che vedi, temo.»

«E il caramello salato?»

«L'abbiamo finito» dice, e scuotendo la testa si china sul bancone, esausto. «Senti, scegli tra quello che c'è, va bene? La coda arriva fuori dalla porta.»

«Ehm» dico, e mi stupisco per quanto sono indecisa. «Vaniglia. No, cioccolata. No, croccantino. No, aspetta!»

«Non ce la posso fare» geme.

Rido. «Scusa, non sono abituata a trovarmi così sotto pressione. Prendo il croccantino, grazie.»

Con il gelato in mano, esito un po' nel domandarmi se sia troppo presto per chiedergli di fare qualcosa insieme, ma lui è già passato al prossimo cliente.

# Diffidenza

La mia fermata successiva, lungo la via principale, è da Hej!, un negozietto buio che somiglia alla grotta di Aladino, riempito ad arte con tutto ciò che potrebbe servire per le tipiche case che si vedono nelle riviste. Secchi di zinco e vecchie cassette di legno per il pesce riciclati come fioriere, tappeti di pelle di montone appoggiati su sgangherate scalette di quercia, cuscini dai colori vivaci sparsi su sedie e poltrone e, al centro della stanza, un gigantesco tavolo di legno pitturato di grigio e invecchiato ad arte, ingombro di lampade e oggetti in vetro, libri e candele. All'improvviso vorrei comprare tutto.

In fondo c'è una vetrinetta vecchio stile dove sono esposte grosse collane, orecchini d'oro pendenti, calzini, sciarpe e il famoso quant'altro. Seduta lì accanto, su una poltrona con lo schienale alto, a leggere con un cane sdraiato ai piedi, c'è la vecchia dall'aspetto più feroce che abbia mai visto.

Indossa una giacca nera di taglio militare portata con noncuranza sopra un delicato vestito dorato e un paio di infradito, anch'esse dorate. Come tocco finale, in testa ha un berretto e un paio di spessi occhiali verde turchese da dietro ai quali, me ne rendo conto all'improvviso, mi scruta per bene...

«*Hej*» dice con un accento musicale. Sembra svedese, oppure danese, non sono sicura.

«Salve» rispondo in tono amichevole. «Ma che splendida cagnetta! Come si chiama?»

«*Lui* si chiama Ned» risponde. «Perché stai riprendendo?»

«Oh, sto solo documentando la mia giornata. Le dispiace?»

«Sì.»

Mi affretto ad abbassare il telefono. «Ha delle cose molto belle» dico.

«*Tak*. Cerchi qualcosa in particolare?»

Magari! «No, do solo un'occhiata» dico, sbrigandomi a leccare il gelato prima che si squagli e cada chissà dove.

«*Fint!*» sospira. «Proprio quello che mi serve. Non sai leggere?» domanda, accennando a un cartello sulla porta del negozio che dice NON SI ENTRA CON IL GELATO e del quale non mi ero accorta.

«Mi scusi» dico, con una smorfia. «Non lo avevo visto.»

«Mah, da queste parti sembra un problema comune. Insomma?» domanda, tenendo alto il libro a cui sembra che muoia dalla voglia di tornare.

Sorrido. «Mi dispiace averla disturbata. Sono appena arrivata e volevo esplorare la cittadina, tutto qui.» Sulla porta mi volto a salutarla, ma lei è di nuovo assorta nel suo libro.

Faccio altri due passi e arrivo al porticciolo, un'area molto vivace cinta da un basso muro di pietra. C'è una grande rampa di cemento che porta all'acqua e dalla quale si allontana un labirinto di moli di legno, dove pescatori con gli stivaloni di gomma sono spalla a spalla con i proprietari di barche dagli abiti firmati, mentre turisti spalmati di crema solare schiamazzano, convinti di far parte di quello scenario. Conto quattro cartelli che pubblicizzano altrettante escursioni in barca e sostengono tutti di essere i migliori, promettendo incontri con delfini e foche.

Cammino lungo il molo e mi godo la brezza fresca, finché arrivo al piccolo chiosco in legno del Safari Marino di Piscary Bay, dove un ragazzo brufoloso con indosso una camicia a quadri e un cappello da pescatore che gli schiaccia la frangia sugli occhi lascia intendere che preferirebbe di gran lunga essere in acqua.

*Sguardo in camera. Posso capirlo!*

«Salve» dico, allegra come sempre.

Lui mi guarda storto. «Mi stai riprendendo?»

Annuisco. «Per te va bene? Sto solo documentando il mio arrivo a Piscary Bay. Un giorno voglio fare la regista. Prima inizierò con i documentari, poi forse finirò a girare film come Bob, che è il mio... surrogato di papà. Dice che è dura, che tutti quelli che lavorano nei media vogliono fare il cinema, ma dimentica quanto sono risoluta.»

*Sguardo in camera. Troppe informazioni personali?*

Il ragazzo del chiosco mi fissa incredulo. Sto esagerando come al solito.

«Allora, che fai?» domando, cambiando argomento in fretta.

Lui però fa una smorfia ancora peggiore. «Lavoro. Vendo biglietti per l'escursione in barca.»

«Figo» dico, sfogliando i dépliant. «Posso prenderne uno?»

Alza le spalle. «Sei una Zombie, vero? Comunque, i biglietti per oggi sono finiti. Dovrai tornare un'altra volta...»

Riecco quel termine. Lo odio!

Sorrido lo stesso, decisa a non mostrare la mia irritazione. «Incredibile quanto lavoriate» dico. «Meglio che stare a scuola, comunque.»

Non ricambia il mio sorriso.

# Etichette

All'ora di pranzo ho già ripreso l'intera cittadina e comprato una maschera da due soldi con boccaglio da Alf, il gestore del Surf Shack, ho divorato una porzione di patatine da Plaice 2 Be e mi sono fermata per un po' davanti a Screams, valutando l'opportunità di un altro gelato. Dappertutto, ovunque andassi, la stessa storia: diffidenza. Per le mie domande, la mia apertura, perfino per il mio sorriso. Sto solo cercando di essere amichevole! Tuttavia, man mano che nella la via principale brulicano sempre più turisti, comincio a capire l'ostilità dei locali.

Vagabondo fino alla spiaggia. Adesso è così piena di gente intenta a marcare il territorio che quasi la sabbia non si distingue più sotto alle coperte da picnic dai colori vivaci, i paraventi e le tende. Perfino io sono allibita, e sono abituata alla folla di Londra! Chi l'avrebbe mai detto che per andare al mare ci volesse tanta roba? Bambini piccoli spargono ovunque secchielli e palette, gonfiabili e ciabatte, e capisco cosa intendesse il ciclista scortese quando parlava di un'invasione a casa sua. Quando, per la milionesima volta, qualcuno mi copre di sabbia con un calcio e nemmeno chiede scusa, comincio a sentirmi abbastanza scorbutica pure io.

«Ciao!» esclama il portiere quando mi trascino, infelice, davanti al Burbank Hotel. Nell'abito chiaro di buona fattura, la camicia grigia e la cravatta più scura ha davvero un bell'aspetto e in qualche modo è fuori posto nella via principale. Un po' come mi sento io in questo momento.

«Perché quel muso lungo?» domanda, con i baffi brizzolati arricciati in modo da farlo sembrare sempre sorridente.

Sbircio alle sue spalle nelle oscure profondità della reception. Mi ricorda un po' certi alberghi di Londra e all'improvviso ho un attacco di nostalgia di casa.

«Lasciami indovinare» ride. «Tu sei una... com'è che dicono? Zombie?»

Mi cadono le braccia. Sembro nel bel mezzo di una brutta partita a Famiglie, un gioco di carte che da bambina adoravo e in cui sognavo sempre una mamma che stesse a casa a infornare cupcake. Immaginavo Min e Bob sposati e un fratellino appena nato per me. Cosa che peraltro, visto che Bob è gay, non sarebbe mai successa.

«Sono solo una persona.» Sospiro e mi allontano, ancora più infelice; stato d'animo che non migliora quando la fotocamera del telefono si chiude all'improvviso per una chiamata da scuola.

«Pronto?» rispondo, pimpante.

«Coco James? Sono la signorina Garvey della segreteria.»

«Oh, salve signorina Garvey» dico. «Come sta?»

«Molto bene, grazie per l'interessamento. Tu dove sei?»

«A Piscary Bay.»

«Dunque non a Londra.» Sospira. «Non è ancora tempo di vacanze, Coco. Tua madre avrebbe dovuto riempire i moduli, chiedere un'autorizzazione. Le ho telefonato già parecchie volte e ho pure lasciato dei messaggi, ma è tutto inutile.»

«Sì, non è il massimo quando si tratta di rispondere al telefono» ammetto. «Ma non siamo in vacanza, ci hanno buttate fuori di casa. Min avrebbe dovuto informarvi.»

«Sì, ma non l'ha fatto» dice la signorina Garvey, un po' più comprensiva. Non è la prima volta che ci sentiamo a proposito di qualcosa che Min ha o non ha fatto. «Mi dispiace sentire delle tue difficoltà, Coco. Va tutto bene? Hai un posto dove stare? C'è un altro adulto con cui puoi parlare?»

«Sì, grazie.» Lo zio Henry conta come adulto con cui posso parlare? «Sto bene» aggiungo. «Non si preoccupi per me.»

«Be', questo mi rassicura. Ora, per piacere, puoi dire a tua madre di confermare tutto per iscritto? Basta un'email. E poi dovrà chiedere per te il trasferimento a un'altra scuola. Hai quindici anni, dovresti essere in classe, a prescindere dalle poche settimane che mancano alla fine dell'anno...»

# Una lezione di storia

Quando torno, in casa c'è un silenzio di tomba e la porta di Min è sbarrata. Immagino che la discussione non sia finita bene; credo che le parlerò domani della scuola.

Raggiungo l'attico senza farmi vedere. Mi piace, lassù; c'è un senso di casa, di luogo vissuto, mentre tutto il resto è così trascurato. Seduta là, al di sopra di ogni cosa e solo il mare davanti agli occhi, mi sembra di essere su una nave. Ah, e i pesci mi piacciono, muoio dalla voglia di guardare per bene l'acquario. A lavoro da Min ce n'era uno gigantesco in mezzo a due sale montaggio. Era bellissimo. Passavo ore a parlare con i pesci, con grande disapprovazione di Robin.

Quando vedo lo zio Henry che, seduto in poltrona, guarda la vasca e ci parla mi fermo di colpo. «Era sensato. Come ho potuto lasciarmi convincere così in fretta, senza difendere la mia posizione?»

Alza gli occhi e tace, come se aspettasse la risposta dei pesci. Nella mia immaginazione è il pesce palla che apre bocca e mi metto a ridacchiare. Lo zio Henry si volta di scatto.

«Che c'è da ridere?» domanda, brusco.

«Oh, be'...» balbetto, cercando disperatamente di smetterla di sogghignare. «È solo che... Stavi parlando con il pesce palla?»

«Dettavo qualche appunto» dice, mostrandomi il telefono. «Cose di lavoro.»

«Ah.» Azzardo un passo in avanti e accenno al pesce palla. «Come si chiama?»

Lo zio Henry si adombra. «Come si chiama? Ehm... il nome scientifico del pesce palla è *Tetraodontidae.*»

«Si può fare di meglio» rido. «Per cominciare è troppo lungo. Che ne pensi di... Brian? Brian il pesce palla. Sì, adesso va bene. Hai anche un paio di Nemo. Quelli arancione e bianco» spiego.

«*Amphiprion ocellaris.*»

*Sguardo in camera. Wow, lui sì che sa come rovinare una festa...*

«Sono certa che nel film li chiamassero pesci pagliaccio» dico. «Ti dispiace se mi siedo qui? Sarò muta come un... pesce.»

«In realtà i pesci sono in grado di emettere una vasta gamma di suoni» dice. «Fa' silenzio, comunque. Sto lavorando...»

Mi avvicino alla vasca, attenta a non toccarla, e ci sbircio dentro. «Ciao, Brian» sussurro. «Perché sei così triste? Nemmeno qua fuori è uno spasso, sai?»

Lo zio Henry si schiarisce la gola, sonoramente, poi fa frusciare i fogli che ha in mano, apposta per me.

«Scusami» dico muovendo solo le labbra, e in punta di piedi torno alla poltrona, prendo il binocolo che c'è sul tavolo in mezzo a noi e senza volerlo mi lascio scappare un rantolo quando credo di scorgere un delfino. Però è solo un pezzo di legno e basta dare un'occhiata allo zio Henry perché mi sbrighi a mettere giù il binocolo mimando altre scuse.

«Zio Henry?» gli domando qualche minuto dopo, perché muoio dalla voglia di una conversazione come si deve.

«Sto lavorando.»

«Mi domandavo se...»

«Sto lavorando.»

«Sì, però...»

Lo zio Henry mette giù l'articolo che sta leggendo. «Però che cosa?»

«Be'... Insomma, prima ho incontrato qualcuno. Più di uno, in realtà. Hanno chiamato me Zombie e te Cuculo. Non aveva alcun senso.»

Guarda il mare, sempre accigliato, con la luce del sole che gli fa brillare gli occhi come smeraldi. «Proprio per niente» sbuffa. «Io e Min siamo due Cuculi perché non siamo nati qui. Ci trasferimmo dagli Stati Uniti quando io avevo quattordici anni e lei undici. Ci chiamano così per via dell'uccello che d'estate ruba il nido ai suoi simili, come chiunque si sia trasferito qui da qualunque altra parte del mondo.»

Alzo le sopracciglia. «E così, loro della comunità sarebbero...?»

«Sono i Pesci» sospira. «Per come la vedono loro, sono gli unici veri abitanti di Piscary Bay, ma solo se stanno qui da più di tre generazioni.» Poi tace, pensoso. «Zombie, però, mi è nuova. Probabilmente è per come vanno in giro i turisti, lasciandosi dietro caos e distruzione.»

Dopo averlo visto con i miei occhi, su quest'ultimo punto non posso discutere, ma...

«È un termine odioso!» ansimo. «Viviamo tutti assieme, respiriamo tutti la stessa aria o no? A Londra celebravamo le differenze. Avevo un sacco di amici da ogni parte del mondo.»

Esito e all'improvviso sono incuriosita dai famigliari del ramo paterno. «E mio padre, allora, cos'era?» domando. «Min mi ha sempre parlato di loro come i Giulietta e Romeo del lungomare, ma nient'altro.»

«Ci scommetto» dice lui, e sbuffa. «Un Pesce, una Cuculo e un amore proibito.» Sospira. «Quei termini li inventò proprio Billy, come una battuta, per fare arrabbiare Min – e ci riuscì alla grande – ma di sicuro non avrebbe mai pensato che sarebbero rimasti.»

«E io che cosa sono, visto che restiamo qui solo per l'estate?»

Lo zio Henry ci riflette un attimo. «Mai sentito parlare delle remore? Otto specie di pesci, della famiglia degli *Echeneidi*, che si attaccano agli squali e ad altri grandi animali marini, per non parlare delle navi.»

«N-no» balbetto, e mi chiedo dove voglia andare a parare. La battuta però non arriva e lui resta zitto.

«Ehm...» dico. «Ma io che c'entro? Mica sono un pesce.»

«No, sei un mammifero. Lo squalo ti mangerebbe. La remora ci si attacca per essere protetta. Gli squali non le mangiano.»

Sono sempre più confusa. «Stai forse dicendo che li dovrei assecondare?»

Lo zio Henry però alza le spalle, come se niente fosse. E non ho idea di cosa voglia dirmi!

«A Billy piaceva divertirsi» riprende, all'improvviso. «Era amico di tutti e voleva sempre stare in acqua. In realtà tu sei proprio come lui. L'aspetto, il temperamento... che Dio ci aiuti. Sono sicuro che troverai il modo di farti degli amici.»

«Lui ti manca?» domando esitante, per paura che possa rispondere come fa sempre Min quando provo ad andare più a fondo, oltre alla storia dell'amore a prima vista. È come se avesse fatto un montaggio della sua vita e avesse aggiunto una didascalia tipo *Quindici anni dopo...*

Il risultato è che di mio padre non ne so quanto vorrei, al di là della suddetta parte romantica, di quanto gli somiglio e del fatto che morì in uno strano incidente in mare, prima che nascessi.

«Ogni giorno» risponde infine lo zio Henry, distratto, e mi dà un colpetto sulla mano. «Ora, pensi di farcela a levarti dai piedi? Sto cercando di combinare qualcosa.»

# Piscary Bay – Tavole di marea

**Mercoledì 26 giugno**

| | |
|---|---|
| Bassa marea: 06.34 | Altezza: 2,30 m |
| Alta marea: 12.29 | Altezza: 4,90 m |
| Bassa marea: 19.02 | Altezza: 2,50 m |

**Luna calante, ultimo quarto**

| | |
|---|---|
| Alba: 05.13 | Tramonto: 21.36 |
| Alba lunare: 01.59 | Tramonto lunare: 14.26 |

# Panico

La mattina dopo mi alzo prestissimo. È piuttosto difficile restare a letto con la luce del sole che invade la stanza, dopo che ieri sera mi è rimasto in mano il bastone della tenda. Min e lo zio Henry non sembrano avere lo stesso problema, perché le loro camere sono sempre buie e silenziose, e la casa pare un obitorio.

Mi faccio strada con cautela lungo il sentiero ripido, facendo attenzione alle strettoie e a non scivolare sui sassi. In mano ho la mia nuova maschera da snorkeling e un vecchio accappatoio che ho trovato nel ripostiglio, nascosto in mezzo a un sacco di mute ammuffite che, all'epoca, dovevano essere appartenute a Min e allo zio Henry.

Per raggiungere la caletta c'è un precipizio che fa tremare le vene dei polsi; siccome nessuno sa che sono qui, sto ancora più attenta e cerco di ignorare il fatto che muoio dalla voglia di buttarmi in acqua, che mi attrae come per un incantesimo. È stata l'ultima cosa che ho visto ieri sera prima di andare a dormire, mentre guardavo la marea crescente, e la prima che ho cercato stamattina, quando sono saltata giù dal letto.

Non riesco a farne a meno. Tanto che ieri sera ho trovato un sito Internet con gli orari delle maree per Piscary Bay.

Non so cosa mi è preso. A casa ogni tanto andavo a nuotare all'Oasis, ma il cloro mi dava sempre fastidio agli occhi. E qualche volta sono stata in spiaggia, a Brighton. Sarà per tutto il tempo che ho passato a rilassarmi sott'acqua nella vasca da bagno. Dev'essermi arrivata fin sotto la pelle...

Lancio l'asciugamano su un grosso scoglio liscio, resto in bikini e mi preparo a correre sulla spiaggia per scaldarmi. Poi mi accorgo del mucchio di indumenti di qualcun altro, piegati con cura sulla sabbia. Perlustro l'acqua con lo sguardo, all'improvviso *molto* consapevole del fatto che nessuno sa che io sia qui.

La marea si sta ritirando e mi ci vuole un po' per notarle. Due teste che ballonzolano sul mare. Tutt'a un tratto spariscono sott'acqua e trattengo il respiro in automatico, come se fossi anch'io laggiù, e conto le pecorelle dentro di me. Arrivata a centottanta, cioè a tre minuti, devo assolutamente respirare. Loro non sono ancora riemersi e all'improvviso sono in preda al panico: ho appena visto due persone annegare?

D'impulso corro in acqua, sbattendo i piedi rumorosamente sulla sabbia bagnata, con lo sguardo fisso là dove li ho visti per l'ultima volta. Quando l'acqua si fa più profonda allungo il passo e alla fine mi tuffo saltando sopra le onde. Sono così concentrata nel soccorrere quei dispersi che mi accorgo appena dell'acqua gelata.

Mi lancio in uno stile libero un po' irregolare; con la marea che si ritira mi sento una nuotatrice olimpionica e in men che non si dica arrivo al punto in cui sono spariti. Faccio un respiro profondo e mi immergo, ma la maschera si riempie d'acqua salata e devo tornare in superficie perché mi bruciano gli occhi.

Mentre continuo a nuotare mi guardo intorno, impotente. Dove sono? Mi volto di qua e di là, sforzandomi di non piangere. È così che è morto mio padre e la cosa mi balena davanti agli occhi.

«Tutto bene?»

La voce proviene dalle mie spalle; mi volto di scatto e vedo nientemeno che il ciclista cafone che nuota verso di me, accompagnato da Bennie della gelateria Screams.

«Oh, grazie a Dio» ansimo, inghiottendo le lacrime.

«Che ci fai a nuotare qui da sola?» domanda il ciclista cafone. «Le correnti di risacca lungo la costa sono pericolose, lo sai. Tipico di voi maledetti Zombie. Non ascoltate mai.»

«Io invece sì» ribatto, e mi salta la mosca al naso. «Siete rimasti sotto per più di quattro minuti. Ero preoccupata.»

«Stiamo pescando» dice, sprezzante, alzando la fiocina. «Perché non te ne torni al tuo castello da brava bambina? Lasciaci in pace.»

Bennie si acciglia. «Sei un po' sgarbato, Leo. Cercava solo di aiutarci.»

Leo scoppia a ridere e continua a sfottermi. «Lei, aiutare noi? Buona questa.»

«Come volete» ribatto. «Avrei dovuto lasciarvi annegare.»

Faccio per allontanarmi, ma la marea è forte. Sembra di risalire la corrente di un fiume e loro sono ancora a pochi metri. Di questo passo, saranno *loro* a dover salvare me.

«Serve aiuto?» domanda Leo, compiaciuto.

«No, da te no» scatto.

«Guarda che se non stai attenta finisci in una corrente da cui non potrai uscire. Non dovresti nuotare da sola.»

«Ci siete voi, no?» dico.

«Stai girando in cerchio» osserva Bennie.

«Perché indossa quella schifezza» sbuffa Leo, e indica con indifferenza la mia maschera.

«Ma l'ho comprata da Surf Shack.»

Ride. «Una trappola per Zombie. Dovresti mettere una maschera come si deve, se vuoi nuotare così al largo.»

«E poi quando respiri giri su te stessa. Prova a fare così»

dice Bennie, e mi mostra come tiene lui le braccia. «Ecco, meglio. Non scalciare tanto. Ti stancherai subito, se non sei abituata.»

«Dovresti mettere anche le pinne, se vuoi saperlo» borbotta Leo.

«Nessuno ti ha chiesto niente» rispondo, e rivolgo apposta a Bennie il mio sorriso più smagliante. «Grazie per l'aiuto, Bennie.»

Di nuovo sulla terraferma, crollo sulla sabbia con le gambe che mi tremano per lo sforzo di nuotare fino alla spiaggia. Sono anche euforica, però, e non lo sono mai stata così tanto nemmeno quando correvo.

«Allora, vi immergete anche in apnea?» domando ai ragazzi mentre escono dall'acqua. «L'ho visto solo nei film. Scommetto che da queste parti ci sono dei posti molto interessanti da esplorare, vero?»

«Perché questo interrogatorio?» ringhia Leo.

«Sono solo amichevole» dico, e mi salta di nuovo la mosca al naso. Non ho mai fatto tanta fatica per trovare degli amici. Allora uso l'arma del mio fascino contro Bennie: con lui mi sembra di avere qualche possibilità in più. «Ho lavorato in una gelateria, una volta. Rai, a Soho, la conosci?»

Alza le spalle. «Mai sentita.»

«Ha vinto pure dei premi» dico. «Produzione propria.»

«Buon per lui» dice Leo.

«In effetti sì. Comunque, se tua madre ha bisogno di un altro paio di braccia, posso sempre aiutarvi. Non ho altro da fare e qualche soldo mi sarebbe utile.»

Bennie fa una smorfia. «Grazie, ma tu sei una Zombie. Tra qualche settimana te ne andrai. Non ne vale la pena.»

«Ah, ma rimango tutta l'estate» ribatto.

«È lo stesso» dice lui, poco convinto. «Be', ci vediamo allora.»

Li guardo imboccare il sentiero, molto irritata per come mi giudicano, senza nemmeno sapere come mi chiamo.

# Lombrichi

Quando rientro, Min è di pessimo umore quanto me e sta mettendo a soqquadro la cucina. Una parte di me spera che stia provando a preparare dei pancake, un'altra parte sa bene che è una pia illusione: Min è tutto tranne che un angelo del focolare, se voglio qualcosa ci devo pensare da sola.

«Ma devi proprio fare tutto questo baccano?» chiede lo zio Henry, che compare in fondo alle scale.

Alzo le mani. «Non sono io, è Min.»

«Mmh» grugnisce lui, e scompare in cucina. «Ma che problema hai?» lo sento chiedere. E poi: «I miei lombrichi! Non puoi toglierli dal frigo!».

«Ti importa più di quei dannati pesci che di noi!» grida Min, e gli lancia contro qualcosa.

*Sguardo in camera. Speriamo non siano lombrichi scongelati.*

Faccio un respiro profondo, poi sbircio con cautela dietro la porta della cucina e mi ritrovo davanti questa situazione: ferma in un angolo, con i capelli semi raccolti in una bandana scarlatta, Min sembra intrappolata dietro a un mare di pentole e padelle colme di pezzi di ghiaccio, buste di piselli in via di scongelamento e contenitori di plastica pieni di... oh, che schifo, lombrichi. Sta sbrinando il congelatore e, visto che c'è acqua dappertutto, a quanto pare erano anni che nessuno lo faceva.

«Dove sei stata?» brontola lo zio Henry, guardando accigliato i miei indumenti fradici.

«A nuotare» dico, mostrando la maschera da snorkeling.

«Da sola?» boccheggia. «Qui è pieno di correnti. Non dovresti...»

«È tutto okay» lo interrompo. «Di solito resto vicino alla riva. E comunque c'erano due ragazzi del posto che pescavano.»

«Ma è una spiaggia privata» farfuglia. «Si sono introdotti abusivamente.» Scuote la testa con rabbia. «Sarà meglio che non provino a infilarsi nella...» e si ferma di colpo.

«Infilarsi dove, zio?» domando, incuriosita. Dopotutto, a quanto pare, ho il fiuto per le belle storie. Con mia grande delusione, però, lo zio non abbocca.

«Lascia perdere» borbotta. «Torno a letto.»

«Che cosa è successo, Min?» chiedo, guardando lo zio Henry che si allontana con una scodella di cereali zuccherati.

«Non cominciare» sbotta lei, prima di sciogliersi in lacrime.

«Non volevo farlo» dico con calma, riconoscendo i segnali delle sue crisi di nervi, che contemplano sempre anche un pianto sfrenato. Di solito, se riesco a contenerla e a non peggiorare le cose, non durano tanto. «Perché non facciamo una pausa?» e così dicendo l'accompagno in salotto e la faccio accomodare sulla poltrona accanto alla finestra.

Sparisco in cucina per fare un po' d'ordine in quel caos. Perlopiù rimetto tutto nel congelatore e chiudo lo sportello, così non devo guardare i contenitori pieni di lombrichi.

«Grazie» sospira Min quando torno da lei con una tazza di caffè appena fatto. Seduta lì, alla luce del mattino, sembra molto più tranquilla, come se il mare e il sole avessero su di lei un effetto rilassante. «Allora, sei andata a nuotare?» chiede.

Annuisco.

«Lo facevo sempre anch'io» aggiunge con un sorriso triste. «Io e Billy ci incontravamo sempre sulla spiaggia, al sorgere del sole. Nuotavamo insieme e poi ce ne stavamo sdraiati abbracciati finché non ci scaldavamo. A volte mi portava un thermos di caffè o preparava la colazione dopo avere acceso il fuoco. Lui era incredibile in quel genere di cose. Così premuroso...»

*Sguardo in camera. Capito cosa intendo, quando parlo di storia d'amore epica?*

Non fraintendetemi, adoro ascoltare i suoi racconti, ma una parte di me si domanda se siano davvero attendibili. Voglio dire: nessuno è così perfetto, no?

«Ti ho mai raccontato di quando lui e lo zio Henry sono finiti nei guai con la polizia?» dice Min, all'improvviso. Ecco, questa mi giunge nuova. «C'è questa spiaggetta, più giù lungo la costa. È fantastica per fare surf. Comunque, noi ci andavamo da anni e tutto a un tratto ne sentirono parlare i turisti. Billy e Henry erano così furiosi quando lo scoprirono che spalmarono la cera per le tavole da surf sul parabrezza dell'auto di un turista.»

«No!» dico stupefatta. «Lo zio Henry sembra così serio!»

Min ridacchia. «Già, il tempo ci ha cambiato entrambi. Credo che non abbia mai superato il fallimento della sua carriera scientifica.»

«Vale a dire?»

«Si era dedicato anima e corpo alla teoria della scimmia acquatica» spiega. «Una teoria popolare tra i Pesci. Insomma... da queste parti sono apneisti da secoli. Comunque, la teoria è stata confutata o qualcosa del genere. Ma non lo so, la scuola non è mai stata il mio forte.»

«A proposito» dico «ieri hanno telefonato da scuola. Non gli avevi detto che siamo partite.» Provo a mantenere un tono neutro. «Dicono che devi contattare la scuola di qui.»

Min, come al solito, dà di matto. «E me lo dici solo adesso?»

«Scusa, me l'ero scordato» rispondo, impermalita. «L'adulta sei tu!» No, l'ultima parte non la dico, perché vorrei mantenere la pace ed è meglio che non ricominci a piangere.

«Dovevi occuparti di tante cose» aggiungo, in fretta. «La signorina Garvey vuole che le mandi un'email.» Min però ha l'aria esausta, come se l'idea di fare qualsiasi cosa a parte restare lì seduta fosse troppo per lei, e allora le do un colpetto sulla mano. «È tutto a posto» dico. «Posso aprire io la tua casella email. Lascia fare a me. E cercherò pure il numero della scuola di qui.» Esito. «... Sempre che ci serva davvero.»

Mi guarda perplessa. «Cioè?»

«Be', non mi dispiacerebbe se tornassimo a Londra... Perché torniamo, no?»

Alza le spalle. «E lo chiedi a me?»

*Sguardo in camera. E a chi dovrei chiederlo?*

# Io sono Coco

Scoraggiata dall'idea di nuotare da sola, comincio a frequentare la spiaggia pubblica. Ci vado il prima possibile, per evitare l'inevitabile ressa estiva, e quindi siamo solo io, quelli che portano a spasso il cane, i surfisti e, talvolta, qualche genitore che sbadiglia, seduto a guardare il mare con gli occhi annebbiati e il caffè, mentre i bambini pieni di aspettative scavano buche nella sabbia.

A casa mi piaceva moltissimo guardare la gente. Soho era tutto un andirivieni e fantasticavo sempre su quali monologhi interiori si svolgessero in quelle teste. Bob diceva che era per questo che sarei stata molto brava a girare documentari: ho un grande spirito di osservazione. Bob mi manca. Quando Min aveva una delle sue crisi, era lui l'adulto con cui potevo parlare.

Nuotare è diventato il mio nuovo rituale, oltre a guardare la gente e contemplare il mare in silenzio nel tentativo di valutare la forza delle correnti prima di mettermi in bikini. Poi lascio vestiti e telefono impilati con ordine sotto a un sasso e, prima di entrare in acqua, corro sulla sabbia, con le onde che mi lambiscono le cosce e mi fanno salire un brivido lungo la schiena. In mare mi sento meglio, molto più che nella vasca da bagno. È come se riuscissi a concentrarmi esclusivamente sul tuffarmi nell'acqua fredda e a sospendere temporaneamente qualsiasi altro pensiero.

Oggi però non è così. Sembra più di camminare nel fango. Anche la corrente in uscita è troppo agitata e mi sembra di non riuscire a nuotare per bene, come mi ha mostrato Bennie, e finisce che prendo una boccata d'acqua. Ci rinuncio e guardo le onde, con il vento che mi sferza la pelle bagnata e mi fa drizzare i peli. Posso nuotare quanto voglio, ma l'ansia che mi appesantisce resta sempre la stessa. Non so se torneremo o meno a Londra e il dubbio mi consuma, insieme a una profonda solitudine e alla nostalgia di casa. Sembra che, per quanto ci provi, qui non riesca proprio a inserirmi.

«Un penny per i tuoi pensieri» dice un'anziana, che mi passa accanto con la tavola da surf sotto un braccio e il sorriso allegro di chi è pronto a cavalcare le onde. Sembra un po' Maggie Smith, se stringo le palpebre e immagino che la muta sia un mantello da strega.

«Mi godo il paesaggio» sospiro.

«È un bel paesaggio» concorda. «Oggi le onde sono incredibili.»

«Sì, ma è troppo mosso per nuotare.»

Annuisce. «Cercavi una soluzione a qualcosa?»

La guardo. «Sì, come lo ha capito?»

«Il viso lungo» risponde. «E lo sguardo perduto all'orizzonte.»

«Non ho molto da stare allegra.»

«Sai» dice la vecchia, con un respiro profondo, chiudendo gli occhi per ripararsi dal sole, eppure raggiante, come se fosse la cosa più bella del mondo, «credo che a volte le cose brutte arrivino per metterci alla prova... il nostro carattere, la nostra identità.» Sospira. «Il mare è l'unico posto in cui sento di poter tornare in superficie, prendere una boccata d'aria e ricominciare a respirare.» Tace e mi guarda. «Domani il mare sarà diverso, e lo sarai anche tu.»

Guardiamo l'acqua insieme, in silenzio, come se entrambe recitassimo una preghiera per qualcosa che abbiamo perduto. Poi il momento passa e lei sorride, di nuovo, con gioia. «Non voglio mettere il dito nella piaga» ride «ma il mare oggi è perfetto per il surf. Se vuoi scusarmi, vado a godermi qualcuna di quelle onde che piegano a destra. Ci vediamo.»

La guardo entrare in acqua, i lunghi capelli grigi che le scendono lungo la schiena.

*Stacco. La donna si sdraia a pancia ingiù sulla tavola da surf.*

Comincia a spingersi con le braccia verso le creste di spuma, manovrando esperta mentre le onde la investono. Arriva al largo in fretta e scruta le onde in attesa di quella giusta. Poi, d'un tratto, si mette in piedi sulla tavola e cavalca un'onda con un enorme sorriso estatico incollato sul viso. Mi sa che è la vecchia più tosta che abbia mai visto. Be', la seconda.

*Sguardo in camera: Quante possono essercene in una cittadina così piccola?*

Quando torno ai miei vestiti scopro che Bob mi ha mandato un messaggio: lungo come la Quaresima, come fanno sempre gli adulti.

29 giugno

BOB

Stellina! Come sta la mia ragazza preferita? Il tornado si è placato? Hai avuto il cane che volevi tanto? Com'è la casa? E lo zio Henry è come Min? *Cristo, speriamo di no* So che ci sarà una tonnellata di amici a occupare tutto il tuo tempo, ma non dimenticarti del tuo vecchio amico Bob! Scrivimi un'email... o un messaggio... mandami almeno un'emoji 😬 e non risparmiare i dettagli... mi manchi tanto. Senti, puoi dire a Min di chiamarmi? Ho provato qualche

volta, ma ha il telefono sempre spento oppure mi ignora di proposito. *Sappiamo entrambi che è così* È sempre la regina del melodramma, ma dobbiamo parlare! XOX
10.34

All'improvviso la situazione non sembra più così disperata, è buffo cosa riescano a fare poche parole. È esattamente la cura che mi serviva. Mi incollo un sorriso sul volto e mi sento determinata a far sì che la gente guardi al di là delle sue sciocche etichette. Non sono un Cuculo o una Zombie o un Pesce! Io sono Coco James, la ragazza che non molla mai...

«Buongiorno» saluto la proprietaria di Hej! e aggiungo: «Bel vestito».

La vecchia feroce sorride. «*Tak.*»

«Comunque, io sono Coco» dico «e torno dopo, ma senza gelato.»

Annuisce. «Ingrid. E mi raccomando, Coco.»

«Ciao Bennie» grido dall'altra parte della strada. «Passo dopo per un po' di caramello salato! Ah, non ti ho ancora detto come mi chiamo. Sono Coco!»

Mi risponde con un mezzo cenno della mano e un sorriso che gli balena sul volto in automatico, prima che riesca a trattenersi. Vado avanti così, salutando tutti quelli che incontro e presentandomi come si deve. Ho una teoria: se mi comporto come se avessi un sacco di amici, alla fine ce li avrò davvero. Una cosa è certa: tutti sapranno come mi chiamo!

«Lascia che ti aiuti!» grido, correndo ad aprire la porta mentre il portiere del Burbank si affanna con due bracciate di valige, i cui proprietari sono fermi di lato e guardano i telefoni indifferenti a tutto.

«Grazie!» dice raggiante, e si infila una mano in tasca. «Tieni.» Mi porge un foglietto. «Per il disturbo. Me lo ha dato un cliente, ma a me il mare non piace tanto. E comunque non così a largo.» Mi guarda: indosso un accappatoio e ho le gambe coperte di sabbia. «Qualcosa mi dice che a te invece piace.»

Rido. «Sì, molto. E grazie. Io sono Coco.»

«Jan» risponde. «Vengo dalla Polonia. E tu?»

«Da Soho» rispondo. «Al momento però abito qui.»

«Ah, la terra del jazz» esclama. E poi canta: «*Bubi-du bop-bop*» con una voce profonda e roca che mi fa ridere e lui sorride ancora di più.

«Ci vediamo. E grazie!» dico, sventolando il voucher. A un tratto sento che forse andrà tutto bene. Perché ieri era il mio ultimo giorno di paga della gelateria e so esattamente come spenderò quei soldi...

# Safari marino di Piscary Bay

**Il modo migliore per ammirare la bellezza di Piscary Bay!**

Unitevi a noi su uno dei nostri catamarani per esplorare la splendida costiera alla scoperta della fauna locale. Foche, delfini, focene, pulcinella di mare e, chissà, magari qualche sirena!

QUESTO VOUCHER DÀ DIRITTO A UNO SCONTO DEL 50% SU TUTTE LE NOSTRE ESCURSIONI. D'estate la prenotazione è obbligatoria.

In collaborazione con Part of our World.

I ragazzi fino a dodici anni pagano tariffa ridotta e devono essere sempre accompagnati da un adulto responsabile.

# Piscary Bay – Tavole di marea

**Domenica 30 giugno**

| | |
|---|---|
| Alta marea: 03.51 | Altezza: 5,80 m |
| Bassa marea: 10.22 | Altezza: 1,70 m |
| Alta marea: 16.15 | Altezza: 5,90 m |
| Bassa marea: 22.46 | Altezza: 1,60 m |

**Luna crescente**

| | |
|---|---|
| Alba: 05.15 | Tramonto: 21.35 |
| Alba lunare: 03.31 | Tramonto lunare: 19.08 |

# Il grande blu

Il giorno dopo arrivo al porticciolo di buon'ora. Aveva ragione l'anziana surfista: il mare è più calmo e tutto sembra diverso. Be', una specie. Nel suo chioschetto di legno il ragazzo butterato con la camicia a quadri e il cappello da pescatore ha ancora l'aria annoiata e il porto continua a pullulare di gente, anche se forse la domenica mattina c'è un po' meno baccano. La vera novità è che sono *io* a sentirmi diversa. Come se potessi conquistare il mondo.

«Buongiorno» esclamo, lanciando un'occhiata all'acqua fresca e invitante del mare che scintilla calmo alla luce del sole. «Giornata perfetta, non credi? Hai ancora posto per questa mattina? Ho un voucher, però.»

«Che conoscenze hai per avere diritto all'offerta?» chiede il ragazzo butterato, e mi guarda storto. «Il Burbank questi voucher li dà solo ai vip.»

Sorrido. «Perché, io non ti sembro una vip?»

Fissa, incredulo, l'outfit che ho scelto con tanta cura: un paio di culottes rosa shocking e un top sportivo con le spalle scoperte. «No.»

Rido, nervosa. «Non ero sicura di cosa mettere, a essere sincera. Non ho mai partecipato a un safari marino. A ogni modo, io sono Coco. L'altro giorno non ci siamo presentati.»

«L'altro giorno?»

«Sì. Sono venuta a prendere un dépliant. E comunque, tu sei...?»

Il ragazzo arrossisce. «Seth. Perché lo vuoi sapere?»

«Sono solo una persona amichevole. Da che parte si sale a bordo?»

La barca per il safari marino, un catamarano bianco che si chiama *La Foca che Gioca*, è ormeggiata nella parte anteriore del porto in fondo a una serie di piccoli gradini ripidi che si staccano dalla gigantesca rampa di cemento. È stracolma di turisti, tra cui un gruppo di ragazzi che ridono e si prendono a spinte mentre sistemano l'equipaggiamento per le immersioni, e alcune donne che ridacchiano, una delle quali indossa un velo da sposa. A quanto pare ho preso l'ultimo biglietto!

«Ciao, io sono Coco» dico, sedendomi accanto a una famiglia che astutamente indossa dei dryrobe, che sembrano comodi e caldi come piumini. La madre, una donna nera con le treccine, mi sorride come vago cenno di saluto, poi torna a guardare il mare e io mi concentro, invece, sul capitano della barca. Un uomo robusto dal viso rosso, i capelli grigi e la barba bianca di qualche giorno, e non sembra gradire la presenza della videocamera del mio telefono.

«Che stai facendo?» mi domanda sgarbato.

Io sorrido con dolcezza. «Giro un documentario sulla natura. Si intitola *Il grande blu*.»

«Ti senti la prossima David Attenborough, vero?» sbuffa.

«Qualcosa del genere» rido. «C'è un sacco di gente oggi. Ho preso l'ultimo posto?»

«In questo periodo è sempre così. Aspettiamo altre due persone e poi partiamo. Ah, eccole.»

Seguo il suo sguardo appena in tempo per vedere Leo che lascia cadere la bici sul molo e si toglie il casco per mostrare i suoi capelli biondi perfettamente spettinati. Di sicuro sa come fare un'entrata a effetto. Con i jeans tagliati corti e la felpa con il cappuccio, è alla moda come... come niente! Accanto a lui, su una bici vecchio stile che ha il cestino pieno di mute e pinne, c'è una ragazza alta e smilza con lunghi capelli biondi, vestita in maniera simile. Si arrampica a bordo, passandomi accanto come se fossi invisibile, malgrado il mio mormorio di saluto. Poi Leo mi vede e fa una smorfia dispiaciuta.

«Ciao, Leo» dico io dopo aver deciso di non prendermela, e aggiungo con una risatina: «Dobbiamo smetterla di incontrarci così». La battuta però non funziona e lui si avvicina a passi pesanti all'amica che, ovviamente, vuole sapere chi sono e all'improvviso mi rendo conto che non lo sa neppure lui.

«Io sono Coco» esclamo, e lo raggiungo con le gambe instabili, come una bambina che muove i primi passi. «Whoa» rido, e mi aggrappo annaspando al corrimano, però manco la presa, tanto che Leo deve allungare un braccio per impedirmi di cadere in acqua a testa ingiù.

«Stai attenta» mi rimprovera.

«Signore e signori, vi preghiamo di prendere posto e restare seduti mentre la barca è in movimento» dice il capitano, guardando me. «Oggi ci sono parecchie foche, non ho dubbi che entro un'ora nuoterete tutti insieme a loro.»

«Foche?» domando, a bocca aperta per la gioia.

«Già. E allora?» sogghigna Leo.

«Be', non sapevo che avremmo potuto *nuotare* con loro. Come sono?» chiedo, con gli occhi che mi brillano per l'eccitazione. «Scommetto che sono come grossi cani coccolosi, vero? Oh, non vedo l'ora di...»

Mi blocco davanti allo sguardo disgustato di Leo. «Guarda che non sono animali da compagnia» dice bruscamente. «I maschi possono diventare piuttosto aggressivi, soprattutto se si sentono attaccati. Non allungare le mani per accarezzarli, qualunque cosa accada. E non farli sentire minacciati.»

Poi mi volta le spalle per parlare con la sua amica, che mi guarda così storto che, pur volendo, mi trattengo dal chiederle come si chiama. Qualcosa mi dice che tanto non me lo direbbe. Così torno a riprendere. Mentre ci addentriamo nel grande blu, con il sole in faccia, il verso dei gabbiani che mi fanno la serenata e il lento oscillare della barca, mi sento proprio nel mio ambiente...

# Il canto delle sirene

*Dissolvenza in apertura, su una lunga panoramica del catamarano ancorato in una insenatura, a breve distanza dalla costa, circondato dal mare color turchese scintillante e da una costiera frastagliata dove giganteschi scogli grigi spuntano come artigli, tra strisce sottili di spiaggia dorata cosparsa di alghe e ciottoli.*

È un vero paradiso.

«Indossate le mute» dice il capitano. «Oggi le foche sono belle in forze. Vi aspetta una vera e propria meraviglia.»

Guardo tutti che si danno da fare, tranne me. Io non la voglio mettere la muta. È aderente, segna le forme, e poi nuoto benissimo anche senza.

«Devo proprio indossarla?» domando.

Il capitano mi fissa e ridacchia. «Meglio tu che io. In questo periodo dell'anno fa ancora freddo, sai.»

«Già» dico «ma presto il sole mi riscalderà.»

«Be', okay. Però fai attenzione, va bene? Venti minuti al massimo. Non voglio che tu vada in ipotermia. Maschera e boccaglio li vuoi però, sì?» aggiunge, e indica una panca al centro della barca, dove c'è un enorme contenitore di plastica stracolmo di grosse pinne, maschere e boccagli.

Cercando di camminare con le pinne mi faccio delle gran risate, mentre inciampo sulla barca che dondola e sembra di nuovo che abbia appena imparato a camminare.

«Come fate con questi cosi?» domando alla donna di prima, quella con il dryrobe, mentre mi lascio cadere sulla panca accanto a lei. «Sembro un clown. Oddio, eccone una!» strillo non appena vedo una foca che tira fuori la testa dall'acqua. «E un'altra!»

Il mio entusiasmo è contagioso e presto a ogni nuovo avvistamento gridiamo tutti, come se stessimo giocando a schiaccia-la-talpa alla velocità massima.

«Deduco che è la prima volta che nuoti con le foche» dice la donna, ridendo. «Ti piacerà moltissimo. Noi veniamo tutti gli anni a vederle. Sicura di non voler mettere la muta?»

Rido. «Andrà tutto bene. Sto cuocendo!»

«Là sarà diverso» dice. «Prendi almeno i miei guanti e le galosce. Non resto mai a lungo in acqua, comunque.»

«Oh, grazie» dico, e sogghigno felice.

Poi chiacchieriamo parecchio, io e Tania. Parliamo di quanto sia bello stare sull'acqua, di come ci faccia sentire in pace. Scopro che conosce Min. È piccolo il mondo, no? A quanto pare sono andate a scuola insieme e Tania è stata addirittura anni in fissa per Henry.

Leo e la sua amica – che hanno indossato muta, guanti, pinne, maschera e boccaglio – mi passano accanto e si tuffano.

«Riesce a trattenere il respiro per più di quattro minuti, sai?» dico a Tania.

Lei annuisce. «Sono tutte quelle immersioni in apnea. Da queste parti i Pesci lo fanno da secoli. Goditi le foche, Coco, e ricorda: non stare in acqua troppo a lungo.» Poi, con un cenno, si tuffa anche lei.

A bordo sono rimasta solo io, oltre al capitano e al secondo. Dopo avere sentito le grida degli altri, che hanno messo tutti la muta, a un tratto mi sorge qualche dubbio. Entrare a piedi nell'acqua fredda prendendomi il tempo che serve è una cosa, saltarci dentro sapendo perfettamente che sarà un'esplosione di gelo è un'altra.

Invece punto il telefono verso l'acqua cercando di mettere a fuoco le foche, ma sono troppo lontane e sembrano solo puntini confusi e allora mi tocca rinunciare.

Poi, ferma con le mani che stringono il bordo della barca, scruto quella scena idilliaca con i sensi all'erta. Il mare calmo, l'acqua verde e blu che scintilla al sole come un tappeto di stelle. Le grida di meraviglia, la gioia di quelli che vedono da vicino la loro prima foca. L'odore forte di pesce, dell'aria di mare. Il prurito alla pelle quando il sole di mezzogiorno inizia a bruciarla e si mescola alla frescura della brezza marina. È come se il mare mi lusingasse per attirarmi a sé. Il canto delle sirene, che mi invitano a nuotare e diventare un tutt'uno con la vita marina. Tutto a un tratto capisco che è l'unica cosa giusta e non vedo l'ora di tuffarmi.

*E... azione!*

# Fanciulla in pericolo

Porca miseria, si gela!

Torno subito in superficie, sputando acqua di mare; il sale mi brucia la gola e nuoto come una pazza nel tentativo di scaldarmi. Agito le braccia in uno stile libero molto aggressivo, come se prendessi a pugni qualcuno, mentre cerco di mettere in pratica ciò che mi ha insegnato Bennie l'altro giorno. Mani e piedi sono a posto, grazie a Tania. Quanto al resto del mio corpo, be', è come avere dei coltelli piantati dappertutto.

«Tutto bene?» chiede il capitano dalla barca, ansioso.

Alzo una mano e faccio cenno di sì con il capo. Devo solo continuare a muovermi e andrà tutto bene. Nuoto verso il gruppo che fa snorkeling, sono tutti con la faccia in acqua a guardare le foche; una di loro emerge all'improvviso a pochi metri da me con l'aria spaventata, poi si tuffa di nuovo, sfrecciando proprio sotto di me. O almeno credo. Non la vedo bene perché sto armeggiando con la maschera che non mi aderisce al viso come dovrebbe e si appanna quando respiro, mentre il boccaglio continua a riempirsi d'acqua. Starei meglio se trattenessi il respiro e basta, così me ne torno a nuoto verso la barca.

«Già esci?» ridacchia il capitano. «Lo sapevo.»

«Con quest'affare non ci vedo» dico, afferrando i pioli della scaletta. «Avete un paio di occhialini?»

«Certo. Vuoi anche una muta?»

«No grazie.» Ormai sono quasi abituata al freddo e non è tanto male. E poi non voglio perdermi le foche.

Quando ne vedo una quasi non me ne accorgo. Nuota così in profondità che sembra più una manta gigantesca. Poi, però, riconosco la piccola testa a punta, il muso nero in mezzo al ciuffetto di baffi bianchi e due occhi che sembrano perline e che mi fissano, e a quel punto mi rendo conto che l'acqua pullula di foche. Potrei stare ore solo a guardarle. E Leo può dire quello che gli pare, ma sono proprio come i cani.

Guardarle giocare è affascinante. Mi sembra quasi di sentire una cronaca alla David Attenborough che descrive ogni loro mossa: «Guardate adesso con quanta gioia il cucciolo di foca si tuffa sotto al suo pubblico di esseri umani, che lo osservano rapiti...».

Nuoto verso il punto in cui sono andati a immergersi i ragazzi e, trattenendo il fiato, li seguo per guardare le rocce più in profondità. È così bello. Con la luce del sole che filtra, l'acqua oggi è di un limpido azzurro tropicale. Le alghe verde brillante ondeggiano come spinte dalla brezza e banchi di pesciolini argento mi sfrecciano intorno, di tanto in tanto seguiti da una foca.

Scalcio per non so quanto, poi galleggio sul dorso e sono rilassata come non succedeva da tempo. Mi sembra di essere sfuggita a ogni preoccupazione, a tutta l'angoscia delle ultime settimane e posso di nuovo sentirmi me stessa. Il freddo arriva tutto insieme e si irradia verso l'esterno, come se dentro avessi un nucleo fatto di ghiaccio. Ma non voglio ancora abbandonare quel paradiso, quindi batto le gambe e punto verso la spiaggia, dove c'è un mucchio di altre foche in fila come bagnanti che prendono il sole.

Scelgo uno scoglio liscio e piatto a una certa distanza da loro, per non disturbarle, e mi ci arrampico su per riprendere fiato. La roccia è calda, quasi troppo, ma visto che ho tanto freddo va bene così; mi siedo, accostando con cautela la pelle allo scoglio che brucia, finché non mi abituo. Resto seduta così, guardando il mare aperto, contenta mentre le foche continuano a fare capolino come manguste. Sbatto piano le palpebre, come l'otturatore di una fotocamera, e assorbo quell'attimo con un respiro profondo, sperando di ricordarlo per sempre. Dio, quanto vorrei avere una fotocamera impermeabile! Queste riprese sarebbero splendide.

Torno in acqua dopo essermi cotta al sole e mi sento bene per circa cinque secondi, poi comincio a tremare fino nelle ossa. Avrei dovuto mettere la muta. Cerco di ignorare quel gelo, prendo fiato e mi immergo per dare un'ultima occhiata alle rocce e vedere se laggiù ci sono altre foche. Nuoto, spingendomi avanti con le pinne mentre frugo tra le alghe colorate e la sabbia in cerca di conchiglie. Potrei restare quaggiù per sempre, se solo non facesse così freddo.

Proprio quando penso che farei meglio a risalire e uscire dall'acqua, vedo Leo che nuota in fretta verso di me. Fa un gesto con la mano che non capisco e poi, a un tratto, mi prende tra le braccia, mi trascina in superficie e cerca di girarmi sul dorso.

D'istinto lo spingo lontano. «Che stai facendo?»

«Dobbiamo farti uscire dall'acqua, e in fretta» dice. «Sei andata in ipotermia.»

«Non è vero.»

Sembra confuso. «Ma sei rimasta sotto per un'eternità.»

Gli faccio una smorfia. «Ero in apnea. Perché non torni sulla barca con le tue gambette e mi lasci in pace?»

«Perché non dovresti immergerti da sola» ribatte.

«E com'è che invece tu lo fai?»

«Non è vero» ringhia. «Amy è tornata con gli altri. Io sono venuto a cercare te. Era meglio di no, comunque. Be'» dice, accennando alla barca «dopo di te.»

Ora ho davvero tanto freddo. Il mio stile libero è vergognoso, le mie braccia si muovono scoordinate e riesco a spostarmi solo grazie alle mie enormi pinne. Per quanto mi dispiaccia ammetterlo, in un certo senso sono grata che lui sia qui.

Il panico mi invade nell'istante in cui arrivo sulla barca e con gratitudine crollo sul ponte, al riparo dal vento. Quando il mio corpo si riprende e torno a respirare, boccheggio come un pesce.

«Tutto bene, Coco?» domanda Tania, preoccupata.

«Solo un attimo» dico, con i denti che battono.

Si toglie in fretta la giacca e me la getta addosso, e il rivestimento in pile mi riscalda la pelle appiccicosa. «Serve più a te che a me.» Poi sediamo insieme sul pavimento della barca, con Tania che chiacchiera a bassa voce e mi stringe tra le braccia per darmi altro calore. Essere cullata così mi fa sentire una bambina.

«Ti avevo avvertito di non restare troppo in acqua» dice burbero il capitano. «Tutto okay?»

Mi passa una tazza di caffè fumante e annuisco, grata.

«Gli Zombie non ascoltano mai, Dave» interviene Leo, con un sorrisetto impertinente. «In mare gli abiti alla moda non contano.»

Rispondo con una smorfia.

«Non fare caso a Leo Tremain» sussurra Tania. «È solo un altro Pesce che si crede tanto importante, un pallone gonfiato.»

Il suo commento però mi colpisce; sto cadendo anch'io

nella trappola delle etichette, proprio quello che sto cercando di evitare. Se non voglio che mi ritengano una Zombie – e qui mi sale un brivido – di certo non posso andarmene in giro a giudicare gli altri perché sono Pesci. Capisco che dovrò essere forte, davanti alla loro indifferenza, per convincerli che si sbagliano su di me.

# Campagna d'immagine

Tornate sulla terraferma, anche se ormai mi sono scaldata, Tania insiste perché tenga la giacca e, tra le promesse di rivederci in giro per la cittadina, si allontana con la sua famiglia, lasciandomi a riflettere su come proseguire nella mia campagna d'immagine. Davanti alla colonna di famiglie con i bambini che frignano che si snoda fuori da Screams, mi rendo conto che, se c'è un momento per mostrare chi sono, quel momento è adesso.

«Ciao, Bennie» esclamo. «Serve aiuto?» E prima che possa obiettare salto dietro il bancone, prendo un grembiule, un paio di guanti e: «Che gusti le metto?» domando al cliente successivo, con un sorriso smagliante e così contagioso che non può fare altro che ricambiare.

«Ehi, sei brava» mi dice Bennie, mentre con mano esperta preparo un fiore di gelato, accolto da un mormorio di approvazione.

«Grazie» rispondo. «Sono contenta di esserti utile.»

*Sguardo in camera: Io te l'avevo detto...*

«Bella giacca» commenta poi, accennando al dryrobe.

«È di Tania. La conosci?»

Bennie ride. «Io conosco tutti. È il problema di vivere in una cittadina così piccola.»

«L'anonimato non è poi un granché» ribatto. «A Londra passano giorni interi senza incontrare qualcuno che conosci. E comunque, sono andata al safari marino per vedere le foche» spiego. «Ho preso troppo freddo. È colpa mia, sono stata una stupida a tuffarmi senza muta.»

«Sei andata a nuotare senza muta?»

«Non cominciare» rido. «Il tuo amico Leo ha tentato di salvarmi. Nemmeno fossi una fanciulla in pericolo.»

Bennie ridacchia: «Non mi sembri il tipo».

«No. Gliel'ho detto anch'io. A lui non piaccio, vero?»

Alza le spalle. «Non c'è niente di personale, si comporta così con tutti gli Zombie.»

Sento di nuovo montare la rabbia, ma non voglio rovinare il momento e allora lascio perdere.

Smaltiamo la coda in men che non si dica e, un paio d'ore dopo, siamo all'ultimo cliente. La mia campagna d'immagine sta funzionando alla grande e io e Bennie chiacchieriamo come se ci conoscessimo da sempre. Oltre alle immersioni in apnea gli piace fare surf e nuotare e, siccome è un anno avanti a me, ha già preso il diploma.

«L'anno prossimo seguirò i corsi avanzati in scienze e matematica» mi dice «e poi vorrei studiare biologia marina.»

«Whoa» dico. «Andresti d'accordo con mio zio. Anche a lui piacciono i pesci.»

Bennie sbuffa. «Non basta che ti piacciano i pesci. Il loro comportamento e l'interazione con l'ambiente possono insegnarci tante cose. Per esempio, lo sapevi che è per via della vita difficile che i pesci non stanno mai da soli? La tendenza a vivere in gruppo si traduce in modelli di comportamento condivisi nell'affrontare minacce esterne che possono contribuire alla conservazione dell'ambiente marino e perfino a una migliore comprensione dei comportamenti umani.»

Ridacchio: «Sì, andreste proprio d'accordo».

«Senti, grazie per l'aiuto.»

«*No problem.* Te l'ho detto, non ho niente di meglio da fare finché non torno a Londra. E chi lo sa quanto ci vorrà!»

Mi guarda perplesso. «Perché non lo sai?»

«Hanno licenziato mia madre» dico «e poi Bob ci ha sfrattate. È un regista per la tv e mi ha fatto un po' da padre. Ma ha voluto comunque vendere l'appartamento per finanziare un cortometraggio che vuole girare. Metà di quelli che lavorano in tv vogliono passare al cinema. Anch'io voglio fare la regista, un giorno» spiego. «Ecco perché uso questo» e indico il telefono. «Bisogna pur cominciare da qualche parte. E comunque per il momento siamo bloccate qui e stiamo da Henry.»

Bennie è ancora perplesso. «Henry? Come hai detto che fai di cognome?»

«James» rispondo. «Min non si è mai sposata, quindi ho lo stesso cognome suo.»

All'improvviso Bennie si rabbuia. «Sei la nipote di Henry James.»

Annuisco.

«Intendi proprio *Henry James*?»

*Sguardo in camera. Perché, ce ne sono altri?*

«Sono anni che non lo vedo» borbotta lui, molto turbato. «Non sapevo che avesse una nipote. Be', sarà meglio che te ne vada prima che la mamma ti veda.»

«Eh? E perché?»

«Perché sei una James» sospira. «Guarda, mi dispiace» aggiunge con un sorriso di solidarietà, mettendomi in mano dieci sterline. «Quella tra mia madre e la famiglia James è una storia lunga. In realtà ci riguarda tutti, qui. E io non voglio essere coinvolto. Scusami.»

La frustrazione colpisce forte mentre me ne vado in giro sul lungomare. Nemmeno un tramonto spettacolare, con i raggi del crepuscolo che bucano le nubi e si riflettono sulle onde in arrivo, riesce a impedirlo.

Sulla spiaggia c'è un gruppo di ragazzini che prepara un falò. Alcuni indossano una felpa con il cappuccio, ridono e chiacchierano, mentre altri fanno i buffoni davanti a loro, cercando di attirare la loro attenzione. È esattamente il mio genere di cose. Quello che potrei fare con i miei amici, ma in un parco e senza falò. In qualunque altro giorno coglierei l'occasione per andare a salutarli, cercare di inserirmi, fare nuove amicizie. Oggi però non sopporterei di essere scansata di nuovo, di vedermi di nuovo negata l'opportunità di farmi conoscere.

Così passo oltre, con le spalle curve e le mani in tasca, provando una disperazione solitaria da cui, stavolta, non riesco a liberarmi.

# London Calling

Quando torno a casa, la prima cosa che sento sono i singhiozzi di Min. Oltre al solito e-adesso-che-altro-c'è, mi sale subito il panico, mi si drizzano i peli sulla nuca e trattengo il fiato. È l'unico modo che ho per affrontare la disperazione e il senso di colpa.

«Oh, Coco» ansima. «Quel vigliacco… Non mi ha pagato quanto mi spettava.» Si lascia cadere di nuovo sulla poltrona, distrutta, come se la voglia di lottare l'avesse completamente abbandonata. Piange e l'eyeliner le cola in rivoli neri lungo le guance pallide ed emaciate. L'acconciatura ad alveare, di solito impeccabile, è tutta storta e sul punto di crollare da un momento all'altro.

«Cosa posso fare?» si lamenta. «Io non lo so. Dimmelo tu, cosa posso fare?»

Dopo la giornata che ho avuto vorrei dirle: «La madre sei tu, mica io» e invece continuo a trattenere il respiro, cercando di pensare alla *cosa giusta* da dire. «Forse potresti… telefonare a Bob?» suggerisco con cautela. «Prima ha mandato un messaggio. Ha detto che non rispondi alle sue chiamate.» Provo, senza riuscirci, a tenere l'irritazione da parte.

«Certo, come no» scatta lei, che la prende male come sempre. «Probabilmente vuole solo gridarmi contro, come stai facendo tu.»

«Io non sto gridando» ribatto, con la voce che mi si alza in automatico. Riprendo fiato: non mi sto facendo un favore. «Senti» dico, stavolta a voce più bassa «voi due siete come fratelli. Litigate sempre, ma alla fine fate pace. Perché non vai a Londra? Potresti parlare con Robin di persona, convincerlo che ha fatto un errore e che sei la migliore postproduttrice che abbia mai avuto. Potresti vedere anche Bob, già che ci sei.»

Min guarda fuori dalla finestra, assorta, e io penso di aver toccato il tasto giusto, forse.

«Questa cosa non è per sempre, vero?» le dico, e faccio un cenno che include noi e la stanza. «Questo posto cade a pezzi e lo zio Henry non vuole che stiamo qui.»

«Quello che vuole e quello che ottiene sono due cose diverse.»

«Sì, lo so» rispondo «ma non resteremo qui per...»

«Quello che dici non ha senso» sospira Min. «Dove altro potremmo andare?»

«Di nuovo a Londra» dico, e la mia frustrazione affiora di nuovo. Come fa a non capire? «È quello il nostro posto, Min.»

«Non lo so» mormora.

Be', io invece sì.

«Hai lavorato anni per Robin» insisto «dovrà pur contare qualcosa. Siamo ragazze di città, Min, lo abbiamo sempre detto. Stare quaggiù è un cambiamento suggestivo, ma tutti questi panorami e tramonti non possono competere con la possibilità di vedere i nostri amici ogni volta che vogliamo. Non ti manca il trambusto di casa nostra?»

*Sguardo in camera. Ora sono io ad avere nostalgia di casa.*

«Allora, ci vai?» ripeto. «Sembrava che Bob volesse parlare con...»

«Coco, ce la fai a stare zitta due secondi?» scatta Min. «Non riesco nemmeno a pensare!»

Indietreggio di colpo, come se mi avesse schiaffeggiata. Ho esagerato, come sempre. «Scusami» farfuglio. «Sto solo cercando di aiutare.»

La sua espressione si addolcisce. «Lo so... Bob ha detto davvero di voler parlare con me?»

Annuisco. «Forse ha cambiato idea sull'appartamento. Non sarebbe la prima volta, no?»

«Immagino che valga la pena scoprirlo.»

«Vuol dire che ci andrai?» chiedo.

Min sorride: «Sì, vado a Londra. Risolvo la cosa una volta per tutte. Non mi lascio mettere i piedi in testa da Robin. Noi ragazze James siamo di una pasta migliore».

«Oh, Min!» strillo. «Che bella notizia. La migliore di oggi.»

Lei mi guarda: «E quel dryrobe?».

«Me l'ha prestato Tania» spiego, lasciando da parte il dettaglio dell'ipotermia. Non credo che Min sarebbe in grado di gestirlo, anche se *a me* qualche coccola non dispiacerebbe. «Abita qui sotto, nella casa rosa in mezzo a quelle gialle e blu.»

«Sì, lo so dove abita. Perché lo ha fatto?»

«Avevo troppo freddo e ci siamo messe a chiacchierare. A dire il vero sembrava sorpresa che fossi tua figlia.»

Min scrolla le spalle. «Sono andata via prima che tutti sapessero che ero incinta... Ma perché avevi freddo?»

«Sono andata a nuotare con le foche. Oh, Min, è stato magico!»

Ride. «Già, io e Billy andavamo spesso in quel tratto di costa.»

«Davvero?» Mi brillano gli occhi all'idea di aver fatto qualcosa che faceva anche mio padre e all'improvviso la testa mi si riempie di domande su di lui. Cose che non avevo mai nemmeno pensato di chiedere. «Cos'altro gli piaceva fare? Abitava qui vicino? Come...?»

Min sospira profondamente. «Adesso non è il momento, Coco. È un argomento troppo doloroso. Non... non ce la faccio.»

Ma è come se si fosse aperta una porta sul passato e, sinceramente, non ho intenzione di richiuderla.

# Piscary Bay – Tavole di marea

**Giovedì 4 luglio**

| | |
|---|---|
| Alta marea: 06.51 | Altezza: 6,60 m |
| Bassa marea: 13.18 | Altezza: 0,90 m |
| Alta marea: 19.12 | Altezza: 6,80 m |

**Luna nuova**

| | |
|---|---|
| Alba: 05.18 | Tramonto: 21.34 |
| Alba lunare: 07.02 | Tramonto lunare: 23.09 |

# Trattenere il fiato

Tutta trepidante, accompagno Min alla fermata dell'autobus. Per quanto non veda l'ora che torni a Londra e risolva questo caos, l'idea che mi stia lasciando qui da sola mi innervosisce. A parte il fatto che non siamo mai rimaste lontane per più di un paio di giorni, con la gente di qui non ho fatto alcun progresso e lo zio Henry è... un uomo eccentrico chiuso in se stesso, per usare degli eufemismi.

«Come mai trattieni il fiato?» domanda Min.

*Sguardo in camera. Buffo, non l'aveva mai notato prima.*

Butto fuori l'aria: «È l'ansia».

«Perché?»

«Perché non piaccio a nessuno» dico. Sputo fuori tutta la mia esasperazione per Bennie, che mi ha mollata come una patata bollente quando ha scoperto chi sono, e per Abe, il figlio di Tania, che si è limitato a un'alzata di spalle quando, restituendogli la giacca, gli ho proposto di andare a nuotare insieme, qualche volta. «Faccio fatica a inserirmi.»

Min sbuffa. «Tu? Certo, come no.»

«È vero» dico, e poi sussurro: «Non sono un Pesce e nemmeno un Cuculo, giusto?».

Min alza gli occhi al cielo. «Le solite vecchie stupidaggini.

Magari se tenessi un profilo un po' più basso...» azzarda con un cenno al mio outfit, una tuta sportiva nera con i lustrini comprata al mercatino di Camden. «Tesoro, a volte sai essere un po'... eccessiva. Proprio come questa tuta.»

*Sguardo in camera. Disse quella che ieri è scesa a colazione con un caftano lungo fino a terra!*

«Spegni la fotocamera e parla con loro» suggerisce. «Queste persone sono rimaste ferme al passato. Non amano i cambiamenti, hanno bisogno di tempo.»

«Be', con un po' di fortuna non ce ne sarà bisogno» sospiro. «Salutami Bob. Digli che mi manca.»

«Diglielo tu» ride. «I telefoni servono a questo.»

Guarderei di nuovo in camera, se ne avessi le forze...

«Sicura che non posso venire con te?» È una domanda che le ho posto mille volte da quando ha preso questa decisione, e ancora una volta scuote la testa con fermezza. Purtroppo, sa essere cocciuta quanto me.

«La cosa migliore è che resti qui» dice. «Io dormo sul divano di un'amica, così spendo meno. Inoltre, Henry ha bisogno di te.»

«Davvero?» rispondo. «Sarà una settimana che non lo vedo. Sta sempre o a letto o al lavoro e con orari assurdi. Oggi alle tre era già in piedi, l'ho sentito camminare nell'attico. Ma poi, che ci fa lassù?»

«Cammina, a quanto pare. Ha l'encefalomielite mialgica. Mi ha detto che in dieci anni non è uscito quasi mai.»

Si volta verso di me, mi prende il viso tra le mani e mi ci stampa su un bacio. «Bada a lui per me, va bene? Qualcuno deve farlo. Parlagli dei pesci, gli piace.»

Rido: «Già, me ne sono accorta... Ma una volta era famoso?» chiedo. «Ho sentito già due persone parlare di lui come una leggenda.»

Min ride così tanto che le viene la tosse. «Una leggenda?

Un balordo, piuttosto. Cercalo su Wiziwisdom, così ti fai una risata.» Si ferma accanto all'autobus. «Adesso abbracciami, e augurami buona fortuna.»

Rido. «Okay, allora ciao... e buona fortuna. Torna con ottime notizie!»

La saluto con la mano finché l'autobus non sparisce oltre la collina, immaginando delle chitarre pizzicate come colonna sonora del suo viaggio.

L'ondata di caldo si interrompe la mattina dopo, proprio mentre vado verso il negozio a comprare altri cereali. Lo zio Henry ne mangia parecchi...

*Inserire una musica di pianoforte, molto ritmata, come accompagnamento alle inquadrature di me che saltello felice giù per la collina, mi fermo euforica a guardare il cielo mentre le gocce di pioggia mi picchiettano il viso, salto nelle pozzanghere che si allargano in fretta, rido forte e schizzo acqua dappertutto. Stacco. Panoramica sulle persone accalcate sotto la tenda del negozio, in attesa che il rovescio finisca, e che mi fissano come se fossi matta.*

All'improvviso mi raggiunge di corsa una bambina con i ricci castani che salta a piedi uniti in una pozzanghera particolarmente grande e solleva un'onda che ci inzuppa entrambe da capo a piedi e che la fa strillare di gioia.

«Hazel Quartermain!» urla una donna con una giacca a vento gialla uguale a quella della bambina e i capelli castani corti; l'acconciatura perfetta comincia ad appiattirsi sotto la pioggia. «Esci subito da quella pozzanghera. Adesso! Stai rovinando l'uniforme scolastica!»

«No!» protesta la bambina, e indica me: «Perché lei sì e io no?».

La madre poggia a terra la borsa della spesa e mi guarda in tralice con gelidi occhi verdi, momentaneamente senza parole mentre mi squadra per bene. Immagino che la pelliccia sintetica sopra gli shorts mi dia un aspetto bizzarro, ma è la cosa più calda che ho trovato. Sono sicura che a Min non dispiacerà.

«Con questa pioggia la pelliccia si rovinerà» dice la donna.

«È solo acqua» rido «si asciugherà.» Sorrido alla bambina. «Secondo me con quel salto hai battuto il record mondiale degli schizzi.»

Lei ride: «Davvero?».

«Sicuro. Anzi, se esistesse la medaglia olimpica per il salto nella pozzanghera, a te darebbero sicuramente quella d'oro. Io sono Coco» dico, e porgo la mano alla madre. «Abito a Cliff House.»

L'espressione della donna si addolcisce. «Cliff House, dici? Una splendida proprietà. Avrei voluto dare un'occhiata, ma mi hanno detto senza mezze misure che non era in vendita. Una volta apparteneva a un professore famoso, molto apprezzato, ma questo prima che arrivassi io. Adesso chi ci abita?»

«Sempre la stessa persona, mi sa» rispondo con un sorriso. «Lo zio Henry è il fratello di mia madre. Ci fermiamo per... be', almeno qualche settimana.»

«Adele Quartermain» dice a un tratto la donna, stringendo la mia mano con decisione. Poi, dando un colpetto alla figlia, mormora: «Di' ciao, Sprout».

Sprout sembra non apprezzare che le venga detto che cosa fare.

«Hai un soprannome interessante» dico, e mi abbasso alla sua altezza. «Ma quelli nella borsa che cosa sono, cavoletti di Bruxelles?» Lei arriccia il naso e io rido. «Ottimo: ti fanno fare delle gran puzzette e così somigli a un'aringa» aggiungo, ripensando a una cosa che mi ha raccontato lo zio Henry l'altro giorno. «Pare che comunichino in quel modo. Un po' puzzolente, se vuoi sapere come la penso.»

Sprout ridacchia e mi afferra la mano. «Vuoi giocare con me?»

«Be', insomma...» dico, lanciando un'occhiata nervosa alla madre. «Certo. Voglio dire, non ho niente di meglio da fare.»

Adele inclina la testa. «Che ne dici di qualche ora come baby-sitter?»

«Non sono mica piccola!» strilla Sprout.

«È solo per dire» sbuffa la madre. «Siamo appena tornati a Old Barn dopo la ristrutturazione» mi spiega. «C'è voluta un'eternità per finire i lavori, data la passione per il surf degli operai. A ogni modo, adesso siamo qui e oggi pomeriggio arrivano i primi ospiti, con Airbnb. Devo preparare le camere. Saresti libera... adesso?»

# Grandi progetti

Old Barn si trova in una splendida posizione al centro della cittadina, un po' arretrata sul fianco della collina; il panorama se la gioca con quello di Cliff House e per gli ospiti di Airbnb c'è un'intera ala separata, che tutti chiamano la *dépendance*, che è stata appena ristrutturata senza badare a spese. È la casa più bella che abbia mai visto.

«L'ha progettata da sola?» domando, e indico l'enorme cucina in acciaio inossidabile che splende, immacolata, alla luce del sole. Ha pensato proprio a tutto e mi sembra di stare in una rivista. Ma lo sanno, questi, che cos'è il disordine? «È splendida. L'adoro.»

Adele arrossisce. «Grazie... sì, sto cercando di farmi conoscere come progettista di interni. Questa cosa di Airbnb dovrebbe finanziarmi. Anzi, sono alla ricerca di un nuovo progetto. Non credo però che tuo zio voglia vendere, che ne dici?»

«Non ne ho idea» dico divertita. «Non è che sia la persona più disponibile del mondo.»

«Come se non lo sapessi» sospira avvilita. «Quella casa per lui è sprecata. Quei panorami, quei dettagli!»

«Sì, un po' di attenzione le farebbe bene» concordo. «Sta cadendo letteralmente a pezzi, proprio come mio zio.»

«E perché?» domanda Adele.

«Ha l'encefalomielite mialgica» rispondo «anche se non so cosa sia.»

«È una malattia cronica» spiega lei. «Uno dei sintomi, tra le altre cose, è l'estrema stanchezza. Ha provato a cambiare dieta? In rete si trovano un sacco di informazioni. Dovrebbe guardare.»

Poggia un bicchiere di succo di frutta e un piatto di biscotti fatti in casa sul tavolo della cucina, una grande lastra di quercia decorata con fasci di fiori di campo che spuntano da vecchie bottiglie del latte.

«Quanti anni hai, Coco?»

«Quindici. L'anno prossimo prenderò il diploma.»

«E allora non dovresti essere a scuola?»

«Siamo state costrette a lasciare Londra» spiego. «Per il momento. Ora Min è tornata là per risolvere la situazione. Probabilmente mi perderò non più di qualche settimana. Non è grave.»

«Sì che lo è» ribatte Adele. «Siobhan ha la tua stessa età e non è ancora tornata da scuola. È a convitto.» Si china in avanti e sussurra: «Non vedo l'ora di riaverla qui, ma sinceramente... ho paura delle liti tra lei e la sorella. Purtroppo sono come il diavolo e l'acqua santa. Sono certa che io e le mie sorelle non litigavamo così. Tu vieni da una famiglia numerosa?».

Scuoto la testa: «Ho solo Min e lo zio». Anche se, ora che ci penso, forse ho degli altri parenti qui...

Adele controlla l'orologio e si alza all'improvviso. «Perché non vai in camera di Sprout? In cima alle scale, poi a sinistra. Io devo preparare le stanze per gli ospiti.»

Una rampa di scale in ferro battuto conduce a una passerella sopraelevata, chiusa sui lati da pannelli di vetro, dalla quale parte un corridoio interno illuminato solo da una serie di finestre sul tetto e rivestito in modo impeccabile con carta da parati blu notte. Posso scegliere tra sei porte e dietro ciascuna di esse trovo una bellissima stanza che pare uscita da una rivista, ciascuna con il proprio balcone e la vista sul mare.

«Sprout!» grido. La trovo in fondo al corridoio e finalmente scopro dove hanno nascosto tutto il disordine.

Quando Sprout mi vede, seduta sul pavimento davanti a una gigantesca casa di bambola, reagisce con gioia pura. Dev'essere quello che si prova ad avere una sorella.

«Questa è la casa di bambola più bella che abbia mai visto, credimi.» Non che ne abbia viste poi tante, eh.

«Flynn Rider sta per sposare Raperonzolo» mi spiega.

«Oh, il mio film Disney preferito!» esclamo. «E io sono una scenografa esperta. Spostati.»

Poi le racconto dei miei progetti per diventare una regista e di tutto quello che mi è capitato in giro per le sale montaggio di Soho. Resta lì seduta, con gli occhi spalancati, ed è un'eternità che non mi divertivo tanto. Qualcuno con cui parlare, finalmente! Anche se ha sei anni meno di me.

*Sguardo in camera. Be', è pur sempre un inizio, no?*

«Tornerai, vero?» domanda Sprout, stringendomi le braccia intorno alla vita quando tento di andare via.

Rido. «Sì, lo prometto. Ma è ora di cena e devo andare a preparare qualcosa per mio zio. Gli starà venendo fame.»

Sprout si adombra, scettica.

«Adesso lasciala andare, Sprout» dice Adele, con fermezza. «Non è mai stata così euforica con Siobhan.»

«Perché Shiv mi odia» brontola Sprout. «Mi strilla sempre. Mi dice le parolacce.»

«Oh, sono sicura che non è così male» dico.

«E invece sì.»

Adele ride, nervosa. «Ehm, Sprout, puoi andare di corsa a prendermi la scatola sul tavolo in cucina? Ho preparato dei cupcake alle zucchine per Coco e suo zio.»

Quando Sprout parte di corsa, Adele mi mette in mano una banconota da venti sterline e qualche pagina stampata da Wiziwisdom e da un blog sull'encefalomielite mialgica.

«Ci sono un sacco di link» dice. «Sono certa che troverete qualcosa di utile. Secondo me una dieta equilibrata è il punto di partenza ideale. Spero che vi sia di aiuto.»

## Sindrome da stanchezza cronica
**(CFS / ME)**

WiziwisdoM

La sindrome da stanchezza cronica (Cfs, per Chronic Fatigue Syndrome), altrimenti detta encefalomielite mialgica (Me), è una malattia cronica il cui sintomo più comune è l'estrema stanchezza. Può colpire chiunque, compresi i bambini, anche se è molto più diffusa tra le donne.

**Indice**



**Sintomi** [Modifica]

1. Problemi del sonno
2. Dolori muscolari e articolari
3. Basse difese immunitarie – con mal di testa, mal di gola, sintomi influenzali

[Continua a leggere]

**Diagnosi** [Modifica]

Non esistono esami specifici e la Cfs/Me può essere confusa con diversi malesseri comuni. È dunque opportuno rivolgersi al proprio medico curante...

[Continua a leggere]

**Trattamento** [Modifica]

Sono disponibili un'ampia gamma di trattamenti, anche se finora nessuno si è dimostrato efficace al 100%:

* Terapia cognitivo-comportamentale
* Programma graduale di esercizi
* Dieta specifica

[Continua a leggere]

5 luglio 16.04

Questa pagina è stata modificata per l'ultima volta 2 giorni fa.

Estratto dal blog *Con la testa piena di ovatta*:

## Tu sei quello che mangi!

Una dieta equilibrata è molto importante per tutti, ma lo è ancora di più per chi deve lottare contro la Cfs/Me. Quando avete una mente poco lucida, come la mia, concentrarsi sulla strategia migliore diventa difficile. Ecco perché ho contattato una nutrizionista che è riuscita a consigliarmi una dieta su misura per me, alleviando i sintomi della malattia e migliorando la qualità della mia vita.

**Cose da fare:**

- Mangiare poco e spesso.
- Mangiare almeno cinque porzioni di frutta e verdura.
- Scegliere alimenti con proprietà antinfiammatorie, come salmone, fragole, olio d'oliva e frutta secca.
- Scegliere alimenti con un basso indice glicemico, per bruciare gli zuccheri lentamente, per esempio il porridge, le patate dolci e la pasta integrale.

**Cose da non fare:**

- Mangiare cibi che provocano infiammazione, come zucchero, fritti e carni lavorate.

Per maggiori dettagli su come seguire una dieta personalizzata, cliccate qui.

# Stanchezza cronica

«Zio Henry? Che cosa vorresti per cena?» chiedo, facendo capolino dalla porta della sua camera. Lui guarda nel vuoto, apatico, disteso a braccia e gambe divaricate su un mucchio di cuscini come se non avesse nemmeno le forze per riunire le membra.

«Sembri esausto» dico. «Brutta serata?»

Mi guarda torvo. «Non puoi capire.»

«Lascia che ti porti qualcosa per cena, allora» gli propongo. «Così puoi mangiare *a letto*, sdraiato come una stella marina.»

«Le stelle marine per mangiare proiettano lo stomaco fuori dalla bocca» sbuffa. «Vorresti insinuare che faccio così anch'io?»

Sono dispiaciuta. «Ehm... no. Ti va una passeggiata sulla spiaggia? Uscire di casa potrebbe farti bene. A me, ora come ora, sembra l'unica cosa che mi impedisce di impazzire. Scommetto che a Cove Beach ci sono molte...»

La mia voce si spegne, mentre lo zio Henry mi guarda come se gli avessi proposto di andare sulla Luna. All'improvviso avrei bisogno di staccare un po' e arrivare subito al punto in cui vado incontro a Min alla stazione, lei scende dall'autobus, mi getta le braccia al collo e io rido quando mi dice che torniamo a Londra...

«Potremmo guardare il tramonto insieme» insisto: una patetica ultima speranza. «C'è qualcosa di magico nel guardare la fine di una giornata in riva al mare, non credi?»

Per una volta è la cosa giusta da dire e lo zio Henry, con fatica, scende dal letto.

Con la pioggia ormai quasi dimenticata, il cielo azzurro sovrasta un bianco e vaporoso nido di nuvole sparse lungo tutto l'orizzonte, dalle quali filtra il sole che tinge il mare, liscio come seta, di una sfumatura arancione scuro. Quando si abbassa ancora e il cielo si fa rosa acceso, con un velo d'indaco sulle nubi, del sole resta solo un punto giallo riflesso sull'acqua, che accentua le increspature della marea che entra nella baia. Sospiro felice, lasciando che quella luce magica mi pervada e mi convinca che tutto è ancora possibile.

«È proprio bello oggi» commento, e mi accomodo in quella che sta diventando rapidamente la *mia* poltrona.

Lo zio Henry resta in silenzio, fissando impassibile il panorama mentre spazzola di gusto un'altra scodella di cereali, dopo aver rifiutato la mia offerta di fagioli cotti. Vive come un eremita da così tanto che ha dimenticato come parlare e interagire con le persone?

Ricorro a un gioco che faccio spesso con Min quando è di cattivo umore: «Qual è la tua cosa preferita?».

«Scusa?»

«La tua cosa preferita di oggi» spiego. «È il mio modo di vedere il lato positivo quando le cose vanno male.»

«Vediamo» fa lui, acido. «Ieri sera sono andato a letto perché mi sentivo esausto, ma di dormire non c'è stato verso, così nel cuore della notte mi sono alzato e ho lavorato un po'. Ho visto l'alba come al solito e sono tornato a letto. Poi mi sono svegliato troppo presto, perché tu pesti i piedi quando cammini. Sono tornato di sopra e ho scoperto che uno dei pesci pagliaccio era morto...»

Rimango a bocca aperta. «Oh, e quale? Spero che non fosse Stanlio.»

Mi guarda come se fossi pazza. «Stanlio?»

«Sì, l'altro l'ho chiamato Ollio» dico. «Secondo me gli stavano bene. Sai, visto che sono pesci pagliaccio.»

«Comunque» sospira lo zio Henry «dopo che l'ho buttato nel water...»

«Così, senza funerale?»

Mi lancia uno sguardo severo e la ruga che ha in mezzo agli occhi si fa più profonda. «Come dicevo, dopo essermi sbarazzato del corpo sono tornato a letto. Ci sono rimasto tutto il giorno e se ci penso mi sento malissimo.»

Torna a guardare il mare e io resto a domandarmi se debba dirgli anch'io qual è la mia cosa preferita. Dopotutto c'entrano i pesci.

«La mia cosa preferita, invece, è stata vedere un delfino stamattina» dico, alla fine. «Non ne avevo mai visto uno nel suo ambiente naturale. O forse era una foca, non so. Comunque, è stata una cosa speciale. E l'alba è stata molto bella. Ieri notte ho lasciato la finestra aperta. Sembra che così riesca a dormire meglio...»

«Pensi di riuscire a tenere la bocca chiusa?» chiede lo zio Henry, massaggiandosi le tempie. «Queste tue chiacchiere continue. Perché non prendi fiato ogni tanto?»

«Scusami» farfuglia poi dopo un lungo silenzio. «Sono troppo abituato a stare da solo.» Mi sorride; un sorriso con gli incisivi larghi, che somiglia a quello di Min, solo che su di lui sembra fuori posto, come se non lo avesse usato abbastanza.

«Non sarebbe splendido se ora vedessimo una sirena?» fantastico.

«Le sirene non esistono» sbuffa.

Mi rattristo. «Sì, lo so, però immagina se...»

«Gli esseri umani non possono respirare sott'acqua.»

«Ma possono trattenere il fiato» ribatto.

«Niente "ma"» scatta lo zio Henry. «Gli esseri umani morirebbero congelati se vivessero sott'acqua. E non si può essere un pesce e contemporaneamente un mammifero. L'evoluzione non lo permette. Le sirene non potrebbero *mai* esistere. Sono solo un'idea romantica di ciò che secondo un bambino abita nel mare.»

Sospira. «Scusami. Di nuovo. È stata una settimana difficile. Questa schifosa malattia mi fa sentire stanco tutto il giorno e poi di notte mi tiene sveglio.»

Il mio cuore sussulta; dopo la conversazione con Adele sono convinta che lo zio potrebbe cambiare qualcosa. «Ho parlato con qualcuno delle tue, insomma... condizioni di salute» comincio, nervosa. «Mi ha dato delle informazioni e ha detto che dovresti cambiare dieta. Assumere antiqualcosa o antiqualcos'altro. A quanto pare dovresti mangiare cose tipo il porridge e non tutti quei cereali zuccherati. Potresti addirittura farti fare una dieta personaliz...»

Lo zio Henry sbatte la ciotola sul tavolino in mezzo a noi, schizzando latte dappertutto, facendomi sobbalzare e interrompendo il mio monologo.

«Secondo te non ci ho mai provato?» sibila. «Secondo te negli ultimi dieci anni sono sempre rimasto a letto? Ho visto come mi guardi» continua. «Tu pensi che nessuno abbia bisogno di dormire *così tanto*, nemmeno un adolescente. E dai per scontato che io sia solo pigro e non abbia voglia di uscirne.

La mente è più forte del corpo! Se solo riuscissi a pensare con più lucidità, starei subito meglio. Tu sei come tutti gli altri...» Ed esce dalla stanza trascinando i piedi, lasciandomi lì, a guardarlo, in preda ai sensi di colpa.

*Promemoria: parla con Henry di pesci e non delle sue condizioni di salute...*

WikiwisdoM

# Henry James

Le informazioni su una persona vivente devono essere ulteriormente verificate usando una fonte attendibile.

Henry JAMES è un biologo marino conosciuto perlopiù per i suoi saggi *Pesci che si arrampicano* e *Pesci che si aggrappano*. Inoltre, è stato insignito per due volte del Neptunian Award, ritenuto da molti l'unico premio che valga la pena vincere.
Da oltre dieci anni non frequenta più gli ambienti scientifici. Forse c'entra qualcosa l'essere nati con le squame...?

[Continua a leggere]

**Contenuti**



**Bibliografia** [Modifica]

*Pesci che si arrampicano* (2002)
*Pesci che si aggrappano* (2003)
*La triste storia del Pesce Bolletta del Bosforo*
*La vita e l'epoca della scimmia acquatica* (inedito)

7 luglio 01.49

Questa pagina è stata modificata per l'ultima volta 5 giorni fa.

Estratto dalla rivista *Aquatic Life*:

## Scienziato o appassionato di pesci?

Henry James – non il pionieristico scrittore angloamericano, nonostante pure lui venga d'oltreoceano – un tempo era un biologo marino di belle speranze, diretto a velocità stratosferica verso l'Olimpo della scienza, dove avrebbe raggiunto grandi nomi come Curie, Einstein e Darwin. Molti si aspettavano che aiutasse il grande pubblico a conoscere l'incredibile mondo dei pesci e per poco non ci è riuscito... È nato a Boston (Massachusetts, Usa), dove ha frequentato la prestigiosa New England School for Boys finché i genitori non si sono trasferiti a Piscary Bay, Inghilterra. Forse, vivendo sul mare, era scontato che venisse affascinato dai pesci e che volesse diventare il biologo marino più importante del suo paese, anzi del mondo.

Dopo la laurea, primo del suo corso, alla Exeter University, la carriera di James sembrava assai promettente. Si è subito fatto notare con un esplosivo saggio con cui spiegava l'improbabile fenomeno dei pesci che risalgono le cascate e che gli valse l'agognato Neptunian Award. Riconoscimento che avrebbe vinto di nuovo e per il secondo anno consecutivo – un risultato senza precedenti – con il saggio successivo, *Pesci che si aggrappano*, in cui raccontava l'incredibile storia della remora. Un futuro luminoso sembrava doppiamente assicurato.

Tuttavia il suo terzo saggio, dal fantasioso titolo *La triste storia del Pesce Bolletta del Bosforo*, non venne accolto con altrettanto favore e James, lasciando che l'amore per il mare gli annebbiasse la mente, affermò di credere nella Teoria della Scimmia Acquatica (Tsa). Lo sento che trattenete il fiato, e avete ragione! Quale persona sana di mente potrebbe credere a simili sciocchezze pseudoscientifiche? Be', a suo discredito, James ci credette. Ops!

Estratto da *La triste storia del Pesce Bolletta del Bosforo* di Henry James:

Con solo il cinque per cento degli oceani del mondo finora esplorato, molti scienziati ritengono che esistano letteralmente milioni tra pesci e altri animali che ancora aspettano di essere scoperti. Una di queste creature è il Pesce Bolletta del Bosforo. Con la pelle maculata, denti grossi come quelli di un essere umano che lo rendono incapace di chiudere la bocca e l'ossessione per la propria immagine riflessa, si potrebbe sostenere che il Pesce Bolletta del Bosforo sia, in realtà, come un adolescente senza cervello…

# Iron Man

La mattina successiva mi intrufolo nell'attico. Con il mare che martella turbolento la costa, sono tornati i cieli burrascosi: dense nubi nere si profilano drammatiche fuori dalle finestre e rendono stranamente confortevole rimanere a casa. Immagino che la cosa più bella dopo nuotare in mare sia guardarlo con malinconia.

«Giorno, Brian» sussurro quando l'acquario prende vita. «Come stai oggi?»

«Non può risponderti, lo sai» dice lo zio Henry, cosa che mi fa sobbalzare perché nell'ombra non lo avevo visto.

«Oh, buongiorno» rispondo, con una risatina nervosa. Ieri sera non ci siamo esattamente lasciati nel modo migliore. «Ti sei svegliato presto.»

Alza le spalle: «Non riuscivo a dormire».

«Nemmeno io» sospiro, e mi avvolgo una coperta intorno alle spalle.

Saluto Brian che resta fermo nello stesso punto, pietrificato, come se guardasse la tv attraverso il vetro dell'acquario. Il pensiero mi fa ridere di nuovo. E se per i pesci il nostro mondo non fosse altro che una soap opera? Brian è triste perché non vede altro che il volto triste dello zio Henry?

«Zio, i pesci soffrono di depressione?»

Alza le sopracciglia. «Certo. Anzi, esistono pure degli studi sulla possibilità di sviluppare antidepressivi specifici. Io non li ho letti, però, perché ho la testa piena di ovatta. Perché?»

«È solo che Brian sembra sempre così triste.»

«Lo stai antropomorfizzando» dice, e tira su con il naso.

*Occhiata di sbieco in camera...*

«Significa attribuire a un animale emozioni umane» spiega.

«Ah» dico a bocca aperta, e mi rendo conto che forse potrei guadagnare punti se imparassi qualcosa di nuovo. A quanto pare lo zio Henry è *davvero* qualcuno. Certo, se vi piace la scienza. «Ma non è la stessa cosa che hai fatto tu con il Pesce Bolletta del Bosforo?» provo, e mi sento piuttosto intelligente. «Intendo quando l'hai definito un adolescente senza cervello...»

Il silenzio che segue è immenso, intervallato solo dai richiami insistenti della famiglia di gabbiani che ha preso la residenza sul tetto. I solchi sulla fronte dello zio Henry si fanno più marcati, l'espressione rispecchia i nuvoloni neri all'esterno e mi spinge a desiderare che il pavimento si apra e mi inghiotta. Forse prima di commentare avrei dovuto leggere tutto l'articolo...

«Scusami» sussurro. Non mi piace quando qualcuno è arrabbiato con me.

Lo zio Henry fa un brusco cenno del capo e si rimette a leggere. Un attimo dopo però mi guarda, imbarazzato, come se si sentisse in colpa. «E allora, insomma... qual è il tuo pesce... preferito?» domanda.

«Be'...» farfuglio.

«Oh, andiamo» dice, con un po' più di entusiasmo. «Tutti quanti ne abbiamo uno.»

*Sguardo in camera. Ah, sì?*

«Il mio è il cavalluccio marino» aggiunge euforico. «"E che

mi dici del pesce sega dal rostro lungo, con tutte quelle coppie di denti sui lati?", potresti chiedermi. No davvero! O magari il pesce mandarino, il più bello del mondo, e tuttavia velenoso? Nemmeno quello! Perché dal punto di vista evolutivo il cavalluccio marino è una meraviglia» spiega, accalorandosi, e spalancando gli occhi per la soggezione.

«Il suo nome scientifico è *Hippocampus*. Gli occhi si muovono indipendentemente l'uno dall'altro. I maschi hanno una tasca ventrale che permette loro di deporre le uova e poi...» fa una pausa dall'effetto drammatico, gesticolando per spiegarsi meglio, «sono estremamente forti: la coda è divisa in trentasei sezioni, ciascuna con quattro piastre laterali collegate da piccole giunture. Una specie di armatura, se vogliamo.»

«Ah, come Iron Man, vuoi dire?» lo zio Henry resta senza espressione. «È un industriale miliardario e membro degli Avengers» spiego. Macché, ancora niente. «Ora che ci penso, mi piacciono molto le stelle marine» dico, riportando la conversazione su un terreno più sicuro.

«Però non sono pesci.»

«Ah. E le meduse? Quelle dell'acquario di Londra sono pazzesche.»

Lo zio Henry scuote la testa. Avrei fatto meglio a fare ricerche sui pesci, invece che su di lui.

«E i delfini, allora?»

«Tecnicamente sono mammiferi» dice, con una smorfia di dolore. «A sangue caldo, capisci. Respirano come noi, con i polmoni e non con le branchie.»

Annuisco. «Come le sirene» ridacchio. «Scusa, non ho saputo resistere.»

Lui non sorride. Nemmeno una minuscola scintilla di sorriso.

*Promemoria: mai scherzare sui pesci con lo zio Henry...*

# Piscary Bay – Tavole di marea

**Martedì 9 luglio**

| | |
|---|---|
| Bassa marea: 06.29 | Altezza: 1,90 m |
| Alta marea: 12.26 | Altezza: 5,50 m |
| Bassa marea: 18.56 | Altezza: 2,00 m |

**Luna crescente, primo quarto**

| | |
|---|---|
| Alba: 05.23 | Tramonto: 21.31 |
| Alba lunare: 14.55 | Tramonto lunare: 01.27 |

# Minaccia esterna

Nei giorni successivi la pioggia mi costringe a casa e quando finalmente esco mi sento sollevata, vista l'atmosfera tesa che c'è con lo zio Henry; ha proprio dimenticato come ci si comporta in compagnia di altri esseri umani. E Min non mi ha dato notizie su come stia andando la sua missione. Punto dritta alla spiaggia pubblica.

Ogni giorno alle quattro del pomeriggio, puntuali come un orologio, arrivano i ragazzi del posto, ammucchiano le uniformi scolastiche sulla sabbia ed entrano in acqua come se per tutto il giorno non avessero pensato ad altro. Probabilmente è così. Si affollano l'uno intorno all'altro, si schizzano e ridono e guardano attentamente mentre alcuni di loro fanno a turno con maschera e boccaglio per galleggiare sull'acqua a pancia sotto.

Dopo diversi giorni passati a osservare questo rituale, la voglia di inserirmi supera finalmente la paura di essere respinta.

«Ciao, Amy» esclamo, quando vedo l'amica di Leo. «Sono Co...»

«Sì, lo so chi sei» risponde, asciutta. «Quella che riprende tutto e non sa niente di niente.»

Rido. «Già, sono stata un po' stupida a non mettere la muta.»

Mi fissa. «Direi.»

«Che stanno facendo?» domando, accennando a due ragazzi che galleggiano l'uno accanto all'altro, le braccia aperte come in uno dei film di *Mission: Impossible*.

«Giocano all'ultimo rimasto» risponde. «L'ultimo che riprende fiato vince.»

«Posso provare?»

Ride. «Tu? Tu mica sei un Pesce.»

«Be', no» rido. «Sono un mammifero. Siamo tutti...» balbetto, e poi taccio quando vedo che non accenna neanche l'ombra di un sorriso.

«Quasi nessuno riesce a trattenere il fiato per più di trenta secondi» dice. «Due minuti al massimo.»

Uno dei ragazzi torna su di colpo e sbatte il pugno sull'acqua infuriato mentre l'altro, Bennie, si alza lento e trionfante e accetta le pacche sulla spalla che spettano al vincitore.

«Ben fatto, Bennie» mi complimento. «Per quanto hai trattenuto il fiato?»

«In realtà si chiama apnea statica» mi corregge Amy con una smorfia.

Bennie ansima, mentre riprende fiato e si asciuga il volto con la mano. «Non lo so. Quattro minuti, forse di più.»

«Wow.» Sono ammirata.

«*Oi*, Cassie» esclama Amy quando una bambina minuscola passa di lì nuotando a cagnolino.

«Vuole giocare all'ultimo rimasto. Ci stai?»

«Davvero?» boccheggia la bambina, come se non credesse alla propria fortuna.

*Stacco. Io galleggio accanto a lei a pancia sotto, il mare ci culla dolcemente. Panoramica del fondale marino mentre cerco conchiglie per distrarmi. Stacco. Io mi alzo lentamente non appena vedo la bambina che torna di colpo in superficie, mentre penso che, finalmente, ho l'occasione di essere accettata.*

«Perché l'hai fatto?» ringhia Amy, prendendo tra le braccia Cassie, che adesso piagnucola. «Ha solo nove anni. Dovevi lasciarla vincere.»

«Ma hai detto che era un gioco» dico.

«È così» sibila.

«Sembravi a tuo agio là sotto» dice Bennie.

«Mi sono allenata» rispondo. «Allora, qual è il vostro record?»

Alza le spalle. «Cinque minuti, più o meno? Il record è di Leo. Billy è imbattibile però. Nessuno ci riesce.»

«Billy?» Il cuore comincia a battermi un po' più forte.

«Non sono affari tuoi» scatta Amy.

«Era uno di noi» dice Bennie. «È morto anni fa.»

«Vuoi dire Billy Pengelly?» Di sicuro non ce ne saranno altri che sono morti. «Lo conoscevi? Com'era?»

«E a te che importa?» risponde Amy. «E tu chi saresti, comunque?»

«È una James» risponde Bennie, prima che possa farlo io. «Abita con lo zio a Cliff House.»

Amy alza le sopracciglia. «Henry James ha davvero una nipote? Credevo fossero solo pettegolezzi.»

«No, esisto davvero» rido, e mi sembra che forse, ora che conosco meglio lo zio Henry, posso farmi apprezzare di più. «Anche se di certo non sono ossessionata dai pesci come mio zio.» Ridacchio. «Ha iniziato a raccontarmi di come la rana pescatrice maschio chiama le femmine per accoppiarsi.»

I loro volti sono l'immagine dell'orrore. Presumo di avere la stessa espressione quando lo zio Henry mi racconta certe cose. «A quanto pare emettono dei gemiti e...»

«Min è tornata» mi interrompe Bennie, ed è come se ci fosse un'eco mentre quelle parole fanno presa sul gruppo.

Amy impallidisce. «Leo lo sa? Sua madre non sarà contenta. E nemmeno la mia.»

«Non ancora» risponde lui. «Ma in un posto così piccolo non ci vorrà molto.»

Li guardo corrucciata. «Sentite, non so perché ce l'avete con me, però io non sono Min. Sto solo cercando di farmi degli amici. Perché non andiamo a prenderci un gelato?» aggiungo, pensando che magari servirà a rompere quel guscio di ostilità. Con me funzionerebbe.

Amy si volta verso di me. «Io con una James non mi farei vedere nemmeno se fosse l'ultima persona sulla terra. Avanti ragazzi» dice agli altri «andiamo da Screams. Offre Bennie.»

«Te lo sogni!» esclama lui, e li guardo mentre si allontanano tutti insieme, in fretta, e mi lasciano da sola.

# Pausa

Torno a casa trattenendo il fiato e uso l'ossigeno che mi resta e pompa nelle vene, nelle orecchie e sul diaframma per non piangere. Poi mi lancio sul letto e va tutto a monte: seppellisco la faccia nel cuscino e do finalmente libero sfogo ai singhiozzi. Come fanno a essere così cattivi? Non mi conoscono nemmeno. Io non sono Min! So che lei non piace a tutti, ma cosa avrà mai fatto perché metà della cittadina la odi?

Rivedo quella scena di continuo, un replay infinito, sperando di trovare risposta alle domande che si sono messe in fila nella mia testa. La vedo dura. Finisco con l'ululare a pieni polmoni, proprio come una rana pescatrice, in mancanza di un paragone migliore.

Quando bussa lo fa così piano che quasi non lo sento, poi vedo lo zio Henry che fa capolino sulla soglia. «Coco?» dice sottovoce. «Tutto okay?»

Provo a fare ciò che normalmente farei con Min: sogghigno, sopporto e fingo che sia tutto a posto. Non c'è bisogno che conosca i miei problemi, ne ha già abbastanza per conto suo. Con quella presenza continua e silenziosa, però, e quello sguardo intenso che sembra leggermi dentro come un libro, mi ritrovo a fare l'esatto contrario e gli racconto di botto quello che è successo in spiaggia.

«Sto solo cercando di farmi degli amici» piagnucolo. «Perché non lo capiscono? Non ho nemmeno avuto notizie da Min. Credo che mi abbia abbandonata... E anche tu!» ansimo. «Tu mi odi.»

Lo zio Henry si acciglia. «Ma no che non ti odio.»

«E invece sì» singhiozzo. «Ho cercato in tutti i modi di capire come entrare in contatto con te, come aiutarti con l'encefalomielite. Ho perfino letto i tuoi saggi scientifici sui pesci e io *aborro* la scienza. Cosa ti ho fatto di male? Non è colpa mia se Min ha perso il lavoro e abbiamo dovuto traslocare qui...»

Lo zio Henry alza una mano. «Ma tu, ogni tanto, te la prendi una pausa?» mi domanda.

Ridacchio: «A volte».

«Che ne dici di farlo adesso, insieme?» sorride. «Fammi spazio, ti va?» Sale sul letto e mi cinge con un braccio. «Scusa se ti ho dato questa impressione» dice. «Non sono abituato ad avere gente in casa... ma non ti odio. Come potrei? Guarda, Min ha un carattere complicato. Ovviamente non ti ha abbandonata, tu per lei sei tutto. Sappiamo entrambi che non risponde mai al telefono. Secondo te perché non siamo rimasti in contatto? Di sicuro non perché io non ci abbia provato; poi è arrivata questa schifosa malattia.»

Cambia tono, come se raccontasse una favola della buonanotte. «È stato un fulmine a ciel sereno» dice. «La mamma era appena morta e io ero sfinito dalle mie ricerche. Qualunque cosa mi sembrava una battaglia in salita. Poi un giorno mi sono svegliato e mi faceva male tutto. La stanchezza che mi aveva travolto... è stato come quando va via la corrente.

Non avevo più energia. Anche il cervello mi era andato in pappa. Prima ero capace di fare ricerche, scrivere saggi, adesso restavo sul letto in totale confusione.»

«Perché non hai chiesto aiuto a Min?» domando. «Ah, già.» Ridiamo entrambi per quanto è ridicolo ciò che ho appena detto.

«Aveva reciso da tempo ogni legame con questo posto» spiega lo zio Henry. «Per un po' mi ha aiutato la governante della mamma, visto che non lo facevano i miei amici. Appena capito che era una cosa lunga gli sono venuto a noia.» Sbuffa. «O magari ero io a non poterne più di loro e dei loro consigli. Mangia questo, fa' quello. Se solo me ne fossi convinto sarei stato meglio.»

Rabbrividisco. «Allora quando ti ho proposto quelle cose per migliorare...»

«Niente che non abbia già provato» sospira. «Ho fatto anch'io le mie ricerche. Credimi.»

«E poi cosa è successo?»

Ride. «I miei pesci. Erano due anni che non li vedevo. Allora mi sono posto una piccola sfida: un gradino alla volta. Mi ci sono voluti mesi per salire fino all'attico. Ogni giorno mi dicevo che non potevo farcela, ma in qualche modo riuscivo anche a convincermi ad andare avanti ancora un altro giorno. I giorni sono diventati settimane e poi mesi e, per la prima volta dopo chissà quanto tempo, ho sentito che stavo facendo qualcosa di utile.» Tace per qualche secondo. «Era stata un'idea di tua nonna, in realtà.»

*Sguardo in camera. Come come?*

«Ho una nonna?» Sono incredula.

Lo zio Henry annuisce. «Sì. Wanda Pengelly. Abita sopra al porto. Attenzione, però, non sa niente di te.»

«Non riesco a credere che Min non l'abbia detto *a me*» dico. «È sempre stata avara di dettagli. A parte la sua...»

«Epica storia d'amore.» Lo zio alza gli occhi al cielo. «Che cosa vuoi sapere? Puoi chiedermi tutto.»

Mi metto seduta, euforica. «Puoi raccontarmi di mio padre? Com'era?» Faccio una pausa. «Che cosa gli è successo, davvero?»

*Stacco. Una sequenza di immagini color seppia di molto tempo fa: una giovane Min e Henry James incontrano per la prima volta in spiaggia Billy Pengelly e se la intendono subito; le loro avventure mentre nuotano, si immergono e fanno surf insieme; Billy progetta di studiare arte a Londra. Poi si trasforma tutto in un film dell'orrore e, per un assurdo scherzo del destino, Billy perde troppo presto la sua giovane vita.*

«Morì per una corrente di risacca» dice lo zio Henry. «A Cove Beach. Per questo non voglio che tu ci vada a nuotare da sola.»

Ed è esattamente lì che sono andata, senza conoscerne l'importanza. Lo guardo, confusa. «Come può essere colpa di Min?»

«E chi può dirlo?» risponde. «Quando successe io non c'ero e quando tornai erano già iniziate le chiacchiere. Uno li aveva sentiti litigare, un altro sosteneva addirittura di aver visto Min che entrava nella...» e lì si blocca.

«Nella?» domando. Ma lui scuote la testa e si rifiuta di aggiungere altro.

«Sai, quando voglio sapere qualcosa...» dice, all'improvviso, «mi metto a fare ricerche.»

«Ricerche» ripeto io, con un deciso cenno del capo. «Ho capito.»

Lo zio Henry sorride e poi, con un respiro profondo, si alza tutto scricchiolante e mi fa cenno di seguirlo nella stanza accanto, una camera da letto così piena di sacchi dell'immondizia e scatoloni che il pavimento si vede a malapena.

«Che cos'è tutta questa roba?»

«Le cose della mamma» risponde, perlustrando gli scatoloni. «Ah, eccoli qui.» Apre lo scatolone più in alto e tira fuori una serie di polverosi album di fotografie. «Se vuoi un consiglio, inizia da qui...»

# Ricordi

*Sguardo in camera.* «Okay, oggi si inizia a scoprire chi sono.»

«Sul serio?» mi interrompe lo zio Henry, sbuffando.

Comincia a piovere, così ci trasferiamo nell'attico, lui per continuare le sue ricerche e io per iniziare la mia, anche se non posso fare a meno di guardare il mare con nostalgia e una gran voglia di tuffarmici dentro.

«Sto girando un documentario» dico. «È questo che voglio fare da grande. Come Bob.»

Lo zio Henry ride. «Questo spiega perché hai sempre quel dannato telefono puntato su qualcosa. Basta che non riprendi me.»

«Non me lo sogno neanche.»

*Stacco su: un dettaglio dello scatolone che ho trascinato di sopra.*

Gli album di fotografie sono ordinati per anno, etichettati con precisione e in bella calligrafia. Ho un vago ricordo di Min che si lamenta di quanto fosse super organizzata sua madre. Immagino che il gene dell'ordine abbia saltato una generazione, allora.

Ogni foto ha un titolo, per esempio: *Min – primi passi, 13 mesi.* Oppure: *Henry – bicicletta nuova, 3 anni.* È tutto così ben documentato che davvero mi apre una porta su quella che dev'essere stata la loro infanzia. Min e Henry che giocano insieme in spiaggia e fanno giganteschi castelli di sabbia con il padre. Henry, con i capelli afflosciati sulla fronte, che insegna a fare surf a una Min dal viso giovane e fresco ma pieno di brufoli.

*Sguardo in camera. Allora* anche lei *ha avuto i brufoli!*

Arrivo a una foto dello zio Henry che sorride all'obiettivo, mentre tiene in alto con orgoglio un oggetto a forma di bolla. Gli brillano gli occhi e sembra un giovane Leonardo DiCaprio, solo che ha i capelli più scuri e la pelle molto più chiara.

«Che cos'hai in mano?» gli domando divertita, lui però si è addormentato e russa piano, con il materiale della sua ricerca poggiato in grembo. Alterno lo sguardo tra lui e la foto: era così giovane e spensierato, allora!

Arrivo a un anno particolarmente sfortunato per la moda e giro la foto a Min, sperando che possa darle una scossa e farla reagire. È incredibile, ma funziona.

12 luglio

IO
Ma cosa ti eri messa? LOL
10.34

MIN
Oddio! Dove hai trovato questa foto?
10.35

IO
Ho trovato gli album di tua madre...
Cmq, quando avevi intenzione di dirmi
dell'altra nonna?!?
10.35

MIN
Torno domani con l'ultimo autobus.
10.40

IO
Ma è fantastico! Buone notizie spero!
10.40

MIN
...
10.50

Come una tortura, i tre puntini se ne stanno lì a tormentarmi in attesa di quello che forse risponderà. Poi di colpo spariscono e resto a domandarmi che cosa stesse per scrivere, proiettandomi in testa diversi film. Sono tutti a lieto fine. Immagino che siano notizie così esaltanti che preferisce darmele a voce per vedere la mia reazione, cose così. È quello che farei io.

Sfoglio l'album distrattamente, ridacchiando tra me. Immagino che il gusto per la moda di Min sia sbocciato tardi e quanto allo zio Henry, be'... meno ne parliamo meglio è. Poi arrivo a una serie di foto insieme agli amici. Min sembra incredibilmente giovane, anche se ha già il suo caratteristico eyeliner e l'acconciatura ad alveare; è seduta intorno a un falò in spiaggia accanto a mio padre e ride per qualcosa di divertente, da tempo dimenticata e fuori dall'inquadratura. Amici i cui volti ricordano vagamente persone che ho visto in giro per la cittadina. Ridono e scherzano a favore dell'obiettivo.

C'è anche una foto con tutti loro in acqua, raccolti intorno a una coppia che galleggia a pancia ingiù. Forse giocano all'ultimo rimasto. Per quanto non veda l'ora di tornare a Londra e ritrovare i miei amici, c'è tutto un lato della vita a Piscary Bay che non ho ancora esplorato e questo include trovare mia nonna.

# Senza parole

La cittadina sembra un vespaio. Il porticciolo e le stradine pullulano di vacanzieri arrivati con i loro suv troppo larghi per quelle viuzze, mentre intere famiglie si aggirano spaesate davanti a me, trascinandosi dietro le tavole da surf. Mi piacerebbe proprio tornare in acqua, ma ho una missione da compiere e non mi fermo nemmeno a fare due chiacchiere con Jan se non per chiedergli se conosce Wanda.

«Ma certo, *kochanie*» ride. «La conoscono tutti.»

Quando passo accanto a Screams vedo Bennie. «Ciao, Bennie!» esclamo. «Oggi sembra perfetto per il surf.»

«E tu che ne sai?» ride.

«Niente. Oggi non mi sono nemmeno tuffata, è troppo mosso... Tu conosci Wanda Pengelly?»

Sbuffa. «Certo. Qui tutti la conoscono. È dentro» aggiunge, accennando alle sue spalle.

Il campanello annuncia il mio ingresso nella gelateria – non che qualcuno ci faccia caso – e a un tratto mi sento nervosa a un livello ridicolo. Forse questo non lo dovrei riprendere.

«Rieccoti» dice la madre di Bennie.

«Oh, salve, signora Khatri» cinguetto. «In realtà non voglio un gelato. Cerco Wanda Pengelly.»

«È laggiù» risponde energica, lanciando un'occhiata nell'angolo dove una donna siede accanto alla vetrina e guarda fuori, pensosa, da dietro a un paio d'occhiali con la montatura nera, armeggiando nervosa con la sua treccia.

«Ah» dico accigliata. «Ce n'è più di una? Sembra troppo giovane.»

La madre di Bennie però è impegnata con i clienti e allora mi avvicino comunque alla donna. Male non fa, visto che tutti conoscono Wanda Pengelly...

Lei alza lo sguardo. «Salve. Sei qui per avere informazioni sul nostro corso per sirene?»

Scuoto la testa, troppo intimorita per respirare. Il risultato però è una specie di confronto diretto tra noi.

«Allora che cosa volevi?» chiede perplessa.

Io espiro lentamente e poi inspiro di nuovo per farmi coraggio. «Sto cercando Wanda Pengelly» dico. «La signora Khatri mi ha indicato lei, ma non è abbastanza anziana.»

Sbuffa. «Perché non sono io. Wanda è lei.» E mi volto per trovarmi faccia a faccia con l'anziana che l'altro giorno ho visto fare surf. Quella è mia nonna. Io ho una nonna. Oddio.

La fisso, pietrificata, nella testa altri film su cosa potrebbe succedere adesso. Sono terrorizzata. Perché, anche se ho sempre sognato di avere una famiglia, un padre, un fratello o una sorella e anche una nonna, finora non è che stia andando un granché. Ci sono volute più di due settimane per conoscere meglio lo zio Henry; è stato un percorso più che accidentato e in pratica ci sto ancora lavorando. E se mia nonna fosse come lui? Se non volesse conoscermi? Non è che sia proprio una nipotina appena nata e tutta da coccolare.

«Tutto bene, tesoro?» dice, con il mio stesso sorriso scintillante.

*Mia nonna...*

«Vuoi scusarci?» dice la donna con la treccia. «Stiamo parlando d'affari.»

Annuisco con educazione mentre Wanda mi gira intorno e si siede anche lei accanto alla vetrina; la donna più giovane parla di numeri e a me non resta che fissare mia nonna, a malapena capace di credere ai miei occhi.

«Senti, si può sapere che vuoi?» domanda la donna giovane, lanciandomi un'occhiata stizzosa.

«Sarah...» la rimprovera Wanda.

«Sono cinque minuti che se ne sta lì impalata, mamma» ribatte lei, infastidita.

*Sguardo in camera. Mamma? Quindi lei è mia zia?*

Faccio un respiro profondo, poi butto giù la quantità esagerata di saliva che mi si è accumulata in gola. «Be', volevo solo... volevo conoscere Wanda perché... insomma, lei è...»

«Sputa il rospo, dai» scatta Sarah.

«Sarah!» Wanda si volta verso di me e mi fissa con i suoi freddi occhi azzurri. Stesso colore e stesso taglio dei miei. «Che cosa c'è, tesoro?»

«Insomma, si può sapere chi sei?» chiede bruscamente Sarah.

Okay, devo dirlo e basta.

Sbatto le palpebre. «Sono...»

«Coco! Dov'eri finita?»

Mi volto di scatto per un colpo di scena che non avevo previsto. Sotto i riflettori adesso c'è Min, magnifica, con un nuovissimo paio di scarpe tacco dieci che spuntano sotto l'ampia gamba di un tailleur pantalone di seta bianca che non le avevo mai visto. «Sono dieci minuti che aspetto alla fermata dell'autobus» si lamenta. «Dovevamo vederci lì.»

La fulmino con lo sguardo: «Dovevi arrivare con l'ultimo autobus, però».

«Ho preso quello prima. Che cosa stai facendo?» e guarda Sarah, dietro di me, che sembra ugualmente sconvolta.

«Be', guarda un po' cos'ha portato il gatto» sputa verso Min. «Non pensavo che avresti di nuovo "messo piede in questo buco infernale". Parole tue, se non ricordo male.»

Min alza le spalle. «Già, be', le cose cambiano.»

«Forse per te» dice Sarah, drizzando il pelo. «Ad alcuni di noi non è concesso andare avanti.» Lancia un'occhiata pungente a Min: «E di sicuro non in fretta come pare abbia fatto tu. Non sei la benvenuta qui, Min. Dovresti andartene».

«Sarah» la rimprovera Wanda «adesso esageri.»

«E da quand'è che hai cambiato idea?» protesta lei. «Dopo quello che ha fatto! Scusa, ma non voglio avere niente a che fare con la famiglia James.»

«La cosa è reciproca» ribatte Min. «Andiamo, Coco. Andiamo via.»

«Ma...» dico.

«Adesso» sibila lei, ed esce dalla gelateria impettita con me che le sgambetto dietro.

Be', una cosa è certa: se la mia vita fosse davvero un film, questa scena finirebbe sul pavimento della sala montaggio, con la raccomandazione urgente di girarla di nuovo.

# Schierarsi

Min ha le spalle contratte fin sulle orecchie mentre scalpita lungo la via principale e fa un gran baccano trascinandosi dietro la valigia. Non so perché sia tanto arrabbiata con me.

«Min, fermati!» grido. Non l'ho mai vista camminare così in fretta in vita mia.

«Come hai potuto?» chiede.

«Io?» protesto. «Sei tu che ci hai interrotte. Stavo per dire a Wanda che è mia nonna… e comunque grazie per avermelo detto! Doveva essere il mio momento e tu lo hai rovinato.»

«Il tuo momento!» grida. «Dopo quello che mi ha detto? Dopo come mi ha trattata?»

Scuoto la testa. «Perché non racconti cosa è successo e basta? Non è colpa tua se lui ha cercato di opporsi alla risacca.»

Min grugnisce. «Ah, vedo che mio fratello ti ha fatto lezione di storia, vero? È ovvio che ho provato a dirglielo, non sono così stupida. È un argomento doloroso» aggiunge con un filo di voce. «Non devi avere nulla a che fare con loro, mi hai sentito?»

«Ma perché? Sono la mia famiglia.»

«La tua famiglia!» strilla, e parecchi turisti si fermano a guardarci.

Con rabbia mi fa cenno di seguirla – per giunta portandole la valigia e le buste dello shopping – mentre continua a scalpitare su per la collina, fermandosi giusto per frugare nella borsetta in cerca degli occhiali da sole.

«Sono *io* la tua famiglia» sbotta. «Io ti ho cresciuta, vestita e nutrita. Quello che è successo a Billy non è stata colpa mia, ma loro non hanno mai voluto ascoltare la mia versione della storia.»

«E tu? Tu hai voluto ascoltare la loro?» le domando.

A questo punto siamo arrivate al supermercato e Min si ferma alla panchina per riprendere fiato. È furibonda. È un sacco di tempo che non la vedo tanto arrabbiata, non ha fatto così nemmeno quando Robin l'ha licenziata.

«Stai dicendo che non mi credi?» domanda. «È così, vero? Ti stai già schierando con loro. Sapevo che sarebbe successo, sapevo che c'era un motivo per cui non sarei mai dovuta tornare.»

Riparte su per la collina e io fatico a starle dietro, soprattutto con la valigia e quattro borse. In circostanze normali non vedrei l'ora di scoprire che cosa si è comprata, visto che di solito prende anche qualcosa per me.

«Min» grido «Min! Aspettami!» Ma non riesco a raggiungerla finché non siamo fuori da Cliff House. «Non capisco!» insisto. «È ovvio che non mi schiero con loro, ma ogni documentarista vagamente decente sa che per raccontare una storia bisogna fare tutte le ricerche che servono.»

«Significa solo questo, per te?» sbotta. «Non devi avere nulla a che fare con loro. Mi hai sentita? Te lo proibisco.»

*Sguardo in camera. Disse colei che in pratica non mi ha mai proibito niente.*

«Starai scherzando!» strillo, incredula. «Min, quella è mia non...»

«Abbassa la voce» sibila, guardandosi intorno ansiosa, tra

i turisti curiosi che ora ci oltrepassano seguendo il sentiero costiero.

«È mia nonna» bisbiglio. «E dunque presumo che Sarah sia mia zia.»

«Lei per te è solo un'estranea» ringhia Min, stringendomi la mano con passione. «Hai visto come mi ha parlato, quanto mi odia. Coco, per favore, non puoi farmi questo.»

«Ma sono comunque parenti» dico, smarrita.

«Non ti bastiamo io e lo zio Henry?» risponde. «È tutta la vita che siamo solo io e te. E voglio che rimanga così.»

«Quindi cosa vuoi dire? Non ti aspetterai che tenga il segreto!»

Min annuisce. «È troppo doloroso per me, Coco. Per favore. Non puoi...»

Non l'ho mai vista così. E allora, accomodante come sempre, tengo la bocca chiusa e annuisco in silenzio. Perché, a parte tutto, non voglio rovinare il momento in cui mi dirà che torniamo a Londra. E poi sono quindici anni che Wanda *non sa* che sono sua nipote. Che male può fare qualche altro giorno, no?

Min si addolcisce. «Entriamo. Sta per piovere e non voglio rovinare la mia nuova pelliccia sintetica.»

«Ah, l'avevo notata» dico, con entusiasmo.

*Sguardo in camera. Ottimo, perché la pioggia aveva davvero rovinato l'altra...*

«È bellissima» mormoro. «Dove l'hai presa? Hai comprato qualcosa anche a me?»

Min sorride e mi sento sollevata perché siamo tornate su un terreno più stabile. «Sì, tesoro. Aspetta e vedrai, va bene? Sei andata d'accordo con mio fratello?»

Arriccio il naso. «Sì. E ho imparato un sacco di cose sui pesci.»

Min si ferma sulla soglia, come se ancora non fosse sicura

di voler essere qui. Con un certo disgusto, passa le mani sui muri come se per la prima volta vedesse la casa sotto la sua vera luce. «Questo posto fa schifo» borbotta.

«Allora, hai visto Bob?» Lascio cadere sul tavolo della cucina le borse con quello che ha comprato. «Com'è andata? Robin ha accettato le tue scuse?»

«Perché questo interrogatorio, Coco?» scatta Min. «Sono stanca. È stata una giornata pesante.»

«Scusa» dico, cercando di non irritarmi. «Però mi interessa. È anche il mio futuro.» Non so, però, se Min mi senta o preferisca ignorarmi. Sale di sopra con il passo pesante, grida un saluto al fratello e poi sento la porta della sua camera che sbatte. Di quello che sta succedendo ne so esattamente quanto prima.

# La scena sbagliata

A quanto pare Min non ha intenzione di scendere, così decido di schiarirmi le idee con una nuotata serale, perché accidenti se ne ho di pensieri in testa! Il ritorno a Londra, il fatto che qui ho dei parenti, dover tenere segreta la mia esistenza a una nonna che sembra davvero carina. Da dove comincio?

Queste domande mi si agitano in testa mentre mi concentro sull'impresa di entrare in acqua, anche se ormai mi sento molto più sicura. Non entro più in punta di piedi per paura di sbattere l'alluce contro una conchiglia o una roccia. Non faccio più smorfie al primo contatto con l'acqua fredda quando le onde mi arrivano alle caviglie né mi lamento quando mi arrivano alla vita. Con un respiro profondo mi tuffo subito e mi godo la sensazione di potere che provo quando la forza delle mie bracciate mi spinge giù, giù, sempre più a fondo.

Mi dà una tale pace esplorare il fondo del mare. Le alghe dai colori vivaci ondeggiano lente avanti e indietro, con ogni fronda che danza a modo proprio. I minuscoli pesciolini d'argento sfrecciano qua e là sotto a scabre rocce grigie, coperte di molluschi e cirripedi. I granchi strisciano tra conchiglie scintillanti che spuntano dalla sabbia a grana grossa. È come far parte di un altro mondo.

Quando trattengo il fiato sono molto consapevole dei miei altri sensi. Sento il cuore che batte contro il torace, la tensione nelle spalle, i polmoni sotto sforzo. Faccio queste cose da quando ho memoria; è come un meccanismo di difesa, sento di avere tutto sotto controllo. Scendere sott'acqua, lasciare la confusione del mondo al di sopra di me, sembra rendere ancora più intensa quella sensazione. Come se in un'altra vita fossi stata una sirena: e lo zio Henry può pensare quello che vuole!

Nuoto sott'acqua, risalgo un attimo a prendere fiato e poi torno a immergermi con forza, per esplorare il mio mondo alternativo. Poi, quando sono pronta a uscire, torno in superficie e trovo il lieve picchiettio delle gocce di pioggia e il cielo scuro.

La scena che aspettavo è pronta. In cucina la luce è soffusa, grazie a qualche candela che ho recuperato dal ripostiglio. La tavola è apparecchiata con una tovaglia candida, una caraffa d'acqua e una vecchia bottiglia di latte da cui spunta un mazzo di fiori di campo. Dalla stanza accanto arriva la musica del giradischi di Min, che dà a tutto una certa atmosfera da film francese. È perfetto!

Per prima cosa, lo zio Henry accende la luce.

«No» protesto.

«Ma non si vede a un palmo dal naso» borbotta.

«Sto preparando la scena, così me la rovini.»

Ride. «E che scena sarebbe?»

«La nostra ultima cena» dico. «Spero che questo sia il momento in cui Min mi dice che torneremo a Londra.»

«Giova sperare» ribatte lui. «Che si mangia?»

Arriccio il naso. «Pane tostato e fagioli? È più o meno tutto ciò che so fare. Oh, ciao, Min» dico. «Vieni a sederti. Ho preparato il tè. Scusa se è un po' tardi. Sono andata a nuotare.»

Mi guarda con l'aria stanca. «Sai che non mangio grano.»

«È tutto a posto» dico, rifiutandomi di abboccare. «Ti ho preso il pane senza glutine.»

«Be', quello non lo mangio di sicuro» e spinge via il piatto senza toccare niente. «Sa di cartone.»

Le riservo il mio sorriso più scintillante, quasi incapace di contenere l'euforia. «Immagino che potremmo festeggiare con un fish and chips» dico. «Come una vera vacanza... e comunque, Robin quando vuole che inizi? Pensavo che forse potremmo restare un'altra settimana, due al massimo. Magari potremmo andare insieme all'escursione per vedere le foche? Potresti mostrarmi i vostri posti speciali, quelli tuoi e di Billy.» Mi viene un'altra grande idea che mi lascia a bocca aperta: «Uno di questi pomeriggi potremmo addirittura prendere un tè al Bur...».

«Coco, sta' zitta un attimo!» grida Min.

Lo zio Henry fa una smorfia e io taccio per lo stupore. Non è questa la reazione che avevo immaginato mentre nuotavo in fondo al mare.

Pensavo che se avessi fatto la mia parte e avessi tenuto la bocca chiusa sull'esistenza di mia nonna, allora Min ne avrebbe approfittato per dirmi che tornavamo a Londra. Però non sembra contenta come mi ero immaginata. Scuote il capo lentamente, le spalle curve la fanno sembrare come se stesse implodendo su se stessa, e la realtà mi arriva addosso tutta insieme. Non torniamo a Londra.

*Nero.*

«Ah, è andata via la luce» dice lo zio Henry, su di giri, senza cogliere assolutamente l'atmosfera della stanza. «Meno male che hai trovato quelle candele, vero, Coco?»

«Non torniamo, vero?» sussurro.

Min scuote la testa. «Bobby ha venduto l'appartamento. Voleva che andassi là per occuparmi della vendita dei mobili e per restituirmi delle cose.»

«E Robin?»

Sbuffa. «Non ha mai pensato di ridarmi il lavoro.»

«Ma i vestiti nuovi...» dico, e mi sforzo disperatamente di capire. «E i soldi dove sono...?»

«Ferie forzate» spiega. «Il contratto indicava tre mesi di preavviso e lui sta cercando di non darmeli. Stronzo.»

«Allora restiamo qui» dico, lentamente. Paura e terrore mi invadono quando il sogno di tornare a casa mi scivola tra le dita.

Min annuisce.

«Ma io non voglio» dico, e alzo la voce indignata. «Voglio tornare a casa, dai miei amici. E a scuola e all'appartamento.»

«Coco» mormora Min, ma non la lascio continuare.

«Io odio stare qui!» e mente strillo scatto in piedi, facendo cadere la sedia che sbatte a terra con un gran fracasso e subito si sfascia. «Questa casa è una discarica, cade a pezzi.»

Lo zio Henry si schiarisce la gola. «Credo che sia un po' ingiusto.» Come per sottolineare quello che ho appena detto, però, un pezzo di intonaco si stacca dal soffitto e cade nei suoi fagioli, che non ha ancora toccato e che ormai sono freddi.

«E tu» dico, scagliando contro Min le parole che mi ero ripromessa di non dire, «mi avresti mai parlato di mia nonna se non lo avesse fatto lo zio Henry?»

Il silenzio di lei vale quanto mille parole.

*Dissolvenza al nero.*

# Parte seconda

## FASE DI LOTTA

**LOTTA** [lòt-ta] *s.f.*

**Sostantivo**
Guerra, combattimento, gara di vario genere.
Contesa con un avversario o una forza nemica.

**FASE** [fà-se] *s.f.*

**Sostantivo**
Ciascuno stadio di un processo.

**Fase di lotta**

*Fisiologia.* Le inevitabili contrazioni con cui il corpo umano reagisce all'immersione in acqua. Nota comunemente, nei cetacei e nei mammiferi, come riflesso di immersione (Mdr, Mammalian Diving Reflex).

# Figura retorica

Se la mia vita fosse un film, adesso vedremmo un montaggio della sottoscritta in una sequenza di scene pensose, seduta mentre guardo il mare con le lacrime che mi scorrono sulle guance e una colonna sonora davvero triste, con tanto di pianoforte e violini delicati.

La realtà, come sempre, è parecchio più noiosa. Il tempo è pessimo e rispecchia l'umore di tutti, in casa, solennemente silenzioso tranne che per il fruscio del giradischi di Min e, ogni tanto, il picchiettare dello zio Henry sui tasti.

Io sfoglio gli album di fotografie in cerca di risposte, attività che da un lato riempie i vuoti nella vita di Min e risponde a ogni genere di interrogativo su cosa facevano lei e mio zio, e dall'altro suscita molte domande su mio padre e sul suo ramo della famiglia.

Il temporale scoppia proprio quella sera, martellando la casa con un'intensità che mette paura. L'orizzonte è una linea nera sfocata dove non c'è nulla, solo mare grigio che si fonde con il cielo e i nuvoloni gonfi di pioggia: fosco, selvaggio e affascinante tutto insieme.

Al mattino, il porticciolo è una massa di schiuma bianca. Le barche ondeggiano all'impazzata scagliate di qua e di là, spruzzi bianchi volano in aria, un tuono dopo l'altro, con le onde che fanno a gara nell'infrangersi sempre più forte.

Avvicino la sedia alla finestra, mi avvolgo nel piumino come in un bozzolo protettivo e guardo le onde che avanzano e si ammassano come uno squadrone di cavalli bianchi con le criniere al vento, mentre preparano l'assalto. Il vento aumenta d'intensità e lo stesso fa il mare, raccogliendosi in ondate enormi che si schiantano sulla spiaggia, una dopo l'altra, e con loro montano anche la mia rabbia e la mia indignazione. A un tratto, come aria trattenuta a lungo nei polmoni, mi sale dentro la furia: perché dovrei tenere segreta la mia esistenza ai miei parenti?

Spalanco la porta della mia camera, dopo aver deciso di regolare i conti con Min, a prescindere da come potrebbe reagire, solo per trovarmi davanti il genere di scena surreale che fa dubitare di essere svegli. Le scale verso l'attico somigliano a un ruscello, con tanto di effetti sonori e scrosci d'acqua.

«Ehm, zio Henry?» chiamo, nervosa. «Faresti meglio a...»

Quello che dico dopo è coperto da uno schianto di vetri rotti, seguito da un forte scricchiolo e un sibilo, quando il ruscello si trasforma in un fiume.

«Ma che...?» Min compare farfugliando sulla soglia della sua camera, con la vestaglia nera che scende morbida sulla sua sagoma pelle e ossa. «Henry!» grida. «Henry! Alla fine il tetto ha ceduto!»

*Sguardo in camera. So cosa si prova.*

«La mia ricerca» fa lo zio Henry, allibito. «I pesci, il laboratorio.»

«Prendo gli stracci» dico, e mi metto all'opera dopo un altro schianto.

«Prendi scopa e paletta, già che ci sei» grida lui. «E sacchi dell'immondizia. Ce ne serviranno parecchi.»

Presto, però, capisco che ci servirà ben altro. È come se la casa fosse stata investita da un tornado che ha aperto un gigantesco buco nel tetto, con la pioggia che martella tutto e il temporale che infuria proprio sopra di noi. In un film questa sarebbe una specie di figura retorica, perché il meteo rispecchia l'umore della protagonista. In questo caso alla perfezione. Nuvoloni neri gonfi di pioggia fino a scoppiare, scariche di fulmini che squarciano il cielo in maniera drammatica e, ogni tanto, il rombo di un tuono che fa eco alla nostra infelicità.

«E i pesci?» farfuglio.

«È pioggia» sbuffa Min. «Credo proprio che sopravvivranno.»

«In realtà, cambiamenti improvvisi come questo possono metterli a disagio... se non in pericolo» dice lo zio Henry ansioso. «Dipende dalla struttura del pesce. Le squame delle pinne potrebbero...»

«Ora *non è* il momento di parlare di certe cose!» sbotta Min. «Che cosa possiamo fare? Non si può certo prendere la vasca e portarla di sotto.»

Lo zio Henry agguanta un paio di giganteschi becher. «No, ma possiamo mettere i pesci qua dentro.»

«Ehm, zio Henry?» Indico nervosamente un filo di fumo che sale da un cumulo di vetri rotti. «Sembra che qualcosa stia bruciando...»

«È una reazione esotermica» dice, e intanto prende un becher di acqua piovana per spegnerla, con l'espressione stranamente animata, come se si stesse godendo quell'esperimento estemporaneo.

Mentre ci affanniamo a svuotare la vasca, il temporale continua a imperversare. Il vento che ulula attraverso il tetto fa tremare le finestre, manda all'aria i fogli, e mi fa sentire come se fossimo arrivati a Oz. Apro la bocca per domandare: «E adesso?» ma le mie parole sono coperte all'improvviso da uno schianto e, in una nuvola di fumo, *scompaio*...

# Vite segrete

Li sento strillare una serie di improperi, poi i loro volti terrorizzati compaiono guardinghi sopra di me, attraverso la voragine che si è appena spalancata nel pavimento dell'attico. Sdraiata sul letto, tra frammenti di intonaco e assi del pavimento, guardo il soffitto della mia camera e mi metto a ridacchiare.

«Che c'è da ridere?» domanda lo zio Henry, accigliato. «Per una caduta del genere potevi spezzarti la schiena.»

«Sì, ma non è successo» ansimo, mentre mi abbandono a enormi, isterici scrosci di risate, che si trasformano rapidamente in lacrime quando la delusione per aver perduto la mia casa si fa sentire.

Lo zio Henry scompare e lascia Min da sola a guardare giù, perplessa, come se si fosse persa il segnale d'azione. Poi, all'improvviso, il cielo sopra di lei smette di lampeggiare e sulla casa scende il silenzio. Lo zio Henry compare al mio fianco e mi stringe a sé in un goffo abbraccio.

«È tutto okay» sussurra, proprio mentre un altro pezzo di soffitto viene giù di schianto e noi finiamo sdraiati sulla schiena; Min reagisce con una risata così contagiosa che presto ci uniamo a lei come se fosse la cosa più buffa che ci sia mai successa.

Per la prima volta dopo tanto tempo, questo sembra uno di quei momenti che annunciano una svolta nella trama e a un tratto l'infelicità di tutti svanisce. Una nuova narrazione che prosegue dopo che Steve, il costruttore, viene a coprire il tetto e promette di tornare presto a ripararlo. Min spazza via i resti del laboratorio e si offre addirittura di lavarmi i panni, mentre io rimetto i pesci nella vasca sotto la stretta supervisione dello zio Henry.

«Che stai facendo?» chiedo la mattina successiva, quando scendo e trovo Min che scalpita in salotto, spostando e rimettendo a posto i mobili come se avesse trovato un nuovo scopo alla sua vita.

«Qualcosa che avrei dovuto fare secoli fa» risponde. «Una mano, me la dai?»

Insieme accostiamo il tavolo alla finestra che si affaccia sul giardino invaso dalle erbacce e, oltre quello, sul mare. Min ci piazza sopra una vecchia macchina da cucire e un grosso sacco dell'immondizia pieno di vestiti.

«Sono della mamma» spiega. «Con un po' di fortuna ci saranno dei veri pezzi vintage che posso modificare. Un tempo ero molto brava con la macchina da cucire, mi facevo i vestiti da sola. Se avessi avuto i voti giusti sarei andata alla scuola di moda.»

*Sguardo in camera. Ecco un'altra cosa che non sapevo di lei...*

«Che cos'hai lì?» E accenna all'album che ho in mano.

«Sono arrivata al 2003» dico. «Secondo me sarà una cannonata.»

Sbuffa. «La mamma ci stava ore su quegli album. Fotografie sparse su tutto il pavimento. Passava più tempo a guardare il passato che a vivere il presente.»

«Come tutti quelli che vivono qui, a quanto pare» mormoro.

Min mi fissa e studia il mio viso stringendo le palpebre, come stesse riflettendo sulla prossima mossa. «Cerchi di trovare qualche loro fotografia, vero?» chiede sottovoce.

Annuisco. «Non so come potrei vivere qui, sapendo che sono miei parenti.»

«Ma è proprio questo il punto, loro non ti vedono così» dice Min. «Loro vedranno sempre e solo me, tua madre: l'ultima persona che ha visto Billy vivo. Mi odiano. E odieranno anche te.»

«Raccontami cosa accadde, allora» ribatto. «Senza la parte alla Romeo e Giulietta. Lasciami decidere da sola.»

«Eravamo solo ragazzi...» inizia a raccontarmi la sua versione dei fatti. «Ci incontravamo nella grotta che si trova sotto a questa casa. Morvoren.»

*Sguardo in camera. Lo sapevo che c'era qualcosa che lo zio Henry non mi stava raccontando.*

«Io stavo seduta a leggere mentre Billy mi dipingeva» continua Min. «Fece anche un mio ritratto sulla parete della grotta. Era bello... A ogni modo, la sera in cui gli dissi che ero incinta litigammo di brutto. Era preoccupato per quello che potevano dire i suoi genitori, a loro non ero mai piaciuta...» Le si incrina la voce. «Non era lucido. Uscì con rabbia dalla grotta, sapendo che stava arrivando la marea e che il temporale avrebbe influenzato le correnti. Perfino i migliori nuotatori...»

Tace per un attimo, si asciuga le lacrime con il dorso della mano. «Lo seguii. Cercai di salvarlo, ma era troppo lontano...»

A un tratto capisco perché non me lo abbia mai raccontato.

«Sarah era sulla spiaggia, vide tutto. Chiamò il bagnino ma era troppo tardi. Non c'era niente che potessimo fare...»

«E tu come facesti a non annegare?»

«Non mi opposi alla corrente» dice, semplicemente. «E per questo non mi perdoneranno mai, Coco. Non li conosci come li conosco io. Vorranno che ti schieri con loro. Questa cittadina così divisa ne è la prova. Non posso perdere anche te. Per favore, dimmi che mi capisci.»

«Okay» farfuglio.

*Sguardo in camera. Be', cos'altro le posso dire?*

# È giunto il momento

«E se andassimo a cena fuori?» propone Min. «Non sono sicura di riuscire a cucinare, dopo tutte queste pulizie.»

Guardo lo zio Henry, piena di speranza. «Pensi di farcela a camminare fino a là?»

Alza le spalle. «Be', se il ghiozzo delle Hawaii riesce a scalare una cascata alta cento metri usando la bocca...»

*Sguardo in camera...*

«... è giunto il momento di provare» ride.

«Datemi solo due secondi» esclamo, e corro entusiasta in camera a disseppellire qualcosa che non sia coperto di intonaco, poi torno e trovo lo zio Henry ancora in vestaglia. «Non verrai vestito *così*, spero.»

Mi guarda confuso. «Certo! Sto comodissimo.»

«Ma è tutto un buco. E non puoi venire in pigiama!»

«Perché no? I pesci mica si cambiano quando escono, perché mai dovrei farlo io? Anzi, in realtà i pesci rossi lo fanno. C'è una specie di pesce gatto che, letteralmente, gli risucchia la sporcizia di dosso...»

«Mi stai dicendo che io sarei come quel pesce gatto?»

Lo zio Henry annuisce. «In un certo senso.»

«Pronti?» domanda Min, comparendo in cima alle scale.

Davanti a quello spettacolo mi cade la mascella. Non c'era bisogno che mi preoccupassi tanto di cosa mettere. Lo zio Henry sembra uno spaventapasseri, senza la paglia ma con la vestaglia, e Min, con un kimono dorato che arriva fino a terra, tacco dieci e stola di pelliccia dorata vintage, sembra una leonessa. Adesso mi servono solo l'uomo di latta e il cagnolino Toto.

*Sguardo in camera. Magari!*

Al Plaice 2 Be veniamo accolti da un silenzio stupefatto. Locali e turisti si voltano e ci fissano neanche fossimo delle celebrità, ma in realtà stanno tutti guardando Min.

«Henry dov'è?» domanda lei.

«Crollato sulla panchina del supermercato» dico. «Gli ho detto che lo avremmo recuperato lì.»

Min alza gli occhi al cielo e poi, riconosciuto qualcuno, si allontana e mi lascia sola a ordinare il cibo.

«Ciao, Amy» dico, offrendole il mio sorriso più smagliante. Sono sicura che ora che abito qui diventeremo amiche. «Sei già in vacanza?» chiedo. Silenzio. «Domani il tempo dovrebbe migliorare ed è una fortuna visto che nel tetto ci si è aperto un buco grosso quanto Londra!» Non batte ciglio. «Ti va di andare in spiaggia insieme, qualche volta?» aggiungo anche se, devo ammettere, con poche speranze data la sua prolungata freddezza.

«Be', non le rispondi?»

Mi volto e vedo Wanda, con i lunghi capelli grigi che scendono aggrovigliati, l'asciugamano sulle spalle e la muta aperta che le pende sui fianchi. «Dobbiamo smetterla di incontrarci così» ride, con la gioia che le splende sul viso.

Rido insieme a lei. Le parole «Sei mia nonna» risuonano così forti nella mia testa che non so cosa dire.

«Tutto bene?» domanda poi.

Annuisco senza aggiungere altro, ma quelle parole mi lampeggiano davanti agli occhi.

«La giornata ideale per il surf» dice. «Le onde erano perfette. Erano anni che non succedeva.» Lancia un'occhiata severa a Amy. «Spero che tu non sia scortese, Amy Enys.»

Amy ci fissa entrambe, le guance le diventano rosse e, un po' imbronciata, chiede: «Sale e aceto?».

«Sì, grazie!» rispondo raggiante, come se mi avesse offerto i gioielli della corona. «Se hai voglia di fare qualcosa insieme, sai dove trovarmi. Ciao, Wanda!» Raccolgo in fretta i pacchetti con il cibo e scappo di corsa, per paura di lasciarmi sfuggire il mio segreto.

Mangiamo il nostro fish and chips appollaiati sulla panchina del supermercato, guardando i surfisti scivolare su quelle onde così epiche.

«Lo sapevate che un merluzzo diventa sessualmente attivo fra i tre e i quattro anni?» dice lo zio Henry, fissando pensoso il suo cibo. «La femmina depone fino a cinque milioni di uova, che però saranno quasi tutte divorate da altri pesci e creature marine.»

Abbasso il pezzetto di merluzzo che stavo per mangiare.

«Così le fai passare l'appetito, Henry» ride Min. «Attenta, tesoro, o te lo portano via i gabbiani.»

«Comunque non ho fame» mormoro. Sono troppo impegnata a pensare a Wanda.

Lo zio Henry sbuffa. «Ricordi quando quel gabbiano ti rubò le patatine, Min? Piangesti tutta la sera.»

«Non è vero» protesta lei. «Be', magari un po'. La mamma però non me ne voleva comprare altre e tu non volevi dividere le tue.»

Alza le sopracciglia. «Già.»

Lei sospira, contenta: «Quella fu proprio una bella estate, vero? Prima che le cose cambiassero e papà morisse. Te lo ricordi il falò sulla spiaggia?».

«Quale?»

«Quando la mamma se la prese con Sarah perché aveva fatto il bagno nuda. Questa sarebbe una serata perfetta per un falò.»

Sospirano entrambi e guardano l'orizzonte, perduti in un ricordo comune che non posso condividere.

«Perché non ne organizziamo uno, allora?» Nutro il desiderio disperato di creare dei ricordi miei.

Lo zio Henry però scuote la testa. «Non stasera, Coco. Mi sa che ho camminato abbastanza. E dobbiamo ancora capire dove metterti a dormire.»

«Già: di sicuro non in camera con me» protesta Min. «Ieri notte era come se corressi nel sonno.»

«E dove dovrei andare, allora?» domando. «C'è solo un'altra camera libera e il letto è coperto dai sacchi dell'immondizia che non mi hai permesso di spostare.»

Min alza gli occhi al cielo. «Perché sono ancora a metà della selezione. Il letto lo sai rifare, no?» E mi dà una gomitata nelle costole. «Se vuoi ti aiuto.»

*Stacco su: io che tento di cambiare le lenzuola da sola, mentre l'aria si riempie di polvere e, ogni tanto, mi cade in testa un pezzetto di intonaco.*

Mi lamenterei, ma adesso questo posto sembra diverso. Lo zio Henry e Min si scambiano ricordi invece di insulti: speriamo che duri!

# Piscary Bay – Tavole di marea

**Mercoledì 17 luglio**

| | |
|---|---|
| Alta marea: 06.13 | Altezza: 6,10 m |
| Bassa marea: 12.34 | Altezza: 1,40 m |
| Alta marea: 18.30 | Altezza: 6,30 m |

**Luna piena**

| | |
|---|---|
| Alba: 05.31 | Tramonto: 21.25 |
| Alba lunare: 21.02 | Tramonto lunare: 04.49 |

# Baby-sitter

Se Min e lo zio Henry possono essere amici, allora posso farcela anch'io. Quando mi sveglio continuo a ripetermelo. Le cose vanno meglio: la musica è cambiata davvero. Me lo sento fin nelle ossa.

Min è seduta in salotto, appena riordinato e inondato dal sole: la macchina da cucire accanto alla finestra, il cielo sereno e l'azzurro del mare come sfondo e le sue canzoni preferite che frusciano dal giradischi, accompagnate da un coro di gabbiani e dal ritmo delle onde che si infrangono contro gli scogli, laggiù.

Lei sembra diversa. E il tailleur arancione con i pantaloni palazzo a vita alta non c'entra niente.

«Cosa?» domanda, arricciando il naso.

«Hai cominciato a usare lo struccante che ti ho dato?»

«No» sbuffa. «Niente che un po' di acqua e sapone non possano risolvere. Stai uscendo?»

«Sì. Vado a fare amicizia.»

«Vestita così?» E accenna dubbiosa ai pantaloncini aderenti e alla maglietta tagliata corta.

«Già.» Sono allegra e rifiuto di abboccare all'amo.

«Oh» mormora lei. «Okay. Ci si vede dopo allora.»

«'Giorno, Jan.» Lo saluto con un cenno mentre saltello felice davanti al Burbank.

«Buongiorno, *kochanie*» risponde lui; il suo completo chiaro riflette il sole del mattino. «Sei uscita presto.»

«Vado a fare amicizia» gli dico, piena di gioia.

«Buona fortuna!»

«Grazie» esclamo, saltellando via.

Un forte colpo sulla vetrina di Hej! mi fa fermare; Ingrid, impegnata a cambiare l'allestimento, mi fa dei cenni con foga. Indossa una bella giacchetta rossa di tartan stretta in vita sopra una camicia bianca e un paio di jeans aderenti, e ha la stessa aria feroce di sempre.

«*Hej*, Ingrid» la saluto, e faccio capolino sulla soglia per accarezzare Ned sulla testa. «Oggi stai molto bene.»

«*Hej*, Coco!» esclama. «Tu sai sempre cosa dire. Dove vai di bello?»

«A fare amicizia con questo posto» rispondo.

«Wauw!» ride. «Buona fortuna!»

Ben presto mi rendo conto che il problema con il mio piano è che tutti quelli della mia età sono ancora a scuola e, senza soldi da spendere, non posso nemmeno aspettarli da Screams. Decido di andare a trovare Adele, sperando che abbia qualche ora da farmi fare come baby-sitter.

La trovo a quattro zampe che strofina malinconica la soglia della dépendance. «Ciao, Adele» dico, tutta contenta.

Lei alza lo sguardo e si asciuga gli occhi con il dorso della mano. «Oh, salve» dice con finta allegria. «Sto dando una pulita. Non crederesti a come hanno lasciato la stanza quelle donne. C'era vomito dappertutto. Ho dovuto trattenere la caparra fino all'ultimo centesimo.»

«Serve aiuto?» domando, approfittando dell'occasione.

Adele sorride. «Grazie tesoro, ma no. Sinceramente, se avessi saputo quanto era faticosa questa cosa, ci avrei pensato due volte. Anzi, potresti andare a prendere Sprout a scuola, alle tre? E magari portarla un po' in spiaggia?»

«Ma certo» dico, con entusiasmo.

«Attenta a non perderla mai di vista, però» aggiunge Adele. «È una tipa avventurosa e, se non la tieni d'occhio, sarà salita su un albero o bloccata su uno scoglio prima che tu te ne accorga. Prendi le sue cose per il nuoto, ti va?» dice, allontanandomi con un cenno. «La sua stanza è un porcile: non so nemmeno io dove le ha messe. Tieni, prendi un po' di contanti per un gelato. Solo una pallina, mi raccomando. E non farla entrare in acqua senza muta. Riportala a casa per le sei e vi preparo i bastoncini di pesce.»

Sorrido tra me. Dev'essere questo che vuol dire avere una madre un po' più presente. Anche se, ora che ci penso, non ce l'ho pure io adesso? Buffo, perché non è cambiato niente...

«Che gusto vuoi?» domando a Sprout, quando arriviamo finalmente in cima alla coda. Screams è strapiena di bambini che si affollano intorno al bancone. Bennie e la madre, come al solito, devono fare tutto di corsa.

«Che vi metto?» domanda Bennie.

Sogghigno. «A me un po' di caramello sala...»

«Oi, oi!» esclama Leo, che a un tratto mi passa avanti.

«Ehm, ti dispiace?» dico, indignata, alle sue spalle.

Lui mi guarda da sopra la spalla: «Scusa, non ti avevo visto... Caramello salato, per piacere, amico». Fa un sorrisetto e Bennie può solo alzare le spalle per scusarsi.

Succede di nuovo come al supermercato, con loro che si mettono a chiacchierare delle condizioni del mare mentre io, un po' alla volta, mi intristisco. Non so perché, ma questo ragazzo mi dà proprio sui nervi.

«Oi» dico, dandogli un colpetto sulla spalla. «Saltare la fila è una cosa, ma adesso stai perdendo tempo apposta.»

Si volta lentamente e poi, con un ghigno, torna ad appoggiarsi al bancone e lecca il suo gelato. Mi manda in bestia. Mi ricorda lo zio Henry quando vuol fare arrabbiare Min. «È tutto tuo» dice, allegro.

«Ma quello ti piace?» sussurra Sprout. «Hai fatto una faccia buffa.»

«No!» Sono allibita. «Ma si comporta come se questo posto fosse suo.»

«È un Pesce» ride. «La mamma dice che si crede migliore degli altri, ma non è così. Io però parlavo di lui.» E indica Bennie senza la minima discrezione.

Rido. «No, però mi è simpatico. Sembra un ragazzo gentile, premuroso. Magari se continuo a comportarmi in maniera amichevole alla fine cederà e diventeremo buoni amici. Sai, come le remore...»

Sprout mi guarda con aria smarrita.

«Le remore si attaccano agli squali per essere protette» spiego, e lei annuisce come se avessi detto qualcosa di sensato.

«Per ora non sta funzionando, vero?» sospira. «Cassie Enys, la sorella di Amy, dice che non ti accetteranno mai.»

«Ah, be'... non sanno quanto so essere cocciuta» dico. «Ancora non mi conoscono»

«No, ma...»

«Fidati» rido «mi serve solo un altro po' di tempo.»

# Come sorelle

Al mio terzo giorno consecutivo da baby-sitter sto cercando di fare un gigantesco castello di sabbia con Sprout su un pezzetto di spiaggia pubblica e intanto tengo d'occhio i ragazzi del posto nel caso qualcuno mi saluti. Niente da fare, per ora.

«Che succede laggiù?» domando preoccupata quando vedo la barca del salvataggio sfrecciare sull'acqua.

«Probabilmente è solo una sirena» dice Sprout, allegra. «Molte sono ospiti a casa della mamma. Vengono nel fine settimana al corso per diventare sirene; appena mettono la coda si tuffano e credono di sapere tutto, ma spesso vengono trascinate al largo dalla corrente. I bagnini le riportano indietro di continuo. La mamma dice che è colpa dei Pengelly.»

«Dei Pengelly?» Cerco di nascondere la mia eccitazione.

«Già. Sono i gestori di Part of our World e la mamma dice che serve solo a incoraggiarle.»

«Per un attimo ho creduto che parlassi di una sirena vera» rido.

Sprout sogghigna: «Certo che no, sciocchina. Ho nove anni, mica sette! Andiamo, facciamo a chi entra in acqua per prima».

«Non senza la muta.»

«Oh» protesta. «Ma perché non posso nuotare senza, come fai tu? La mamma è una tale ansiosa.»

Alzo le spalle. «Lei ha detto così. E poi con la muta puoi restare in acqua più a lungo.»

«E com'è che tu non ce l'hai?»

«Perché io sono una vera sirena» dico con un sorrisetto, e agito le mie fluenti ciocche immaginarie come se fossi Ariel. E poi perché non ho i soldi per comprarla...

Sprout strilla di gioia. «Non è vero.»

«E invece sì!»

«E dov'è la tua coda?»

Sogghigno. «Be', insomma! Compare solo quando sono in acqua, è ovvio. Dovresti vederla, è bellissima. Scintilla di rosa e di viola, e anche d'arancione. Sono squame color rame che riflettono il sole.»

Sprout spalanca la bocca e gli occhi per la meraviglia, e per un po' si dimentica di essere troppo grande per credere a certe cose. «Posso vederla?»

«Certo» rido. «Prima la muta, però...»

«Ma tu conosci tutti?» domanda Sprout poco dopo, mentre camminiamo per la via principale. «Hai salutato tutti quelli che abbiamo incontrato.»

Ridacchio. «Jan è così gentile. Mi fa sempre sorridere.»

«Nel pomeriggio al Burbank servono un tè da leccarsi i baffi» sospira lei. «Ingrid mette un po' paura. Quando entro con il gelato non è contenta, ma non osa dirmi nulla. La mamma è una dei suoi migliori clienti» aggiunge, orgogliosa.

«Ne sono certa» rido. «Ingrid è gentile, quando la conosci. Basta dirle la cosa giusta.»

Sprout mi guarda, stranita. «E la famiglia nell'auto che hai salutato? Chi erano?»

«E chi lo sa!» rido. «Li stavo salutando solo perché ci hanno lasciato attraversare.»

«Ah. La mamma alza solo un dito, mentre papà non ringrazia nessuno. Sei un po' strana tu, lo sai?»

Rido con uno sbuffo: «E perché? Perché sono amichevole?».

«Non è solo questo» dice. «Mandi sempre baci a tutti.»

«Sono abituata così.»

«Okay, ma l'hai fatto anche con l'ultima macchina!»

Alzo le spalle. «Mi sembrava la cosa giusta. Sembravano tutti così tristi... hai visto che i ragazzini dietro litigavano? Volevo solo che sapessero che ero loro grata, dopo che tutte le altre macchine non si sono fermate. Lo faccio sempre. Penso a come mi sentirei se lo facessero a me. Se mi salutassero o mi mandassero un bacio, e perfino se mi abbracciassero. Mi farebbe stare bene e allora volevo che si sentissero così anche loro.»

«Sei proprio stramba tu» dice Sprout, e ne sembra convinta. «Da queste parti la gente non fa così. Li confonderai.»

«Già, be'... magari se cominciassero a essere un po' più gentili gli uni con gli altri e la smettessero di preoccuparsi del gruppo a cui appartengono, sarebbero un po' più felici.»

Sprout mi stringe la mano. «Secondo me sei brava. Anche se Leo non lo pensa. E se Bennie non diventa tuo amico è uno stupido branzino.»

Le sorrido e sono contenta.

«Perché sorridi?»

«Mi domando se è questo che si prova a essere una sorella maggiore. L'ho sempre sognato. Giocare insieme, parlare, uscire, quel genere di cose.»

Sprout mi guarda come se fossi mezza matta. «Non è mica così. Shiv mi odia. Non fa che gridare e prendermi a spinte;

se vado in camera sua e le chiedo di giocare, strilla perché non rispetto la sua privacy. È noiosa. Sta sempre a studiare con il naso in mezzo ai libri. Tu sei *molto* più brava, tu con me ci giochi *davvero*.»

«Oh, sono sicura che non è così» rido, ma sono lusingata. Sprout annuisce, risoluta: «E invece sì. Secondo lei sono una mocciosa rompiscatole che sta sempre tra i piedi e lascia tutto in disordine».

«Tu?» esclamo, fingendomi inorridita. «Disordinata? Mai e poi mai!»

# Piscary Bay – Tavole di marea

**Sabato 20 luglio**

| | |
|---|---|
| Bassa marea: 02.09 | Altezza: 1,40 m |
| Alta marea: 08.02 | Altezza: 6,00 m |
| Bassa marea: 14.21 | Altezza: 1,50 m |
| Alta marea: 20.19 | Altezza: 6,20 m |

**Luna gibbosa calante**

| | |
|---|---|
| Alba: 05.34 | Tramonto: 21.21 |
| Alba lunare: 21.24 | Tramonto lunare: 08.58 |

# Rivalità

Il pomeriggio seguente sono di nuovo a Old Barn. Adele va a prendere Shiv a scuola e io faccio da baby-sitter a Sprout mentre il padre, Simon, è impegnato in una chiamata di lavoro. Comincio a sentirmi come se abitassi qui.

*Sguardo in camera. Magari.*

«Sei contenta che Shiv torni a casa?»

Sprout scuote la testa. «Mica tanto.» Poi, sbattendo la penultima carta sul tavolo di cucina, grida «Uno!» e scoppia a ridere.

A un tratto si adombra. «L'ultima volta che l'ho vista mi ha picchiata.»

«Non è molto carino» dico. «Perché lo ha fatto?»

Sprout alza le spalle. «E chi lo sa. Perché ti interessa tanto?»

«Stavo solo pensando che siccome ha la mia età...»

«Non le piacerai» dice subito Sprout. «Lei è una snob e tu sei... diversa. Scusami.»

«Ah» mormoro, e mi sgonfio subito. Pensavo che avremmo potuto essere amiche, ma ora non ne sono più tanto sicura...

«Non essere triste» dice Sprout, che corre a gettarmi le braccia al collo. «Ci sono sempre io. E sono la tua prima amica, vero?»

Sorrido. «Certo, sì. Perché questo abbraccio?»

«Hai detto che ti piace essere abbracciata» risponde, e non riesce a soffocare una risatina. La fisso con gli occhi ridotti a una fessura.

«Volevi guardarmi le carte per essere sicura di vincere» dico, incredula. «Hazel Quarter...»

«Sprout, che stai facendo?»

Appena la sorella maggiore entra in casa, Sprout cambia atteggiamento. È come se fosse di nuovo la piccola della famiglia; lancia alla sorella uno sguardo indisponente e cerca la mia attenzione.

«Sprout, lasciala andare» sbuffa Shiv, cercando di staccare le mani della sorella che mi stanno strangolando. «Adesso esageri. Ciao» dice con un sorriso sghembo. I capelli castani le arrivano alle spalle e incorniciano un viso amichevole: non è esattamente il malefico troll descritto da Sprout. «Io sono Shiv.»

«Lei è Coco» dice Sprout, mettendosi tra noi. «Lei è nuova qui ed è *mia* amica. La mamma non te ne ha parlato?»

Shiv ride: «Sì, per tutto il viaggio».

Faccio un passo avanti, come se avessi appena ricordato l'imbeccata. «Ciao, Shiv» dico, e la saluto con i miei soliti baci volanti, ma lei si sposta e finisce per baciarmi sulla bocca, e diventa rossa come un peperone fino alla punta delle orecchie.

«Non dovresti baciarla sulle labbra, Shiv» ride Sprout, maliziosa. «Ma non sai proprio niente?»

«Ne so molto più di te» ribatte la sorella, e le dà un leggero pugno sul braccio.

«Ahia!» strilla Sprout: una reazione del tutto esagerata. «Che male!»

«Smettila.»

«Mi hai fatto malissimo» insiste Sprout. «Mammina!» grida, ed esce di corsa. «Mammina! Shiv mi ha picchiata!»

«Scusami per lei» ride Shiv. «È un po' melodrammatica.»

«Già» dico. «Da come ti ha descritta quasi mi aspettavo che uscissi da una nuvola di fumo nero.»

Ridacchia. «Non dirmi niente! Ti avrà raccontato che non la faccio entrare in camera mia e che le dico sempre di levarsi dai piedi.»

«Più o meno.»

«Sprout viene in camera da me ogni singolo giorno, alle sei in punto, e mi tormenta perché vuole giocare» spiega Shiv. «Poi tocca tutte le mie cose, anche i trucchi. E lascia il bagno un disastro: il lavandino sporco di dentifricio, gli asciugamani bagnati per terra, non tira nemmeno l'acqua dopo il bisogno grosso! Ed entra pure quando sono sotto la doccia. In pratica non ho nessuna privacy.»

«Ah» dico, e intravedo l'altra faccia della storia.

«Mammina, dille che non può picchiarmi» pretende Sprout, quando compare con Adele a rimorchio.

«Delly, c'è del vomito in cortile» dice Simon, comparendo anche lui all'improvviso. Un uomo alto dai capelli castani mossi e una spruzzata di grigio sulle tempie. Mi saluta con un cenno e corre ad abbracciare la figlia maggiore, mentre la povera Adele ci guarda tutti, accigliata, come un coniglio abbagliato dai fari di una macchina.

«Glielo devi dire, mammina» insiste Sprout.

«Era per scherzo» ride Shiv.

«Statemi a sentire» dico, inserendomi. «Che ne dite se andiamo a nuotare? Tutte e tre. È una splendida giornata e io ancora non sono andata in spiaggia.»

Shiv guarda l'orologio e arriccia il naso. «La spiaggia pubblica a quest'ora sarà stracolma...»

Sorrido. «Non è quello che avevo in mente...»

# Sogni e aspirazioni

Ho scoperto una scorciatoia lungo un vicolo che da Old Barn arriva in cento passi al supermercato; questo significa che non dobbiamo attraversare la cittadina a piedi e ci godiamo la miglior vista sul mare. Shiv si ferma in cima e annusa l'aria, con gli occhi chiusi e un gran sorriso.

«Mi è mancato quest'odore» dice, con entusiasmo. «E queste colline. Questi panorami.»

«E il mare e la spiaggia, no?» dico.

Alza le spalle. «Non più di tanto. Forse perché quando torno a casa sono già arrivati gli Zombie. Difficile emozionarsi quando ti lasciano solo una striscetta di spiaggia.»

«Dove stiamo andando non è così» sorrido.

«Perché non mi hai mai portata a questa spiaggia?» si lamenta Sprout.

«Non si può fare amicizia su una spiaggia deserta» ribatto.

«Con i Pesci, vuoi dire?» chiede Sprout, tirando su con il naso.

Alzo le spalle. «Con chiunque.»

«Allora è per questo che Shiv non riesce a fare amicizia con nessuno?»

Io e Shiv ci scambiamo un'occhiata prima che lei dia alla sorella un altro colpetto sul braccio. «E a te come va?»

Sospiro: «Così così. Almeno adesso conosco quasi tutti per nome».

«Molto meglio di Shiv» ridacchia Sprout.

«D'accordo, Sprout» borbotta la sorella, irritata. «La mamma dice che tua madre è la prima dei Cuculi. A quanto pare sono andate insieme a bere qualcosa con Tania ed è tornata con dei giganteschi postumi di sbornia e tutte le ultime chiacchiere sulla gente famosa che tua madre conosce.»

«Per esempio?» Mentre lo chiedo, avverto il solito fastidio per l'ennesima persona che rimane colpita da mia madre.

Shiv però si limita a un'alzata di spalle. «E chi lo sa, non mi interessano certe cose: preferirei guardare un documentario sulla natura. A parte *Big Mother*, ovviamente. Adoro quel programma.»

«Ah, ma certo» rido, e il suo atteggiamento mi fa molto piacere, «anch'io. In realtà, piacerebbe anche a me girare qualche documentario, un giorno.»

«Accidenti, davvero?» dice, stupita. «Ma è fantastico! A quanto si dice a Londra facevate davvero la bella vita. Certo, molto più entusiasmante di qui. Perché vi siete trasferite?»

«Non c'era molta scelta» dico.

«E tuo padre? Dov'è? Oh, scusami» aggiunge, dopo la mia smorfia. «Sono un'impicciona. È solo che fa piacere una volta tanto avere una persona nuova con cui parlare. Se vuoi dirmi di chiudere la bocca, sentiti libera.»

Ridacchio. «No, va tutto bene, non mi importa. Sono contenta di poter fare una conversazione normale.» Abbasso la voce. «Senza offesa, ma tua sorella è un po'...»

«Fastidiosa?»

«Stavo per dire... giovane.» Esito e per un attimo mi trastullo con l'idea di raccontare a Shiv il mio segreto. Condividere un problema è il primo passo per risolverlo, dicono, ma ho fatto una promessa a Min. «Mio padre è un regista» dico.

*Sguardo in camera. Ehm, non sono sicura che iniziare un'amicizia con una bugia sia una buona idea.*

«Bob Seymour.»

*Sguardo in camera. Be', in un certo senso è come se lo sia...*

Shiv mi guarda, perplessa. «Non hai preso il suo cognome?»

«Non si sono mai sposati e Min non ha voluto» rispondo, fermandomi al cancelletto del sentiero, sollevata di poter cambiare argomento. «Eccoci qua.»

«Accidenti, Shiv!» strilla Sprout, esaltata. «Non sapevo nemmeno che esistesse questo posto, e tu? È come un'isola deserta. Oh, questo cambia tutto. Sarà un'estate incredibile.»

«Attenta» esclama Shiv, ridendo, mentre la sorella scende saltellando lungo il sentiero. «Ora capisco perché la mamma vuole mettere le mani su Cliff House» mi dice. «Una spiaggia privata come questa la rende unica. Bada bene: metà dei Cuculi la vorrebbe e per quanto riguarda i Pesci, non c'è bisogno di chiederlo. Non crederesti alle voci che girano su com'è dentro.»

Rido. «E cioè?»

«Oh, non lo so» sospira Shiv disinteressata. «Gli interni non mi interessano quanto alla mamma. Preferisco mettere il naso in un libro di scienze, voglio diventare idrologa. Risolvono i problemi legati alla qualità e alla disponibilità dell'acqua. Sennò una climatologa e raccogliere dati dal mare» spiega, e ora tocca a me essere stupita. È così intelligente.

«Allora andresti d'accordo con mio zio» dico. «Anche a lui piace studiare il mare. I pesci, nello specifico. Continua a raccontarmi queste curiosità. Ieri sera, per esempio...»

«Credevo avessi detto che era una spiaggia privata» mi

interrompe lei, e indica un gruppo di ragazzi che prendono il sole. Le mute, le tavole da surf e il necessario per immergersi sono sparsi sulla sabbia tutto intorno.

Annuisco.

«E allora stanno commettendo un reato» dice, accigliata. «Vieni.»

# Estranei

Mentre scendiamo fatico a stare dietro a Shiv che percorre il sentiero sicura, come se affrontare un gruppo di intrusi sia il suo pane quotidiano. Niente sembra turbarla. È stupefacente.

«Scusatemi!» grida. «Non potete stare qui.»

*Stacco. Leo Tremain in versione bullo da spiaggia, con il costume, la maglietta da surf, i capelli spettinati che gli cadono sugli occhi e la pelle di un bruno caldo, come il colore che sto prendendo anche io.*

«Oi, oi» esclama, lanciando uno sguardo risentito a Shiv. «Lo sapevo che ti saresti comportata come la padrona del castello. Solo che questa non è roba tua, vero? È sua» dice, e sposta il risentimento su di me. «È buffo, l'altro giorno quando ti abbiamo salvato la vita non hai detto niente.»

Arrossisco. «In realtà ero io che stavo cercando di salvare voi. E non è come dici tu. È solo che… be', non vedevamo l'ora di avere questo posto tutto per noi…»

«È una spiaggia privata» insiste Shiv. «Appartiene a Cliff House. Lei ha tutto il diritto di sapere cosa ci fate qui.»

«Ehi, guarda un po' chi è tornata» dice Amy, seduta, schermandosi gli occhi dal sole. «Di nuovo a casa dal paese dei balocchi. Mammina di recente ha comprato altre case?»

«Sono tornata dall'Hertfordshire, visto che ci tieni» scatta Shiv. «E non è colpa mia se mia madre fa quello che fa. E, per la cronaca, preferirei di gran lunga stare qui tutto l'anno.»

«Come se ce ne importasse» sbuffa Leo.

«Tu non sei come noi» concorda Amy «fine della storia.»

«E questo che accidenti significa?» rido. «Questa storia dei Pesci e dei Cuculi è solo un mucchio di stronzate, se volete sapere cosa ne penso.»

«Non vogliamo» ringhia Amy.

«Certo che è un mucchio di stronzate» interviene Bennie, guardando Shiv in tralice. «Sono degli stupidi termini inventati dai nostri genitori.»

«E allora perché usarli?» domando io.

Alza le spalle. «Per abitudine, credo.»

Leo scuote la testa. «Nah, c'è qualcosa di più. È la vostra puzza sotto al naso. Arrivate qui e vi comportate come se fosse tutto vostro.»

*Sguardo in camera...*

«Be', questa spiaggia è veramente sua» ribatte Shiv.

«Guardate, io lo so che Min non vi piace» dico.

«Per usare un eufemismo.» Leo si adombra ancora di più, ammesso che sia possibile. «Noi frequentiamo questa spiaggia da anni.»

«Certo, illegalmente» replica Shiv, mantenendo la posizione.

Wow, è una forza della natura. Il fatto è che non sono sicura che questo ci aiuti. E poi: mi dà veramente fastidio che loro siano qui?

«Che succede?» domanda Sprout, guardandosi intorno con aria perplessa. «Posso andare tra gli scogli con Cassie?»

Shiv annuisce. «Non entrare in acqua senza dirmelo però. Sai quanto...»

«Sì» esclama da sopra la spalla. «Smettila di preoccuparti. Mi sembri la mamma.»

«Non sai ancora nuotare bene» ribatte Shiv, anche se ormai sta parlando con la schiena di Sprout che corre via. «Dovete andarvene» dice ai ragazzi. «Questa spiaggia appartiene allo zio di Coco e se non ve ne andate lei... vi denuncerà.»

*Sguardo in camera. Davvero?*

«Oh, ma senti questa» la schernisce Amy. «Scusa, ma non me ne vado da nessuna parte per una Zombie.»

«Per favore, non chiamarmi così» dico. Quel termine mi dà sui nervi, anche se credo che sia proprio questo il suo scopo.

«Sì, lei adesso abita qui» dice Shiv.

«Cuculo, allora» ribatte Amy.

«Sentite» sto iniziando ad arrabbiarmi «noi volevamo solo fare una nuotata.»

«Volevamo solo fare una nuotata» Leo mi fa il verso con un tono lamentoso e, anche se ho visto mille volte lo zio fare altrettanto con Min, ci casco subito.

«Non fare così» dico.

«Non fare così.»

Divento tutta rossa per la rabbia. «Dico sul serio.»

«Dico sul...»

«Aiuto! AIUTO!»

Mi volto verso il mare. Cassie, in preda al panico, agita le braccia in direzione della scogliera, dove c'è Sprout aggrappata a una roccia e circondata dall'acqua.

«Come ha fatto ad arrivare così lontano?» domando, senza fiato, mentre un'onda si infrange contro lo scoglio e quasi la fa cadere in acqua.

«Sprout!» strilla Shiv, e diventa bianca per la paura. «Oh mio Dio, mi dovete aiutare. Non sa nuotare... non con un mare così!»

# Salvataggio

Corro lungo la spiaggia e mi tuffo, concentrata solo sul salvataggio di Sprout. La marea si starà anche abbassando, ma oggi il mare è mosso e non è facile nuotare.

«Coco... aspetta!» grida Leo, e mi raggiunge con alcune forti bracciate. «Lì c'è una corrente di risacca. Se finisce in acqua dalla parte sbagliata, potrebbe essere trascinata al largo. E anche tu.»

Guardo quel tratto di mare calmo, con le onde che si infrangono da una parte e dall'altra. Sembra il posto migliore in cui stare e glielo dico. Lui però, invece di alzare gli occhi al cielo come al solito, scuote la testa con calma. «È esattamente così che si riconoscono.»

«E allora che facciamo?» Mi sento impotente. «Non è che possiamo lasciarla lì finché la marea non cambia. Se una di quelle onde la butta in acqua...»

Leo studia il mare, stringendo le palpebre mentre si concentra. «Dobbiamo stare attenti a rimanere dall'altra parte dello scoglio. Vedi laggiù?» Indica uno dei cartelli di divieto d'accesso. «Da là si entra nella grotta di Morvoren. C'è un canale che passa tra la grotta e lo scoglio e provoca la corrente di risacca. E più in là ce n'è un'altra, ma non così forte:

se scende da quel lato dovrebbe andare tutto bene. Ascolta però, se una di voi ci finisce dentro, non vi opponete. Le correnti di risacca che ci sono qua avrebbero la meglio anche sui nuotatori più forti. Dovete lasciarvi trasportare. Prima o poi ne uscirete e le onde vi spingeranno a riva. Hai capito?»

Annuisco e mi sento in buone mani.

«Aiuto!» Sprout grida terrorizzata. «Le onde mi hanno spinta qui. Aiuto!»

«Va tutto bene» risponde Leo, con tono pacato. «Siamo qui per aiutarti. Ascolta però: devi fare esattamente quello che ti dico io, okay?»

«Fidati di lui» aggiungo quando Sprout mi guarda per essere rassicurata.

«Voglio che scendi in acqua» spiega Leo. «Va tutto bene» aggiunge quando lei comincia a protestare «però devi puntare verso il mare aperto.»

Altre proteste. Non gliene faccio una colpa. «Non scendere assolutamente dalla parte della spiaggia, qualunque cosa accada. La corrente che ti ha portato lì ti spingerebbe ancora più lontano.»

«Non ci riesco» Sprout è nel panico.

«Sì che ci riesci» fa Leo.

«Ti prendo io» cerco di rassicurarla. Più facile a dirsi che a farsi, però. Cercare di avvicinarsi a lei nuotando tra i cavalloni ed evitare *anche* la corrente è quasi impossibile.

«Facciamolo» dice Leo, deciso. «Andiamo, Sprout. Ce la puoi fare! Salta. Ti prendiamo noi, te lo prometto.»

«Salta, Sprout!» grido. «Adesso!»

Con un grido di terrore, Sprout salta in acqua e finisce proprio davanti a me, agitando le braccia; io l'afferro per portarla in superficie.

Quello che non mi aspetto è che sia un vero peso morto – che, per giunta, si dibatte – e nello sforzo di tenerla a galla vado subito giù. Riaffioro appena in tempo per prendere fiato e poi sono di nuovo sotto, incapace di tenerci a galla entrambe. Nuoto sott'acqua trattenendo il fiato, con i polmoni in fiamme per lo sforzo mentre scalcio con tutte le forze contro la marea.

All'improvviso sento una mano ferma sulla schiena, vengo tirata verso l'alto e tra le braccia di Leo, dove ansimo per riprendere fiato e tengo stretta Sprout, mentre lui ci trascina verso la riva. Presto ci arrampichiamo tutti e tre sulla sabbia, dove Shiv continua a saltare su e giù, ansiosa. Appena può, mi toglie Sprout dalle braccia e la prende tra le proprie.

Io mi sdraio nell'acqua bassa, senza fiato. «Grazie» dico a Leo. «Sei stato fantastico laggiù.»

Sogghigna. «Anche tu. Quasi tutti in una situazione simile sarebbero andati nel panico.»

«Già, be', non sono esattamente il personaggio della damigella in pericolo, sai?»

Ridacchia tra sé. «Già, sto iniziando ad accorgermene. La prossima volta ti lascio annegare, va bene?»

Rido. «Non ci sarà una prossima volta. Soprattutto adesso che ho queste!» e indico le pinne che mi sono regalata con i soldi guadagnati come baby-sitter.

«Quelle?» sghignazza, confrontandole con le proprie che, accanto alle mie, sembrano gigantesche. «Credo che ti serviranno un po' più grandi...»

# Campioni

L'atmosfera sulla spiaggia è cambiata. Non c'è più un noi e un loro, e ognuno fa ressa intorno a Sprout gettandole asciugamani sulle spalle e chiedendole se ha bisogno di qualcosa. Poi, quando io e Leo li raggiungiamo, tutti ci riservano le pacche sulle spalle che si danno ai veri campioni.

«Oh, Sprout» Shiv la rimprovera in una fontana di lacrime. «Che accidenti ci facevi laggiù?»

Sprout sorride imbarazzata. «Cassie aveva scommesso che non riuscivo a raggiungere l'ingresso della grotta» risponde, accettando le coccole della sorella maggiore. «Mi sono ritrovata nell'acqua bassa e un attimo dopo mi sono sentita trascinare al largo. Sono riuscita ad aggrapparmi a quello scoglio solo per fortuna. Scusami tanto, Shiv.»

«Cassie» sibila Amy. «Lo sai che nella grotta non si deve entrare.»

La sorella alza le spalle. «Ma se ne parlate sempre.»

«Non è vero.»

«Leo sì» ribatte Cassie. «Non fa che parlare di andarci.»

«E quando?» domanda Amy, allibita. «Mica avrai origliato alla porta della mia camera? Ti ho detto mille volte di non farlo.» Taglia la spiaggia come una furia, con la sorella che le trotta dietro e cerca di continuare a discutere.

«Bel salvataggio, James» dice Bennie, e mi porge la mano con fare solenne, offrendomi quello che per me è un ramoscello d'olivo.

«Grazie» sorrido. «Ah, e potete venire in spiaggia quando volete. A me non dispiace. C'è spazio per tutti...»

«Che ha di così speciale Morvoren?» chiedo a Sprout mentre risaliamo verso casa.

«Ci abitava una sirena.»

«Vuoi dire che ci è morta una donna» la corregge Shiv.

«E si è trasformata in sirena» ribatte Sprout.

«È solo una leggenda» borbotta Shiv «le sirene non esistono. Non si può essere mezzo pesce e mezzo mammifero.»

«E allora il tappeto di lacrime di sirena scintillanti?» domanda Sprout.

Shiv la fissa con occhi spalancati. «Ah, sei stata nella grotta e l'hai visto con i tuoi occhi, vero?» Lancia uno sguardo verso il cielo. «Sinceramente, Sprout. Mi hai fatto morire di paura. Giurami che non lo farai più.»

Sprout fa cenno di sì, seria. «Non lo dirai alla mamma, vero?»

«*Be', ecco...*» sospira Shiv.

«Non puoi!» boccheggia Sprout. «No, ti prego. Mi starà sempre addosso.»

«Okay» Shiv mi strizza l'occhio di nascosto. «Immagino che non sia obbligatorio dirglielo, ma... solo se prometti di non entrare in camera mia prima delle nove per il resto della settimana.»

«Le otto» ribatte Sprout. «Otto e mezzo?»

«Questo non è un negoziato.»

«Va bene.»

«Scommetto che non resisterà più di un giorno» borbotta Shiv, e guarda la sorella che si pavoneggia davanti a noi, felice.

«Volevi davvero dirlo a Adele?»

Shiv sbuffa. «Certo che no, ma dovevo ricavarci qualcosa. La mamma se la sarebbe comunque presa con me. "Dovevi tenerla d'occhio come un falco, Siobhan!"» dice, imitando perfettamente Adele. «"Dovevi leggerle nel pensiero e capire che stava per finire nella secca..." Per fortuna c'eri tu» aggiunge prendendomi la mano. «Grazie per averla salvata.»

«Ha fatto tutto Leo. Senza di lui non avrei mai saputo della corrente.» Taccio di colpo: all'improvviso mi rendo conto di una cosa importante. «Hai visto come abbiamo lavorato bene insieme? Non eravamo più Pesci o Cuculi o... Zombie. Solo ragazzi che si aiutavano a vicenda.»

«E...?» Shiv è perplessa.

«Ma è ovvio!» Be', è ovvio per me. «Questa trama ha bisogno di una riscrittura.»

«Trama? Riscrittura?»

«Già» dico sempre più euforica. «Sai, come nei film! La narrazione è tutta sbagliata. Si è bloccata per colpa di una vecchia storia e noi oggi lo abbiamo dimostrato. Possiamo andare d'accordo, dobbiamo solo ricordarci che, sotto sotto, siamo tutti uguali. E io sono il fulcro di tutto questo. Darò a questa cittadina il lieto fine che merita...»

## Grotta sottomarina di Morvoren

Fake News! [Modifica]

La grotta di Morvoren è una leggenda. Fine della storia. Ecco le prove:

1. L'idea che possa esistere una grotta da qualche parte sotto alle grigie scogliere di Piscary Bay, accessibile percorrendo un labirinto di gallerie che si estende per miglia e miglia, è sinceramente ridicola. Quasi stupida quanto la rivalità tra i sedicenti Pesci e i Cuculi.
2. Per non parlare della leggenda di una donna giovane e bella che si smarrisce nella grotta seguendo il proprio cane e finisce in trappola quando cambia la marea. E fin qui potrebbe anche funzionare, anche se sospetto che chi l'ha inventata abbia guardato troppo *Il mago di Oz*... Questa fiaba però non è a lieto fine. La giovane donna e il cane annegano nelle forti correnti di risacca che si trovano a Piscary Bay e lei – qui diventa proprio folle – si trasforma in una sirena. Proprio così! Come se un mammifero potesse resistere così a lungo nell'acqua gelida.
3. Infine, c'è la grotta stessa, che viene descritta nei dettagli, malgrado nessuno l'abbia mai vista. Voglio dire: una scalinata di pietra verde? Ma dai! Un tappeto di lacrime di sirena (vedi commento precedente)? Un autoritratto di una donna dalla bellezza ammaliante che guarda nella grotta dalla parete che, così dice

la storia, scintilla di un inquietante bagliore verdastro grazie a... un mare di stelle, che invece è solo l'effetto dei molti organismi bioluminescenti che si trovano in quell'area...

26 luglio 17.08

Questa pagina è stata modificata per l'ultima volta 15 anni fa.

Estratto dal *Piscary Post*:

## Un'altra vittima nella tragedia di Morvoren

L'accesso alla grotta di Morvoren verrà proibito ufficialmente in seguito alla morte di un ragazzo di diciotto anni, Billy Pengelly. La tragedia è avvenuta durante la burrasca di giovedì sera, quando Pengelly e Minnie James, di diciassette anni, hanno tentato di uscire dalla grotta e sono stati travolti da un'imprevista corrente di risacca, per via del forte vento che ha provocato una marea più alta del previsto. La signora Brenda James, proprietaria di Cliff House e madre della sopravvissuta, non ha voluto rilasciare dichiarazioni.

# Una linea sulla sabbia

Il mio piano inizia a funzionare: ogni giorno condividiamo la spiaggia senza problemi, anche se ai lati opposti di una linea di confine tracciata da Amy.

«Attenta, su quelli scogli!» grida Shiv, che non perde d'occhio la sorellina. «Non dà mai retta. E oggi è venuta in camera mia alle sei e mezzo.» Sospira. «Allora, ripetimi: com'è che vuoi risolvere una rivalità di lunga data? Condividere la spiaggia non ha esattamente cambiato le cose.»

Un passo avanti e due indietro: forse così i miei progressi si capiscono meglio. Perché, nonostante i miei tentativi, a quanto pare non riesco a ricreare il cameratismo della settimana scorsa e quel confine sulla sabbia potrebbe anche essere un muro di mattoni, per tutte le conversazioni che non abbiamo avuto. Forse oggi senza Amy sarà diverso. È stata molto chiara sul fatto che non le piaccio.

«Dovrebbero esserti grati» dice sdegnata Shiv. «Non eri obbligata a condividere la spiaggia. Io non lo avrei fatto.»

«Per fortuna non sei me» rido.

«Sei molto testarda, eh?» dice. «Lo ammiro, davvero, ma... Non conosci queste persone. I Pesci sono i padroni della cittadina, o almeno si comportano come se lo fossero. Credimi, ci sta passando anche Sprout con la sorellina di Amy. Non fa che lamentarsi di come sia costretta a fare ciò che dice Cassie se vuole che restino amiche. Scommetto che è per questo che si è avvicinata alla grotta.»

«Non perché voleva vedere le lacrime delle sirene, o la scalinata di pietra verde?»

«Vedo che qualcuno ha fatto i compiti» ride Shiv.

«Solo Wiziwisdom.» Tralascio di aver fatto ricerche pure sull'incidente di mio padre. «Credi che sia vero?»

«Cosa, la storia delle sirene?»

«No! Il fatto che ci sia una grotta con un labirinto di gallerie illuminate da organismi viventi. La bioqualcosa.»

«Bioluminescenza» dice Shiv.

«Sì, quella cosa lì. A quanto pare è la più comune forma di comunicazione sul pianeta.»

Shiv mi guarda, perplessa. «Credevo odiassi la scienza.»

«Infatti. Ma ieri sera ho commesso l'errore di chiedere allo zio Henry. Ha iniziato a straparlare di una certa reazione chimica tra Lucifero e l'ossigeno.»

«La luciferina.»

«Ah» rido «ecco cosa intendeva. Mi piacerebbe vederlo, comunque. Ma tu come fai a sapere tutte queste cose? Sei molto intelligente.»

«Leggo.»

«Anche io leggo» ribatto.

«Libri veri, non Wiziwisdom. Sai che chiunque può modificare le pagine, vero?»

«Oh» boccheggio. «Questo potrebbe spiegare perché la pagina su mio zio Henry dice che è nato con le squame. Qualcuno ancora ride... Magari non è vera nemmeno la storia dei Neptunian Award.» Mi alzo. «Vado a nuotare. Vieni?»

Shiv drizza la schiena e mi fissa, incredula. «Aspetta. Tuo zio è *Henry* James. Ma era... è... Oddio! Non riesco a credere di non essere riuscita a fare due più due.» E si illumina tutta.

«In che senso?» dico.

«Abita qui» sbotta. «Era destinato a diventare qualcuno, prima o poi. Ha vinto due volte di fila il Neptunian Award ed è una cosa che non succede mai.»

«Quindi è proprio vero?»

«È il premio più ambito dai biologi marini» interviene Bennie, seduto il più vicino possibile alla linea. Credo che gli piaccia Shiv. «Lo danno agli scienziati che con le loro ricerche sono andati davvero oltre» aggiunge. «Abbiamo esplorato soltanto il cinque per cento degli oceani, più o meno. Immaginate i pesci che aspettano di essere scoperti. È a *questo* che pensano i vincitori del Neptunian Award.» Ride. «Quelli che abitano qui non hanno idea di avere tra loro un principe della scienza.»

Li lascio impegnati in una discussione sulla teoria evolutiva ed entro in acqua. Dopo qualche passo sono già sotto, a godermi il prurito del freddo che stuzzica la pelle cotta dal sole, e nuoto vicino al fondo finché non raggiungo Leo, impegnato a immergersi tra gli scogli.

Buffo come le cose sembrino diverse sott'acqua. Le onde sono alte come grattacieli e i pesci ti sfrecciano intorno come pendolari all'ora di punta. Tutto ha una sfumatura acquamarina che esalta il rosa e il viola delle alghe, e che cambia a seconda di come il sole se ne sta dietro alle nubi.

Seguo Leo verso il largo e riemergiamo accanto al cartello del divieto di accesso. «Dunque, è questa la leggendaria Morvoren? Non sembra chissà che. L'ingresso dov'è?»

Leo indica in basso. «Sommerso. Non si entra fino alla bassa marea. Non è facile, comunque.»

Torna sotto e mi fa cenno di seguirlo, finché riesco a distinguere il cerchio nero dell'ingresso alla grotta. Poi, tenendoci lungo il bordo della scogliera, sfrecciamo dentro e fuori da ogni pertugio, con Leo che mi indica una serie di granchi incrostati di alghe che se la danno a gambe lungo un cuneo di roccia picchiettato di un rosa scintillante. Sott'acqua i suoni sono attutiti e mi sembra di procedere al rallentatore, come se la tensione del mondo reale non esistesse. La cosa mi fa sorridere e quando guardo Leo sento che la pensa così anche lui.

Quaggiù non ci sono confini tracciati nella sabbia. Siamo solo due persone affascinate dal mondo sottomarino.

# Piscary Bay – Tavole di marea

**Lunedì 29 luglio**

| | |
|---|---|
| Alta marea: 03.21 | Altezza: 5,50 m |
| Bassa marea: 09.54 | Altezza: 1,80 m |
| Alta marea: 15.49 | Altezza: 5,70 m |
| Bassa marea: 22.24 | Altezza: 1,70 m |

**Luna calante**

| | |
|---|---|
| Alba: 05.45 | Tramonto: 21.10 |
| Alba lunare: 02.42 | Tramonto lunare: 19.06 |

# L'ingresso

Non riesco a smettere di pensare a Morvoren. E non è solo perché è collegata a mio padre: sono tutte le storie che le girano intorno. Devo vederla! Consultando il sito con gli orari delle maree ho capito che posso sapere con esattezza quando avvicinarmi all'ingresso.

«Perché siamo venute così presto?» sbadiglia Shiv.

«Sono le nove e mezzo» rido, con un cenno a Leo e Bennie che camminano sulla sabbia con in mano le fiocine e le loro prede.

«Che ci fanno con tutti quei pesci?» domanda Sprout.

Accenno a un mucchietto di legna. «Li cuociono, direi.»

Sprout arriccia il naso. «A me piace fare colazione con il pane tostato.»

«E a me piace dormire» si lamenta Shiv. «Che ci facciamo qui?»

«Già, il mare è lontano parecchie miglia.»

«È questo il punto, Sprout» ribatto. «Ho pensato che così potevamo avvicinarci all'ingresso della grotta.»

«Noi?» dice Shiv, il terrore dipinto sul viso.

«Non andiamo mica dentro» dico. «Non oggi, almeno. Voglio solo dare un'occhiata. Sembra affascinante.»

Sprout si illumina tutta. «Io ci vengo! Muoio dalla voglia di vedere la sirena.»

«Non c'è nessuna sirena» ribatte Shiv. «E sono stufa di farti da baby-sitter. Perché la mamma non ha invitato una tua amichetta?»

«Non sono più una bambina!» strilla Sprout. «E inoltre le mie amiche sono tutte in vacanza.»

«E Cassie?» suggerisco.

«Non le piaccio più.»

«Ah, e perché?» domando.

«Perché sono amica tua» risponde. «*Amy* non ti sopporta.»

«Non devi ripetere tutto quello che senti, Sprout» sibila Shiv. «Non è *tutto* vero. Là non ci andiamo e la cosa finisce qui.»

Solo che non è finita per niente e si lanciano nel solito battibecco tra sorelle, che in quanto a volume e immaturità è all'altezza di quelli tra Henry e Min.

«Siete uscite presto anche oggi» dice Leo, gettando maschera e pinne sulla sabbia mentre Bennie si occupa del fuoco.

«Volevo esplorare Morvoren.»

«Morvoren?»

Annuisco. «Già, solo l'ingresso. Magari un pezzetto. Poco prima delle dieci la marea sarà al punto più basso. Ti va di venire?»

«Come, con lei?»

«No, lei non vuole.»

Leo lancia un'occhiata a Bennie.

«D'accordo» dice Bennie, e indica il falò. «Qua ci penso io. Tu vai.»

È una lunga passeggiata sulla sabbia umida oltre gli specchi d'acqua che la marea ha lasciato tra gli scogli. Restiamo vicini alle rocce e alla fine arriviamo alla serie dei cartelli di divieto d'accesso puntellati in alto, sopra di noi, dove l'acqua del mare sta per raggiungere il livello più basso. L'euforia è al massimo, quando noto l'apertura nella parete della scogliera.

«È lei?» grido, e corro in quella direzione, con i piedi che schiaffeggiano i pochi centimetri d'acqua.

Leo annuisce, gli occhi che brillano quanto i miei.

La frescura che esce dalla grotta è di un altro livello, come un condizionatore d'aria naturale che mi fa salire i brividi lungo la schiena mentre mi arrampico attraverso l'entrata. Percorsa una breve distanza mi accovaccio, proprio dove il buco si restringe a circa un metro di diametro, e vedo alcune parole che si leggono appena, in maiuscole rosse dipinte alla rinfusa intorno al bordo superiore.

«UORI EDI O LA EDI» leggo. «Che significa? È come quel punto del *Signore degli anelli* dove bisogna risolvere un enigma per entrare nella grotta?»

«Tu guardi troppi film» sbuffa Leo, e fa scorrere le dita sulla superficie rocciosa, dove l'arancio si mescola con il turchese e il viola. «Non ero mai arrivato così vicino. Mia madre a questo proposito è sempre stata molto chiara.»

«Ed è riuscita solo a farti venire più voglia.»

Ride. «Già. Questo e i suoi racconti sul labirinto di gallerie e i corridoi bui e sotterranei. Dicono che dentro ci sia questa incredibile scalinata naturale. Nelle condizioni giuste, scintilla come un mare di stelle. C'entra qualcosa una reazione chimica con l'ossigeno.»

«Sì, la bioluqualcosa» dico. «La luce prodotta quando l'ossigeno si mescola con… me ne sono dimenticata.»

«Bioluminescenza» ride. «Mi piacerebbe nuotarci in mezzo, di notte. Qua si vede spesso. È bellissima.»

«Wow» mormoro. «A me piacerebbe riprenderla.»

Facciamo silenzio, fissando quel buco nero nella speranza che uno di noi sia tanto coraggioso da avventurarcisi dentro, ma sappiamo che non dovremmo. Ci sono abbastanza cartelli che lo dicono.

L'incantesimo si spezza quando Leo si volta per tornare indietro e non posso fare a meno di buttare fuori un sospiro di delusione.

«Tu sei diversa dagli altri Zombie.»

Faccio una smorfia: «È una parola terribile».

«Lo facciamo apposta» ride. «Cuculo, allora.»

«È ancora peggio. Non ho rubato la casa a nessuno.»

«No, ma la madre di quelle due ce la sta mettendo tutta» dice, indicando Shiv e Sprout. «Devono proprio venire qui tutti i giorni? Cominciano a girare certe chiacchiere.»

Rido. «Non devi ascoltarle per forza, sai? A Bennie lei non dà alcun fastidio.»

«Dovrebbe essere più furbo.»

«Lo è» sbuffo. «Ha solo trovato il tempo di conoscerla. Forse dovresti provarci anche tu.»

«Non tornavate mai» si lamenta Sprout quando mi lascio cadere sulla sabbia, tutta un fremito di eccitazione. Il profumo e lo sfrigolio degli sgombri appena pescati si mescolano all'odore di legna bruciata e riempiono l'aria facendoci venire l'acquolina in bocca.

Sprout mi afferra il braccio e mi tira dalla nostra parte della linea. «Ti va di fare un castello di sabbia? Shiv è troppo occupata a chiacchierare con quello stupido pesce persico» borbotta, lanciando un'occhiata in tralice a Bennie. «Credo che si sia presa una cotta.»

«Lasciala in pace, Sprout» la rimprovera Shiv. Poi, guardandomi storto, aggiunge: «Te la sei presa comoda. Per un attimo ho pensato che fossi entrata davvero».

Scuoto la testa. «No, o almeno non oggi. Ma credo che Leo sarebbe disposto.»

Shiv sbuffa. «Mi sorprende che *lui* ti abbia concesso tutto questo tempo insieme.»

«Potevi venire anche tu» dico. «Bennie come sta?»

«Shiv ha una cotta per lui» canticchia Sprout, allegra.

«Oddio, sta' zitta!» strilla Shiv, coprendosi le guance in fiamme. «Non vedo l'ora che sia mercoledì, così andrà al campo estivo e potrò di nuovo dormire fino a tardi. Guardare i film che voglio io...»

«Che ne dite di un falò sulla spiaggia?» propongo, quando mi viene l'idea. «Potremmo invitare tutti. Una vera festa. Tu potresti parlare con Bennie e per il mio piano sarebbe un bel passo avanti.»

*Sguardo in camera. E magari stavolta io e Leo potremmo davvero entrare a Morvoren.*

# Piscary Bay – Tavole di marea

**Mercoledì 31 luglio**

| | |
|---|---|
| Alta marea: 05.06 | Altezza: 6,20 m |
| Bassa marea: 11.34 | Altezza: 1,10 m |
| Alta marea: 17.27 | Altezza: 6,50 m |
| Bassa marea: 00.01 | Altezza: 0,90 m |

**Luna nuova**

| | |
|---|---|
| Alba: 05.49 | Tramonto: 21.07 |
| Alba lunare: 04.38 | Tramonto lunare: 21.00 |

# Ostacoli

Convincere tutti a venire alla festa non è così facile come immaginavo, e per riuscirci mi tocca usare tutte le mie capacità di negoziazione. Shiv se ne chiama fuori all'istante dicendo di essere la persona meno adatta a un compito del genere e presto capisco perché è così riluttante. Ho ricevuto l'assenso, in via provvisoria, di Bennie e Abe, il figlio di Tania, e quello di altre due ragazze con cui ho chiacchierato da Screams. Amy non ha voluto sbilanciarsi, in un senso o nell'altro, e credo che Seth abbia accettato solo per liberarsi di me, visto che non può lasciare il chiosco. Così rimane solo Leo.

«Organizzo un falò sulla spiaggia» gli dico. «Per domani sera. Pensavo che sarebbe bello per tutti noi conoscersi meglio.»

Mi guarda perplesso. «E perché?»

«Così litigheremmo di meno.»

«Tu vivi proprio a Fantasilandia» sbuffa.

«Forse» dico, con leggerezza. «Ma ho anche pensato che poteva essere l'occasione giusta per esplorare la grotta di Morvoren.»

«Morvoren. Di sera? Sei sicura?»

«Perché no? Sarà più avventuroso. Sarà comunque buio e verso mezzanotte la marea sarà al minimo. Non dobbiamo addentrarci troppo e magari riusciremo a vedere il mare di stelle.»

Si morde il labbro, mentre ci pensa. «E va bene. Ci sto...»

*Dissolvenza sulla scena del mio futuro successo. Quella in cui riesco sul serio a far dialogare tutti.*

Per tutto il giorno è stato un tempo splendido, senza una nuvola in cielo, ed è un po' più fresco delle ultime sere: l'occasione perfetta per stringersi intorno a un falò. Sono andata anche a raccogliere un po' di legna finita sulla spiaggia e l'ho ammucchiata ben lontano dall'acqua.

Shiv arriva a casa mia alle sette, in perfetto orario. Io non sono neanche lontanamente pronta, un po' per colpa di un tuffo estemporaneo appena finito di raccogliere la legna, un po' perché voglio comunque fare un'entrata a effetto. In questo sono proprio figlia di mia madre.

«È Shiv!» grido per le scale. «Qualcuno le può aprire? Zio Henry?»

Lo sento che brontola mentre sbuffa e sbruffa verso la porta. «Salve» dice «tu devi essere Shiv. Io sono il professor Henry James.»

«Buonasera, signore» arriva la sua risposta formale. «È un onore conoscerla. Mi è piaciuto molto il suo saggio sui pesci che si arrampicano. L'ho trovato... magnifico.» È così nervosa che è quasi ridicola; probabile che abbia provato il discorso per tutto il pomeriggio.

«Ehi» dico, sporgendomi in equilibrio precario sulla ringhiera. «Faccio prima che posso.»

«Fai con calma» risponde lei.

«Ti piacciono i pesci» dice lo zio Henry, e le fa strada nel corridoio. «Qual è il tuo preferito?»

«Il pesce mandarino» sento la risposta di Shiv. «Lo so che è velenoso, ma è così bello...»

*Sguardo in camera. Credo che andrà tutto bene.*

Mi preparo con calma. È una serata importante e, se deve andare secondo i piani, dovrà essere tutto perfetto, compreso il costume di scena...

Shiv è impegnata in una conversazione con lo zio Henry, qualcosa sulla pelle e il muco, non oso chiedere!

«È tutto pronto?» A giudicare dallo sguardo torvo di Shiv, direi che la risposta è no.

«Dove andate?» chiede lo zio Henry.

«Stiamo organizzando un falò.»

«Dove?»

«A Cove Beach.»

Sembra sorpreso. «Me lo hai chiesto il permesso?»

*Sguardo in camera. Il permesso?*

Rido, nervosa. «Ehm... no.»

«Be', forse avresti dovuto.» Si adombra. «Hai controllato le tavole di marea? In quanti sarete? Non farete mica il bagno, vero? È pericoloso.»

Trattengo il fiato e aspetto paziente che dia voce a tutte le sue paure, sempre meglio che tenersele dentro. Poi lo rassicuro. Ho fatto una gran fatica a convincere tutti a venire alla festa e non ho intenzione di cadere all'ultimo ostacolo.

«La bassa marea è poco dopo la mezzanotte» dico. «Dieci persone al massimo e, sì, so delle correnti di risacca. Non preoccuparti, zio. Ho pensato a tutto.»

Sentendosi sconfitto, si accascia. «Allora basta che non entriate in acqua. Niente tuffi e niente alcolici.»

«Sì, zio Henry» canticchio, e poi faccio capolino in

salotto dove Min è concentrata sulla macchina da cucire, con la stoffa drappeggiata sulle gambe come l'acqua di una cascata. «Stiamo per uscire. Come sto?» Faccio una giravolta nell'outfit che ho scelto con tanta cura: camicia a quadri, jeans corti e felpa con il cappuccio. Da queste parti si vestono tutti così.

Lei alza lo sguardo, una ruga di concentrazione ancora scolpita in mezzo agli occhi.

«Sei... diversa» farfuglia, avvilita.

*Sguardo in camera. Dice l'adulta in tuta di velluto elasticizzata.*

Inspiro e trattengo, e sento come al solito la tensione che mi invade il petto. Non ho intenzione di chiederle cosa c'è che non va. Shiv mi sta aspettando, anche se da quello che sento ha iniziato un'altra conversazione con lo zio Henry. Ma no, non intendo farmi coinvolgere adesso, proprio no. Non posso...

«Si può sapere che cosa c'è?» domando.

Alza le spalle. «Non lo so... Mi sento solo un po' giù. Penso a quello che avevamo a Londra. Mi manca...»

Avrebbe potuto accorgersene due settimane fa, però va bene.

«Adesso non posso proprio parlarne» dico. «Shiv mi aspetta...»

«Dove andate?»

«Organizziamo un falò a Cove Beach. In realtà l'idea me l'hai data tu.» Magari con qualche moina posso farle passare il cattivo umore. Grosso errore.

«Ed è una splendida idea» esclama. «Vieni qui.» Tira fuori di tasca un rossetto. «Non possiamo lasciarti andare senza mettere un po' di questo, no?» Poi sussurra: «Vuoi che esca a prenderti una bottiglia di qualcosa? Per me va benissimo».

Mi affretto a scuotere la testa. Non riesco a pensare a niente di peggio. Lei però non mi ascolta.

«Posso venire a portartela in spiaggia, se vuoi» dice. «Una festa è proprio ciò che mi serve. Questo vestito può aspettare...»

*Sguardo in camera. No, no, no, no, NO!*

«Ehm» ansimo, e faccio fatica a trovare le parole giuste. «Forse un'altra volta? Finisci il vestito. Allora ciao.» Esco subito di scena, torno di corsa in cucina e nel mentre porto via Shiv prendendola per un braccio.

# Amiche

Appena fuori dalla porta mi pulisco le labbra con il dorso della mano: non mi serve il rossetto di mia madre. Tanto per cominciare, è del colore sbagliato. Grazie a Dio l'ho convinta a non venire con noi. La prima regola di ogni film di avventura decente è sbarazzarsi dei genitori.

Io e Shiv scendiamo fino alla spiaggia in cameratesco silenzio, con le braccia cariche di patatine e bibite gassate. La conosco da meno di due settimane, ma credo che stiamo diventando buone amiche. Ma lei è così intelligente, come se pensasse molto bene prima di farsi uscire di bocca ogni parola, lo sa il cielo perché passi del tempo con *me*.

«Wow» sospira, con l'aria di chi stravede per qualche celebrità. «Ho appena parlato con Henry James *in persona*. E per due volte! Voglio dire... insomma... wow.»

Be', è un bel cambiamento dai mugolii estasiati delle mie amiche a Londra a proposito di Min.

«Stiamo parlando dello stesso Henry James?» rido. «Quello spettinato, in vestaglia?»

Shiv alza le spalle. «Sono i segni di una mente brillante. Ha di meglio a cui pensare che a come dovrebbe vestirsi. A che cosa sta lavorando, al momento?»

«Non ne ho idea. A essere sincera, già faccio fatica a parlarci di qualcosa che non siano i pesci. Sembra l'unico argomento che non lo mette a disagio.»

Shiv sospira. «So come ci si sente.»

«Ma se tu sei così... sicura di te! Scommetto che a scuola hai tonnellate di amiche.»

«In quel caso punteresti sul cavalluccio marino sbagliato» ride. «Non sono come le mie compagne. A loro interessano più che altro l'aspetto fisico e i social. È così noioso.»

*Sguardo imbarazzato in camera...*

«Sinceramente, preferisco studiare che postare su Instagram. E tu? Che ti piaceva fare a Londra?»

Ridacchio. «Postare reel su Instagram e fare il giro dei negozi di abbigliamento vintage?»

Shiv si sganascia dal ridere fino a diventare cremisi. «Oh, mi dispiace tanto» dice, fingendosi scandalizzata. «Non intendevo in quel senso. Tu sei diversa dalle mie compagne... tanto per cominciare, con me ci parli.»

«E perché non dovrei?» rido. «Sei così interessante... Oh mio Dio, sono venuti davvero!» Mi fermo di colpo in cima al sentiero della scogliera, da dove riesco a vedere un gruppetto di persone in piedi intorno al falò acceso.

«Li conosci tutti?» domanda Shiv, allibita, inciampando lungo lo stretto sentiero.

«Sì» rispondo, stupita. «Esther e Freya dovresti conoscerle pure tu.»

Scuote la testa.

«E Anna? Sua sorella è in classe con Sprout.»

«Ma *tu* come fai a conoscerle, piuttosto?»

«Parlo con la gente» dico. «Perché, tu no?»

«No, se posso farne a meno.»

«E perché?»

«Perché non so cosa dire» confessa.

«Parla di quello che ti interessa» azzardo.

«Cioè scienze e matematica?»

*Sguardo in camera. Be', da qualche parte bisognerà pur cominciare.*

«Parla con Bennie, allora» dico. «Voi due l'altro giorno sembravate andare d'accordo.»

«Ma è un Pesce...»

«E...?»

«E se non volesse parlare con me?»

«Ci parlerà. Vieni. Ti presento gli altri...»

# Cenerentola

Lascio Shiv, imbarazzata e con l'aria di chi preferirebbe essere altrove, insieme a Esther e Freya, i cui tentativi di conversazione sono accolti da borbotti quasi inudibili. Buffo, non mi ero accorta che fosse così timida.

«Bennie! Amy!» grido. Con un po' troppa verve, lo ammetto, ma sono i primi... be', i primi degli altri ad arrivare. «Sono contenta che ce l'abbiate fatta.»

«Ma che stai facendo?» Amy scansa con un gesto i miei baci all'aria. «Sei snob da star male.»

Mi acciglio: «È così che saluto le mie amiche».

«E io non sono tua amica. Sono qui solo perché Bennie mi ha costretta.»

«Proprio non sai trattenerti, eh?» dice Bennie con una smorfia nervosa.

«Guarda, credo che siamo solo partite con il piede sbagliato» le sorrido più smagliante che posso «ma se mi darai l'opportunità di farmi conoscere... Il falò serve proprio a...» Amy si porta la mano alla bocca e ride.

«Si può andare d'accordo anche con chi ha una storia diversa dalla propria, lo sai?»

«No, qui non si può» sogghigna sarcastica. «Davvero, tu e la tua spocchia londinese. Piombi qui, convinta di poter cambiare tutto, come se fossi speciale. Che bella vita, se puoi guardare tutti dall'alto della tua torre d'avorio, vero?»

«Se intendi Cliff House, sta cadendo a pezzi» ribatto. «E non sono convinta proprio di niente.»

Amy sbruffa. «Certo, come no. Tutti questi baci, tutto questo parlare della tv e tutti i tuoi vestiti alla moda.»

*Sguardo in camera. Ma se li ho comprati all'usato.*

Le rinnovo il mio sorriso più smagliante, convinta che aiuti. Ma non aiuta. «Io voglio solo che siamo tutti amici.»

«Sì, certo, ma non sta funzionando. Giusto?» dice, e indica un lato del falò. «Quelli sono i Pesci e quelli i Cuculi. Non mi sembra che si siano mescolati. Giusto?»

«Ma non deve essere per forza così» insisto, ma flebile, visto che ormai sto parlando con la sua nuca. «Ma perché non le piaccio?» domando a Bennie.

Lui sospira. «È la storia che si ripete. Prima che tu arrivassi Leo e Amy stavano insieme. Proprio come quando Min portò via Billy alla madre di Amy.»

«A me Leo non interessa» rispondo infastidita «cerco solo di fare amicizia. E comunque, lui dov'è?» Do un'occhiata all'orologio. Mancano ancora tre ore alla mezzanotte.

Bennie alza le spalle. «È il compleanno di sua nonna. Mi ha detto che passava più tardi. Forse...»

Provo a non guardare l'orologio. Provo a non aspettare l'arrivo di Leo. Provo a concentrarmi sul passare una bella serata. Però non serve a niente e mi ritrovo come Cenerentola ad aspettare la mezzanotte. Perché è allora che inizierà la vera avventura, è allora che darò la mia prima occhiata a Morvoren, e non sto nella pelle.

«Io torno a casa» dice Shiv.

La fulmino con lo sguardo. «Ma sono appena le undici.»

«E mia madre si starà domandando dove sono finita.»

«Ma non hai ancora parlato con Bennie.»

Shiv scuote la testa. «Io non sono come te, non vado d'accordo con... Ma quella chi è?» Lei spalanca la bocca e io mi volto, ritrovandomi davanti al mio incubo peggiore.

Min, in un enorme abito da ballo con le balze e con tanto di tacchi altissimi, si fa strada sulla sabbia: somiglia come una goccia d'acqua alla mia fata madrina. Ma in questo caso viene a portare imbarazzo, invece che aiuto.

«Quella è Min» sospiro. «Senti, vai prima che ti veda» e mi affretto a spingere Shiv verso il sentiero. «Meglio per te non affrontare le ire di entrambe le nostre madri...»

Se scegliendo l'outfit Min cercava attenzione, di sicuro l'ha ottenuta. Insieme alla mia mortificazione.

«Te l'ho comprata quella bottiglia, nel caso cambiassi idea.» Lancia occhiate in giro per la festa, guardando tutti.

«Io non bevo» ringhio. «E non ti voglio qui, sei mia madre. Ma ti sei vista?»

«E adesso chi è che si comporta come una madre?»

«Con i tacchi alti in spiaggia» sibilo. «Chi mai farebbe una cosa del genere? È imbarazzante.»

Min mi fissa. «Io lo farei, anzi lo faccio. E indosso quello che mi pare, grazie. Se ti crea imbarazzo, il problema è *tuo*. Almeno non sembro... un boscaiolo» dice, sventolando la mano verso il mio outfit. «Non c'è molta gente, credevo avessi detto che era una festa. Oh, salve!» Sceglie la persona più vicina, Freya, e la saluta con i suoi disinvolti baci all'aria che non riesco mai a riprodurre. «Io sono Min, e tu?»

*Sguardo in camera. Ahia.*

Fa sempre così con i miei amici. Nemmeno fossero parenti. È convinta che a loro interessi quello che ha da dire. Il fatto è che di solito ha ragione...

Alle undici e mezzo, il mio umore ha toccato il fondo. Min è in piena modalità festa ed elargisce ai superstiti storie sulle celebrità che ha conosciuto, svelando cose per cui sono certa che deve aver firmato qualche accordo di riservatezza. Leo, per giunta, non è ancora arrivato. Contavo molto sulla sua conoscenza del posto per entrare e uscire indenni da Morvoren.

«... e poi è andata in bagno» sta dicendo Min «scordandosi completamente di avere ancora indosso un...» Si blocca di colpo e impallidisce, come se avesse visto un fantasma.

«Leo» ansimo, scattando in piedi. «Ce l'hai fatta.»

«E la fata madrina chi è?» borbotta, districandosi goffamente dal mio abbraccio.

Min mi spinge di lato per salutarlo. «Io sono Min» sbotta. «Leo, vero? Fatti un po' guardare.» Lo studia tenendolo a un braccio di distanza, e a quel punto lui è seriamente a disagio. «Incredibile» mormora lei.

*Sguardo in camera. Cosa.*

«Ti ho tenuto in braccio appena nato» ride Min. «Mi fa sentire decrepita.»

«Perché lo sei» ringhio, e tiro via Leo per farla uscire da sotto ai riflettori. «Hai portato le torce frontali?» chiedo. «Non c'è luna e senza quelle è troppo buio. Ho pensato che potremmo...»

Lui scuote la testa e punta lo sguardo negli occhi di Min, con la mascella che trema come una foglia. «Io non posso restare. Non se c'è lei.»

«Lo so che è fastidiosa, ma è innocua.»

«Dillo a mio zio» dice lui, serissimo.

«*Tuo zio?*»

«Sì. È annegato qui, per colpa sua.»

*Sguardo in camera. Aspetta, che cosa?*

«Ma tu non sei un Pengelly.»

«Io no, ma mia madre sì» ringhia.

E lo guardo mentre se ne va, lasciandomi con la bocca aperta e bloccata in una enorme O, perché se Billy era suo zio, allora Leo è mio cugino.

# *Noi e loro*

«Che cosa è successo l'altra sera, dopo che sono andata via?» domanda Shiv quando, qualche giorno dopo, ci incontriamo in spiaggia.

«Un disastro» dico. «Min ha dato spettacolo, com'era prevedibile, e tutti se ne sono andati in anticipo. Infine, quando è arrivato Leo, lo ha fatto arrabbiare.» *Ah, e ho scoperto che è mio cugino!* «È corso via stizzito e Amy ha colto l'occasione per girare il coltello nella piaga.»

«Tipico» dice Shiv. «Ero convinta che stessi ottenendo qualcosa. Stavo perfino per congratularmi per il tuo successo, voglio dire, non erano venuti molti Pesci, ma già avere Bennie e Amy era un risultato importante. E Leo. Lui soprattutto. Ma che cosa ha fatto Min?»

«Il suo solito» borbotto, e sento che se dico di più mi scapperà fuori qualcosa di inopportuno.

«Forse è una cosa positiva. Almeno abbiamo la spiaggia tutta per noi. E non c'è Sprout. Possiamo fare tutto quello che vogliamo.»

«Andiamo a farci una nuotata allora» propongo. «La marea si sta abbassando di nuovo.»

Shiv però arriccia il naso. «Magari più tardi.»

*Sguardo in camera. Non entra mai in acqua.*

«Potremmo provare a esplorare Morvoren» insisto. «Io e Leo avremmo dovuto farlo l'altra sera, prima che Min rovinasse tutto.»

Shiv rimane senza fiato. «Ecco come l'avevi convinto! Ma è pericoloso, Coco. Anni fa ci è morto qualcuno.» Prosegue raccontandomi tutte cose che già so sulla morte di mio padre e il desiderio di svelarle il mio segreto si riaccende, fortissimo.

«Già, so tutto. Ma...» Le parole mi si bloccano in gola, non riesco a dire niente. L'ho promesso a Min e non importa quanto sia arrabbiata con lei in questo momento...

«Sono tornati» dice Shiv.

Mi volto e vedo Leo, Bennie e Amy, insieme a un gruppo di altri ragazzi che non riconosco, che scendono sicuri lungo il sentiero della scogliera.

«Ti sta bene che vengano qui?» domanda. «Hai tutto il diritto di ordinar loro di andarsene, lo sai.» E si alza per affrontare i nuovi arrivati.

Il falò della festa, ridotto ormai a un mucchietto di cenere, giace dimenticato tra i nostri due gruppi. Mi siedo, lo fisso e infilo distratta un alluce in quel che resta della brace, simile a foglie di tè, come se potesse darmi le risposte che mi servono.

«Noi non ci spostiamo» fa Amy. «Se qualcuno deve andarsene, questa sei tu.»

Tanto per sintetizzare la prima mezz'ora di conversazione.

«Dico solo che se volete condividere la spiaggia, dovete essere molto più gentili con Coco» continua Shiv, tenendo il punto. Cerca di stare dalla mia parte, solo che non credo mi stia aiutando.

«Sei proprio come tua madre» la schernisce Amy.

Shiv alza le spalle: «Cioè una donna determinata e di successo? Lo prendo come un complimento, grazie». Bennie ridacchia e Amy gli lancia uno sguardo furibondo.

Lancio un'occhiata al volto infastidito di Leo. È così che doveva essere mio padre? Voglio gridargli «Sei mio cugino!» ma non lo faccio. Sarebbe diverso, se sapesse?

«Be'?» fa Shiv, usando un tono autoritario che fa rabbrividire me e irritare gli altri. Com'era prevedibile, cominciano tutti a infastidirsi e a borbottare che non si muoveranno. Difficile intravedere una via d'uscita. È peggio dei litigi tra Min e lo zio Henry.

«Sentite» dico «così non arriviamo da nessuna parte. L'altro giorno dicevo davvero sul condividere la spiaggia. Però Shiv ha ragione. È troppo piccola perché continuiamo a litigare così.»

«Sai, è tutta la vita che frequento questa spiaggia» dice Leo. «E non abbiamo mai avuto bisogno del permesso. E per venirci non dovevamo nemmeno arruffianarci nessuno, finché non sei arrivata tu.»

«So come risolvere la questione» dice Amy all'improvviso, accennando all'acqua con una perfida luce negli occhi. «Una sfida all'ultimo rimasto. Stavolta potrai gareggiare con un avversario alla tua altezza. Che ne dici, Leo? Chi vince resta in spiaggia, per oggi.»

«È ridicolo» mormora Shiv. «Non potete. Loro sono... Pesci. È una fregatura.»

Io però alzo le spalle, stimolata dalla sfida. E mi sono allenata ogni giorno, ho nuotato sul fondo: sono sicura che sto diventando brava. Abbastanza da convincermi di avere una possibilità.

«Va bene» dico. «Ci sto.»

# Mission: Impossible

Dopo appena due passi faccio scivolare le mani nell'acqua e lascio che la sabbia e il mare che mi scorrono tra le dita mi tranquillizzino. Mi concentro sulle onde che si infrangono intorno alle mie gambe, cercando di non far caso al sorrisetto di Leo, come se fosse convinto di essere lì lì per demolirmi. È davvero una missione impossibile?

Altri tre, quattro, cinque passi e mi volto a guardare la spiaggia. Shiv e gli altri sono lontani, come un gruppo di estranei. Mi sto cacciando in una trappola?

Mi tuffo sotto l'onda successiva e mi godo il freddo che mi morde le spalle. Posso farcela. È più di un mese che nuoto in queste acque. Non sono mai stata così brava a trattenere il fiato.

«Pesce, pronto?» grida Amy, con la mano alzata.

Leo annuisce e prende una enorme boccata d'aria.

«Cuculo?»

Annuisco riluttante, con una smorfia per quell'etichetta. Poi Amy abbassa di colpo la mano e grida: «Via!».

Mi lascio cadere in acqua, a faccia ingiù, con le braccia che galleggiano davanti a me, e conto lentamente come quando sono nella vasca da bagno. Il primo minuto passa senza problemi, anche se devo sforzarmi per non essere distratta dalla *sua* presenza. Difficile, con le onde che mi spingono più vicino a lui. Ah, e con l'idea che siamo cugini!

*Sessantatré pecorelle. Sessantaquattro pecorelle.*

Vedo che mi fissa. Senza dubbio cerca di farmi perdere la calma. Be', non funzionerà...

*Ottantuno pecorelle. Ottantadue pecorelle.*

Mi sta ancora fissando. Provo a sorridere, ma non sono sicura che mi venga bene. Probabilmente somiglio di più a Brian con una specie di grossa maschera. Il pensiero mi fa venire da ridere e qualche bollicina sale di colpo in superficie.

Due minuti...

Scuoto la testa costringendomi a rilassarmi, ma poi faccio lo sbaglio di guardarlo negli occhi che, per via della *sua* maschera, sembrano quelli di un cartone animato, e allora mi viene da ridere di nuovo e mi esce un altro stillicidio di bollicine. Lui mi fa cenno di rimettermi in piedi, ma io non ci casco davvero.

Due minuti e mezzo... Ho bisogno di respirare!

Tre... È quasi il mio record personale. Posso farcela!

A tre minuti e mezzo mi sembra di scoppiare. Ma per quanto riesce a trattenere il fiato *lui*? Ho dei forti spasmi al diaframma e il sangue mi martella nelle orecchie; riesco solo a pensare a quando prenderò una bella, rigenerante boccata d'aria di mare.

A quante pecorelle siamo... No... non ricordo nemmeno dov'ero arrivata. Non sono lucida. Devo respirare. Datemi un po' d'aria. Datemi...

Stacco sull'inquadratura della sottoscritta che riemerge di scatto e prende la più *deliziosa* delle boccate d'aria. Respirare non è mai stato così bello. Finché non capisco di aver perso. Leo galleggia ancora tranquillo, come se *non* respirare fosse la cosa più naturale del mondo.

«D'accordo, ma non devi pavoneggiarti» scatto, pungendolo sulla spalla.

Lui si alza di colpo e respira in fretta, dentro-fuori in rapida successione. Mi preparo a un sorriso compiaciuto e soddisfatto di sé, gongolante, e invece mi guarda accigliato, con l'aria confusa e incerta.

«Sfigata!» intona Amy, e mentre esco dall'acqua mi preme le dita a forma di L sul viso. «Adesso la spiaggia è nostra.»

«Già, ma solo per oggi» borbotta Shiv, gettando a me un asciugamano sulle spalle e a Leo un'occhiata maligna, mentre iniziamo a scarpinare su per la scogliera, avvilite. «Mi dispiace, Coco. È stata tutta colpa mia. Non mi piaceva come ti trattavano, però.»

«Lo so» dico. «Ero d'accordo. Credevo di poterlo battere.»

«E come? Suo padre era il miglior apneista della cittadina, prima di scappare con una Zombie. Me l'ha detto mia madre. Chi si credono di essere? È la tua spiaggia!»

«È tutto okay.» Alzo le spalle. «Non importa.» Ed è vero. Perché, grazie all'incertezza di Leo, adesso so cosa devo fare.

«E com'è possibile?» vuole sapere Shiv.

«Perché so come sistemare le cose» rido. «E Leo è la chiave di tutto.»

«Leo!» sbuffa. «Se lui è il fulcro del tuo progetto, ti aspetta una bella fatica.»

«Non hai visto come mi ha guardata» dico. «Era sicuramente impressionato da quanto a lungo ho trattenuto il fiato e ho la sensazione che significhi qualcosa. Posso farcela, Shiv. Io ci so fare con la gente. Li stupirò con la mia brillante personalità.»

«E sarebbe, scusa?» ride.

«Quella che non ti prende a pugni» sbuffo. «Andiamo. Chi arriva ultima a Cliff House...»

# Fantasmi

Ci sono volute quasi tre settimane perché gli operai cominciassero a riparare il tetto, e io nel frattempo ho dormito sotto a un enorme buco nel soffitto. Ogni volta che nel cuore della notte lo zio Henry saliva nell'attico e si metteva a girare in tondo, io mi svegliavo o per i suoi borborigmi o per la sensazione dell'intonaco che mi cadeva in faccia.

La casa è avvolta nelle impalcature e decine di operai le sciamano intorno; quando io e Shiv arriviamo, troviamo Min fuori dalla porta con in mano un vassoio di tazze di tè, come al solito troppo elegante con un bell'abito turchese così lungo che struscia sui calcinacci.

Prendo fiato: non ci parliamo dalla sera della festa.

«Ospiti, tesoro» dice, strascicando le parole. «Sul serio?»

«Questa è la mia amica Shiv. La figlia di Adele.»

«Salve, signorina James» dice Shiv, e le offre una stretta di mano formale toccando subito la corda sbagliata: Min odia essere trattata come un'adulta.

«Silenzio!»

Il grido arriva da dentro casa e ci fa sobbalzare.

«Sua Eccellenza ha avuto una ricaduta» spiega Min. «Povero disgraziato, non la sta prendendo bene.» Arriccia il naso. «E, esattamente, dove vorreste andare? La tua camera sembra un cantiere.»

«Silenzio!» arriva un altro grido.

«Che cosa ci fa lui qui?» dice Min con fare scocciato; mi volto e vedo Leo che si passa nervosamente le mani tra i capelli mentre si arrampica lungo il viottolo del giardino. «Hai un bel coraggio» dice lei. «Hai rovinato la festa a mia figlia!»

*Sguardo sarcastico in camera...*

«Dovrei farti arrestare per violazione di domicilio» sibila.

Adesso parla come Shiv. Non è questo il modo per risolvere le cose. C'è un motivo per cui Leo è qui e, secondo me, è un buon motivo.

«Non ce n'è bisogno» mi affretto a dire, rivolgendole uno sguardo penetrante per mandarla via, che lei ignora del tutto. «Min» scatto «pensi che potresti lasciarci un po' di spazio?»

«Questa è casa mia» brontola, scontrosa, ma alla fine, dopo l'ennesimo grido che arriva dall'interno, si sposta.

«Accomodati.» Indico a Leo il divanetto a dondolo, ma lui rifiuta. «Come vuoi» dico, con leggerezza, e tiro giù Shiv sul divano accanto a me, dove dondoliamo i piedi tra la polvere e la sporcizia. «Volevi qualcosa?» chiedo, con il mio sorriso più dolce. Devo giocarmela bene. «Cove Beach non ti basta, vuoi anche la casa?»

Un sorriso, alla fine!

«Non scherzavi quando hai detto che cadeva a pezzi» ride, e si accovaccia su un secchio rovesciato, tra i calcinacci e i pali delle impalcature. «Senti, mi dispiace per prima. Non è stato uno scontro leale.»

*Sguardo in camera, sorriso scaltro.*

«Ah, no?» mormoro, impassibile fuori ma con un tripudio di fuochi d'artificio che mi scoppia in testa.

«Io esco. Questo...» e lo zio Henry ci supera furibondo, anche se a passo di lumaca, riempiendo l'aria degli improperi più coloriti mentre se la prende con il rumore e il disordine e ci lancia uno sguardo triste.

«Professor James» sospira Shiv, spalancando gli occhi come se avesse visto una celebrità, mentre Leo borbotta sottovoce: «Wow». Ma che hanno i miei parenti per essere così affascinanti agli occhi degli altri? Insomma, non è neanche la prima volta che Shiv incontra lo zio Henry.

«Allora, per quanto riesci a trattenere il fiato?» chiedo a Leo.

«Quasi cinque minuti?» Tace per qualche istante, poi continua. «Non mi aspettavo che tuo zio avesse un aspetto così...»

«Decrepito?» dico. «Sì, è malato da una decina d'anni. Non che qualcuno in questa cittadina si sia disturbato ad accorgersene...» non posso trattenermi dallo specificare. «E come hai fatto a diventare così bravo?»

Leo alza le spalle. «Allenamento? C'è tutta una serie di esercizi per l'apnea che si possono fare. In pratica qualunque esercizio anaerobico.» Poi mi guarda, e dice: «*Tu* piuttosto. Dove hai imparato a trattenere il fiato così?».

«Nella vasca da bagno.»

Mi guarda, incredulo: «Sul serio?».

Faccio cenno di sì.

«Wow! E non hai mai imparato a fare le immersioni in apnea?»

«No.»

Esita, si morde il labbro e pensa. Io faccio esattamente la stessa cosa.

«Vediamoci a Cove Beach, domattina alle otto. Se vuoi ti mostro le basi... Il prossimo fine settimana c'è un'escursione con le sirene. Potresti venire come mia ospite.» Sfodera un sorriso scintillante, lo stesso che uso io per piacere alla gente quando voglio qualcosa, e questo significa che ho vinto.

«Okay» lancio un'occhiata a Shiv «ma solo se può venire anche lei.»

*Sguardo in camera. Occasione perfetta per mettere in moto il mio piano, no?*

# Madri

Scopriamo che Min aveva ragione: la mia camera sembra un cantiere. Perché non abbia pensato di chiedere agli operai di coprire le mie cose con un telo di plastica, proprio non lo so. Così siamo tornate a casa di Shiv e siamo sdraiate sul suo letto a guardare su YouTube i video delle sirene professioniste, mentre cerco di convincere Shiv a venire all'escursione.

«Non lo so» dice, tormentandosi le mani con ansia.

«Non devi vestirti da sirena, se non vuoi» le dico.

«Aspetta, ci si può vestire da sirena!?»

«Già. Quando ho partecipato all'altra escursione ho visto uno scatolone pieno di code. A dire il vero erano molto belle, se ti piace quel genere di cose.»

Lei annuisce, pensosa. «Sprout morirebbe di gelosia, ma... non so» sospira. «Non mi fraintendere, posso capire come questo si inserisca nel tuo piano, ma... Leo è un Pesce, Coco. Odiano *tutti* gli stranieri. È un fatto.»

Mi giro sulla schiena, con una fitta di delusione. «Allora è un no.»

«Non ho detto questo. Ho solo paura che mia madre lo scopra. Lei si preoccupa troppo: non mi ha permesso di attraversare la strada da sola fino a dodici anni e soltanto perché mi ero rifiutata categoricamente di tenerla per mano. Non c'è verso che mi lasci immergere in apnea, figuriamoci vestita da sirena.»

«Allora non dirglielo» azzardo. «Io a Min non dico niente.»

Shiv si gira sulla schiena come me. «Ma quell'ossessione per gli abiti da ballo? Non ho mai visto nessuno vestirsi in quel modo sulla spiaggia o in mezzo a un cantiere, ora che ci penso. È molto glamour e ha la pelle perfetta.»

«Lo so» sbuffo. «E pensa che usa solo acqua e sapone.»

«Non segue una routine quotidiana per la pelle? E come fa con tutto quel trucco?»

«Già, è sempre stata un po' diversa» sospiro, e vorrei che non fosse così. Sono un po' stufa del fatto che tutti rimangano così impress...

«A me è sembrata un po' ridicola» dice Shiv.

*Sguardo in camera. Nessuno ha mai reagito così a Min. Nemmeno Bob.*

«È molto volubile, vero?» continua Shiv. «Tu sei diversa quando c'è lei. Come se camminassi sulle uova... Magari avresti preferito che non fosse così particolare?» Mi guarda stringendo un po' le palpebre, come se cercasse di leggermi nel pensiero. «Magari avresti voluto che fosse una di quelle mamme che fanno i cupcake e leggono le fiabe della buonanotte?» Sbuffa. «Avere una madre che si ispira alle vincitrici di *Big Mother* non è questo granché, sai.»

«Ma Adele è brava» dico.

«Una mamma elicottero, diciamo. Non posso fare niente senza che lei ci ficchi il naso. Sono esausta, non ne posso più. Vorrei solo che mi lasciasse crescere in pace.»

«Min non è mai stata così» sospiro, e sento di essermi persa qualcosa. «Io ho sempre potuto fare ciò che volevo. Per esempio, potrei restare a dormire qui senza dirglielo. Non se ne accorgerebbe nemmeno.»

«Ah, le madri. Ma chi le vuole?»

«Già, c'è un motivo se nelle trame dei film spariscono subito» borbotto. «Se la mia vita fosse un film...»

«Ti serve una pausa» dice Shiv, convinta. «Visto che nemmeno se ne accorge, perché non resti davvero a dormire? Casa tua è un disastro. Avrei dovuto pensarci prima, sono settimane che vai in giro con la polvere di intonaco nei capelli.»

*Sguardo in camera. Davvero?*

«Oh, ti prego, di' di sì» mi implora.

«Okay» rido, euforica, perché potrò fare una vera doccia e dormire in un letto decente.

«Fantastico!» strilla. «Adesso guardiamo un altro di quei video sulle sirene. Dobbiamo esercitarci nell'espressione del viso, sembrano sempre così serene... Sono apprensiva anch'io, come la mamma» spiega. «E non voglio assolutamente esserlo. Inoltre, non mi dispiacerebbe far morire d'invidia Sprout, anche se in realtà non glielo potrò nemmeno dire, perché un istante dopo farebbe la spia. A una condizione, però. Anzi due.»

«E sarebbero?»

«Non mi devi riprendere mentre dormo» dice. «E ci leggiamo qualcosa sulle immersioni in apnea. Odio arrivare impreparata e, dove c'è un rischio, voglio leggere qualcosa di scientifico.»

Ridacchio. «Sei proprio come mio zio...»

Estratto dal blog *Sirene Unite*:

## Diventare Ariel

Siccome adoro il nuoto e tutto ciò che sbrilluccica, quando mi hanno offerto la possibilità di iscrivermi alla scuola per diventare sirena, ovviamente non me la sono fatta scappare. Immaginate allora la mia sorpresa quando, anziché in acqua, mi sono ritrovata in classe. Aiuto!

Ho scoperto che per fare la sirena non basta infilarsi la coda e trovare un buon mascara waterproof. Eh, no! Mantenere una posa graziosa mentre si trattiene il fiato, senza sembrare strabica e restando sott'acqua, richiede delle capacità serie. E io certe cose non le so proprio fare. Ho capito subito che se volevo realizzare il sogno di una vita, e diventare come Ariel, avrei dovuto imparare per bene a immergermi in apnea…

Estratto dalla rivista *Aquatic Life*:

… sott'acqua i nomadi badjao si sentono a casa proprio come pesci, perché sono secoli che vivono immersi nelle acque del sudest asiatico, nelle Filippine, in Indonesia e in Malesia. Fanno immersioni, pescano e spesso trascorrono fino a cinque ore al giorno in acqua; riescono a trattenere il fiato anche per tredici minuti, neanche volessero confermare un'altra volta la validità delle teorie evoluzioniste di Darwin…

Estratto dal blog *Il grande blu*:

## Ogni volta che respiri

Per uno scienziato, l'idea che qualcuno possa volontariamente privare il proprio corpo dell'ossigeno alla ricerca dell'euforia di un'immersione è affascinante e, al tempo stesso, spaventosa. Infilarsi da soli, e senza che ce ne sia bisogno, nella zona grigia tra la vita e la morte. Eppure, per chi pratica le immersioni fa tutto parte dell'esperienza. Secondo alcuni l'immersione in apnea è un'esperienza olistica in cui si è un tutt'uno con l'acqua, e non avrebbe niente a che vedere con la scienza. Se permettete, non sono d'accordo.

In questo articolo parleremo di:

- APNEA – Come trattenere il respiro al di là del normale.
- COMPENSAZIONE – Cosa fare perché il corpo si adatti al cambiamento della pressione esterna.
- MDR – I segnali da valutare durante la fase di lotta.
- EUFORIA E IPOSSIA – Sapere quando è il momento di risalire.
- SICUREZZA – Come non ci si debba mai immergere da soli.

# Le basi

Nel vero e imprevedibile stile dell'estate inglese, la mattina dopo il clima è tremendo. Cielo grigio, mare ancora di più, e l'aria è così fredda che sembra autunno. Riesco a malapena a convincere Shiv a scendere dal letto e venire con me.

«Andiamo» dico, cercando di accattivarmela con un piatto di pane tostato.

«Ma fa freddo» si lamenta.

«Allora metti il dryrobe.»

«E piove!»

«Dryrobe» insisto. «Guarda, questo è l'inizio di qualcosa di grosso. E se dobbiamo diventare due sirene, bisogna cominciare dalle basi. Questo significa apnea staqualcosa.»

«Apnea *statica*» ride Shiv. «Dio, ma non trattieni proprio niente? Okay, va bene. Vengo. Ma solo perché tu senza di me...»

*Dissolvenza su un montaggio serrato di sequenze di allenamento. Io che scatto su e giù per la spiaggia mentre Leo mi grida in faccia; sempre io che scoppio a ridere mentre lui cade in acqua correndo all'indietro; lui che sembra stupito da quanto sono brava; ancora lui che mi abbraccia e mi parla di quanto è contento che siamo cugini...*

Forse quest'ultima scena no.

La realtà ovviamente è parecchio più scialba e consiste principalmente nella sottoscritta che fa degli scatti lungo la spiaggia e poi trattiene il fiato mentre torna indietro camminando.

«Quand'è che entriamo in acqua?» mi lamento, dopo diverse mattine di questa stessa routine, con Shiv che ormai ha gettato la spugna e passa il tempo seduta avvolta nel dryrobe.

«Non mi devi insegnare come correre» dico. «A Londra lo facevo. Voglio imparare a immergermi come te. Tu sei il migliore, no?» L'imitazione, dopotutto, è la miglior forma di adulazione.

«Bene» ride. «Domattina alle nove. La marea arriverà bene qui e le previsioni danno mare calmo. Non fare tardi...»

«Questa è la fase di rilassamento.»

*Stacco su Shiv e me sdraiate sul dorso in mezzo al mare, con una cima in mano, mentre fissiamo il cielo nuvoloso.*

«Quando siete pronte, fate a turno un solo bel respiro per poi girarvi a faccia ingiù. Io toccherò delicatamente le parti del vostro corpo che vedrò andare in tensione e voi mi farete segno, o almeno spero, che è tutto okay. Quando avete voglia di alzarvi a prendere aria, fatelo lentamente e respirate secondo la sequenza che vi ho insegnato ieri. La chiave è restare più rilassate possibile.»

«Giusto» dice Shiv, seria. «E questa si chiama apnea statica, giusto? E per quanto resteremo a faccia ingiù nell'acqua?»

Leo la guarda, corrucciato, senza preoccuparsi troppo di nascondere il proprio disprezzo. L'idea che una volta conosciuta lei potesse piacergli era finita nel cestino dei rifiuti nell'attimo in cui si era presentata con il dryrobe e la muta. *Ben equipaggiata, ma sprovveduta*, deve aver pensato.

«Resisterai al massimo trenta secondi, mi sa.»

Shiv, però, se anche è infastidita dal suo atteggiamento scorbutico non lo dà a vedere. «Così tanto!» dice, fingendosi stupita. «Dio. Non sono mica sicura di riuscire a farcela.»

«E allora non farlo» le risponde, brusco.

«Quindi vado prima io, giusto?» fa lei, impassibile.

Seguo da dietro le dita il suo primo tentativo di galleggiare a pancia sotto. Sembra fatta di legno; alza le spalle fino alle orecchie, tesa come se si aspettasse il peggio. Io conto a stento fino a dieci.

«Com'è andata?» domanda speranzosa.

«Meglio se riproviamo» suggerisco. «Stavolta, però, rilassati.»

*Dodici pecorelle. Tredici pecorelle. Quattordici pecorelle.*

Shiv si gira sul dorso, boccheggiando, lo sguardo spiritato come se odiasse ogni secondo di quello strazio.

«Dieci secondi» dice Leo.

«Quattordici» intervengo, accigliata.

Alza le spalle: «È comunque poco».

Shiv risponde con una smorfia di fastidio. «Be', non c'è bisogno di infierire. Non sono portata per l'apnea, sai che problema...»

«Perché non provo io?» dico.

Loro però continuano a bisticciare e sono quasi grata quando posso sdraiarmi a pancia sotto ma, seppur attutite, riesco ancora a sentire le loro chiacchiere. Percepisco il corpo che si tende e l'intensità degli spasmi del diaframma è insopportabile.

«... e poi, chi ti credi di essere?» sta dicendo Shiv quando torno in superficie.

Leo mi guarda, perplesso. «Solo due minuti. Che è successo?»

«Voi due» scatto. «Come faccio a rilassarmi con voi che litigate?»

«Non è colpa mia» farfuglia lui.

«Nemmeno mia» ribatte Shiv. Poi prende fiato e alza le mani. «Okay. Me ne vado.»

«Era ora» sbuffa Leo, ma già sta parlando con la schiena di Shiv, mentre lei esce dall'acqua.

«Devi provare a cancellare tutto il resto» mi dice lui. «Lascia andare la mente ma *anche* il corpo, va bene? Pensa di entrare in un mondo diverso, dove puoi lasciarti alle spalle ogni problema.»

Stavolta arrivo quasi a quattro minuti, in parte grazie al testo di *Bohemian Rhapsody* che mi metto a recitare – una tecnica per distrarsi che ho trovato online – ma anche perché ho capito cosa intende Leo quando dice di lasciarsi alle spalle ogni problema. Mi sono sentita molto più rilassata.

«Non male» sogghigna. «Ci sei portata. Sembra che tu ce l'abbia nel Dna.»

*Sguardo in camera.*

«Vuoi provare di nuovo?» domanda. «Stavolta però prima di girarti cerca di prendere più fiato. È questo il problema di Shiv. Lei è come tutti gli altri. Userà sì e no un terzo della capacità dei suoi polmoni. Se li riempi fino al diaframma arrivi a due terzi e poi, quando sei piena d'aria e rilassata, il petto si solleva naturalmente e riempie l'ultimo terzo.»

Stavolta arrivo a quattro minuti e mezzo. Non ci credo! Mi pare una follia riuscire a trattenere il fiato così a lungo, ma allo stesso tempo sembra così naturale. Ovviamente, poi, c'è il valore aggiunto della mancanza di stress. Come potrei essere stressata? Sto imparando le basi dell'apnea con un cugino che nemmeno sapevo di avere! Qualcuno che mi piace davvero. È come se avessimo un legame, come dire, congenito.

«Da quanto ti immergi in apnea?» gli domando.

«Da tutta la vita» dice. «Mio padre mi mostrò come fare appena imparai a nuotare. Nell'acqua mi sento a casa, sai?»

*Sguardo in camera. Eccome se lo so!*

La tentazione di svelargli il mio segreto mi risuona forte in testa, come se il responsabile delle voci fuori campo non desse più retta al regista. E, qualunque cosa io faccia, non riesco a metterlo a tacere. Certo sarebbe tutto più semplice se potessi dire la verità e basta...

«Ciao, Leo. A domani!» lo saluto.

«Che succede domani?» sospira Shiv dal suo scoglio, rattristata e avvolta nel dryrobe, la muta che giace abbandonata sulla sabbia.

«Scendiamo in profondità.»

«Argh» grugnisce. «Non contatemi. Quanto hai resistito?»

«Quattro minuti e mezzo» rispondo. «Leo è un ottimo insegnante.»

Shiv sembra scocciata. «Per te, forse. Come mai è così amichevole con te? Cos'hai tu che io non ho?»

*Sguardo in camera. Lo stesso Dna?*

«La capacità di trattenere il fiato per tutta la durata di *Bohemian Rhapsody*?» ridacchio, ma lei non sorride nemmeno. «Ci sto lavorando, su di lui.»

«Davvero? Ero più contenta quando eravamo solo noi.»

«Andiamo, Shiv» dico. «Farò in modo che funzioni. Te lo prometto. Ci sarà pure una crepa, da qualche parte, nella sua armatura di squame. Senti, che ne dici se torno da te?» le propongo, dando un'occhiata a Cliff House che è così triste e derelitta contro il cielo grigio. Adesso il tetto è coperto da un terribile telone azzurro che si vede lontano un miglio. Il pensiero di dormire di nuovo lì non è particolarmente attraente.

«Ho molte idee su quali bei film possiamo guardare, e saremo solo noi due...»

# Piscary Bay – Tavole di marea

**Sabato 10 agosto**

| | |
|---|---|
| Alta marea: 01.32 | Altezza: 5,20 m |
| Bassa marea: 08.14 | Altezza: 2,20 m |
| Alta marea: 14.11 | Altezza: 5,10 m |
| Bassa marea: 20.49 | Altezza: 2,20 m |

**Luna gibbosa crescente**

| | |
|---|---|
| Alba: 06.04 | Tramonto: 20.50 |
| Alba lunare: 17.31 | Tramonto lunare: 01.22 |

# Un fascio di nervi

Arriva il giorno dell'escursione ed è perfetto per le riprese: cielo azzurro senza una nuvola, brezza leggera e mare calmo. Sono prontissima a una giornata in barca, dopo che Shiv ha trovato una vecchia cerata di Adele e una maglia di lana pesante ancora con il cartellino del prezzo attaccato. Nessuna delle due è nel mio stile, ma credo che vadano bene insieme ai jeans e alle Converse.

«Buongiorno, ragazze» esclama allegro Jan quando passiamo davanti al Burbank sulla via per il porticciolo. «Dove andate?»

«A diventare sirene!» Sono entusiasta.

«Meglio voi che io» ride.

«Per piacere» sussurra Shiv. Credo sia nervosa.

«*Hej*, Ingrid!» esclamo, quando la vedo che apre il negozio, con Ned seduto paziente ai suoi piedi, anche se quando mi vede si alza di scatto. «Ciao, Ned» dico con entusiasmo. «Quand'è che posso portarti a fare una passeggiata?»

«Ogni volta che vuoi» ride Ingrid.

«Ci sto» replico felice. «Oggi no, però. Andiamo all'escursione delle sirene.»

«È la giornata ideale» risponde Ingrid.

«E basta!» sibila Shiv, spingendomi avanti. Sì, è proprio nervosa.

«Oh, ciao Bennie! Salve, signora Khatri!» li saluto. «Oggi andiamo all'escursione delle sirene con Leo.» Ma non sento la loro risposta, se ce n'è una, perché Shiv mi allontana a forza prendendomi per il gomito.

«Ma devi proprio raccontare a tutti gli affari nostri?» borbotta.

*Sguardo in camera. Sul serio?*

«Tu non sai che vuol dire abitare in una piccola città» dice. «Tutti conoscono tutti, e parlano.»

«Già, è questo che mi piace di Piscary Bay. A Londra potevano passare giorni senza incontrare qualcuno che conoscevo. Smettila di preoccuparti.»

*Stacco. Panoramica del porto dove i primi turisti della giornata sono in coda per arrampicarsi sulle barche.*

*Sguardo euforico in camera.*

«Non hai intenzione di riprendermi, vero?» dice Shiv, ansiosa.

«No, se non vuoi» ribatto, gli occhi su un minibus di Part of our World che si avvicina alla rampa di cemento; dal minibus scende un uomo tarchiato con la chioma bionda sugli occhi tipica dei Pengelly, la barba lunga e gli occhiali da sole a mascherina, subito seguito da Leo.

*Sguardo in camera. Quello sarebbe mio zio?*

«Coco» sussurra Shiv, tirandomi la manica. «Sono un po' nervosa. Io...»

«Non preoccuparti» borbotto, distratta dalla mia nuova famiglia. «Ci divertiremo... Ciao, Leo» grido, saltando in avanti. «Quello è tuo zio? Gli sta bene che veniamo anche noi?»

Leo annuisce. «Sì, ma dobbiamo trovarti una muta. Sennò là fuori non resisti. Sai cos'è successo l'ultima volta...»

Completamente equipaggiata con una muta in due pezzi che consiste di un paio di pantaloni spessi e una giacca con il cappuccio che si abbottona come un body, stivaletti, guanti, maschera e ovviamente due enormi pinne da clown, capisco che ho fatto male a preoccuparmi di come mi stessero i vestiti smessi di Shiv. Questa è ridicolaggine di livello superiore!

«Ah-ah, arrivano i guai» ride lo skipper.

«Oh, ciao, Dave» lo saluto amorevole e gli corro incontro per abbracciarlo: immagino sia sempre meglio dei baci all'aria.

«Vedo che hai imparato la lezione sulla muta» grugnisce, divincolandosi subito.

Sogghigno. «Assolutamente! Comunque, lei è una mia amica, Shiv Quartermain.»

«Certo» risponde guardingo. «Lo so chi è.»

«Siamo ospiti di Leo» spiego con orgoglio.

«Ah sì?» Confuso, ci fa cenno di salire a bordo; ci sediamo a prua, così posso fare una bella ripresa mentre usciamo dal porto.

*E... azione!*

*Campo lungo dalla barca che lentamente si insinua fuori dal porto, dondolando e spruzzando acqua di mare sui passeggeri, che alzano un coro di strilli. Stacco. Il mare è blu e scintillante, con la schiuma che si forma quando la barca prende velocità verso la sua destinazione; il vento adesso mi scompiglia i capelli e il sole mi abbrustolisce il viso.*

«È meraviglioso, vero?» mormoro.

Stacco sul volto verdastro di Shiv, che allontana il telefono e brontola con un filo di voce: «Non riprendermi».

«Stai bene?» domando. «Hai il mal di mare? Siamo appena usciti dal porto!»

Scuote la testa. «Non è questo» sussurra. «È l'acqua.»
*Sguardo in camera...*
«Come?»
«Ho imparato a nuotare in piscina» spiega «mica in mare.»
«E che differenza c'è?»
«Il mare è più profondo. È il pensiero di tutta quest'acqua sotto di me. Non mi piace.» Poi tace ed espira in silenzio. «Ho provato a dirtelo. Sono nervosissima. Conosco la teoria, ma il pensiero di metterla in pratica...» Rabbrividisce. «Ieri notte ho avuto un incubo terribile. Ho sognato che restavo bloccata sott'acqua. Non succederà, vero?»
«Certo che no» dico. «Ma allora perché hai accettato?»
Fa una smorfia. «Volevo stare con te. Quando ho detto di non avere molti amici qui, in realtà intendevo dire... *nessuno*.»
«Oh, Shiv» boccheggio «non devi scendere in acqua per farmi piacere, sai? Guarda come ti senti quando arriviamo.»
Shiv sogghigna. «La mamma aveva ragione su di te. Sapevo che avresti capito.» Espira di nuovo, lentamente, e punta lo sguardo sul mare. «Okay... Posso farcela. Posso farcela. No, non posso! E se resto bloccata sott'acqua?»
«Non succederà» rido. «Ricorda la sequenza che abbiamo imparato ieri e respira. Non sentirti sotto pressione.»
«Solo quella atmosferica» ribatte. «Te lo ricordi di compensare le orecchie, vero?»
«So quello che faccio, Shiv» rido.
«Bene» sospira. «Sono contenta che almeno una di noi lo sappia...»

# Escapismo puro

*Dissolvenza in apertura sul mare blu, piatto come una tavola; in testa una delicata musica al pianoforte che aggiungerò in seguito come colonna sonora, ma che ora è disturbata dagli effetti sonori, molto concreti e drammatici, di Shiv che vomita oltre la fiancata della barca. Poveretta.*

«Tieni, prendi una di queste.» Noah, lo zio di Leo, le porge un blister di pillole contro il mal di mare. «C'è sempre qualcuno che non è esattamente un lupo di mare.» Pausa. «Ma tu non sei la figlia di Adele Quartermain?»

Lei annuisce, buttando giù una pillola con un sorso d'acqua.

«E io sono Coco» dico.

Mi risponde con un brusco cenno del capo. «Sì, lo so chi sei tu. Loro due sono con te?» domanda a Leo, aggrottando la fronte confuso. «Va bene, faccio un ripasso di teoria a queste sirene.»

«Ascoltatelo bene» sussurra Leo «quando saremo là fuori vi servirà.» Accenna al mare e Shiv diventa ancora più pallida.

«So che siete tutte un fremito all'idea di fare le sirene» dice Noah, sopra il chiacchiericcio degli altri. «Ma mentre lo skipper ci accompagna alla nostra prima tappa voglio ricordarvi un paio di cose... Sì, sì» ridacchia, mentre alcuni partecipanti al corso si lamentano. «Noi però vogliamo che siate al sicuro. Ora: chi ricorda cosa succede quando si respira?»

*Stacco. Primo piano della sottoscritta che muore di noia.*

«I polmoni assorbono l'ossigeno dall'aria ed espellono l'anidride carbonica» sussurra Shiv, che riesce a rispondere tra un conato e l'altro.

«E cosa succede quando tratteniamo il fiato?» continua Noah, ignaro della studentessa modello in mezzo agli altri.

«L'anidride carbonica si accumula nel nostro corpo e alla fine fa partire l'impulso che dice al cervello di respirare» farfuglia lei.

«Come fai a ricordare tutto?» sussurro.

Lei mi guarda con rimprovero. «Sono le basi della biologia. Lo ricorderesti anche tu, se dessi una possibilità alla scienza.»

Scendere in acqua con una spessa muta di neoprene è un'esperienza completamente diversa rispetto a quando ho nuotato con le foche. Sento davvero che potrei restare in acqua per sempre, malgrado quello che ha detto lo zio Henry sulle sirene che muoiono congelate.

«Vieni?» chiamo Shiv. «Si sta benissimo. Potresti pure sentirti meglio.»

Alla fine, dopo molti solleciti e molta agitazione, salta in acqua con un tonfo e una rosa di schizzi, per poi tornare subito in superficie con il panico negli occhi, mulinando le braccia come se stesse annegando. Qualche battito di gambe e sono al suo fianco.

«È tutto okay» le dico. «Stai bene.»

«Non sto bene per niente» sputacchia. «Sono terrorizzata. Perché l'ho fatto? Morirò affogata!»

«Non morirai affogata» dico con calma. «Tanto per cominciare, la muta ti tiene a galla. Sdraiati sul dorso e guarda il cielo. Vieni, facciamolo insieme.» Ci giriamo entrambe, con Shiv che mi si aggrappa al polso come se fosse una questione di vita o di morte. Non funzionerà...

«Andiamo» dice Leo, raggiungendoci in acqua. «Prendo una cima, così ci esercitiamo ad andare sotto e a fare compensazione.»

«Come... in mezzo al mare?» boccheggia Shiv, che sembra terrorizzata. «Posso solo...? Lasciami...»

«Non devi farlo per forza» dico.

«Puoi sempre rimanere sulla barca» propone Leo.

Shiv stringe le labbra con determinazione e comincia a nuotare verso il largo, schizzandomi in faccia con le pinne. «Mi serve solo un ripasso della teoria» dice.

Leo si acciglia: «Ma è facile».

«Forse per te» ribatte lei.

«Lasciala fare, ti va?» dico, con un cenno di approvazione a lei e un sorrisetto a Leo.

Shiv respira con calma, come se stesse per lanciarsi da un palazzo. «Allora...» dice. «Prendo lo slancio con un solo colpo di gambe, punto braccia e corpo verso il basso, come per fare un angolo retto con i fianchi, poi stendo le gambe in verticale e la forza esercitata verso il basso mi aiuterà a spingermi sott'acqua.»

Leo annuisce e poi scompare all'improvviso, con le gambe che spuntano dall'acqua come se cercasse di fare la candela sul fondo. Qualche attimo dopo torna in superficie con un ghigno.

«Gambe, angolo retto, forza verso il basso» ripete Shiv. «Capito.» Per quanto provi a imitarlo, tuttavia, le sue pinne non lasciano l'acqua; si volta verso di me, in preda al panico, e si vede che odia questa cosa con tutte le sue forze.

«Senti, torna sulla barca» sussurro, lanciando occhiate nervose a Leo.

«Non mi vuole tra i piedi, vero?» sospira lei. «Me lo ha fatto capire fin troppo bene. D'accordo allora. Solo... stai attenta, va bene?»

Lentamente ma con sicurezza scendo seguendo la cima; stringo le narici con una mano per compensare la pressione e canticchio tra me e me, trattenendo il fiato rilassata e a mio agio, malgrado la sensazione piuttosto bizzarra di trovarmi in acqua a testa ingiù. Con la coda dell'occhio vedo Leo che segue ogni mia mossa.

Continuo, guardandomi intorno e assorbendo tutto con gli occhi. I pesci che mi sfrecciano accanto, il modo in cui la luce del sole colpisce l'acqua verdeazzurra, scomponendosi in fasci distinti, e il freddo che aumenta via via che scendo. Mi domando se là sotto ci siano delle foche e, così, vado ancora più a fondo...

Comincio a pensare a quanto sono brava. Non sarebbe fantastico se arrivassi fino al peso in fondo alla corda? Mi domando se qualcun altro alle prime armi come me ci sia mai riuscito. Scommetto che Leo ne resterebbe colpito. Quanto ha detto che è lunga, Noah? Venticinque metri?

*Fermo immagine! Venticinque metri? Ma è quasi quanto la piscina esterna dell'Oasis!*

Faccio l'errore di inclinare la testa per guardare giù, nel buio delle profondità marine, finché scorgo il peso in sospensione, ormai abbastanza vicino. È la cosa peggiore da fare, perché ho male alle orecchie; riesco a pensare solo a quanto sono scesa e al fatto che devo percorrere la stessa distanza per tornare su. *E senza respirare.*

*Sguardo in camera. Sono a venticinque metri sotto! Venticinque! Stacco. Inquadratura su di me che, frenetica, mi giro con la testa verso l'alto, con gli occhi sbarrati per la paura.*

Poi scorgo Leo, raggiante, che gesticola per tranquillizzarmi e rilassarmi, e all'improvviso il panico passa e comincio a provare le sue stesse sensazioni. Stare qua sotto è escapismo puro. Non mi sembra più di essere umana.

*Sguardo in camera. Oddio! È incredibile!*

Verso i venti metri, la pressione di tutta l'acqua che abbiamo sopra prende il sopravvento; improvvisamente il mio corpo sembra una pietra e io comincio ad affondare. Smetto proprio di muovermi e mi sento in caduta libera. È una bella sensazione, come essere sospesi a mezz'aria. Il mio corpo è come senza peso. Mi sento libera. Potrei anche abituarmici.

# La sirenetta

Per pranzo ci fermiamo su una spiaggetta deserta dove l'acqua bassa è calda e limpida; un posto perfetto perché le sirene possano provare la loro coda.

«Ti va di provarne una?» propongo a Shiv, mentre guardiamo le partecipanti del corso che camminano a papera nel costume da sirena: buffe code lunghe del tessuto dei costumi da bagno che aderiscono alle loro gambe come una calzamaglia, in modo assai poco lusinghiero, e il pezzo di sopra del bikini coordinato. Immagino che entreranno meglio nella parte quando aggiungeranno la monopinna di spugna in acqua. O almeno spero.

Shiv alza le spalle.

«Tutto bene?» Fa di nuovo dei gesti come per liquidarmi. Non capisco dove ho sbagliato. «Quella color rame ti starebbe un incanto» dico. «Potrei chiedere a Leo…»

«Da quando sei uscita dall'acqua non mi hai detto una parola» sbotta. «Leo questo e Leo quello. Che ci sono venuta a fare io qui? Se ti serviva solo qualcuno per le riprese potevi dirmelo.»

Faccio una smorfia. Non ha tutti i torti, anche se le sue

riprese sono abbastanza scadenti, da quello che ho visto...
«Scusa» provo. «Pensavo che ci saremmo divertite, ma a te non piace...»

«Nuotare» sospira. «Lo so. Avrei dovuto dirtelo prima. Ero solo... preoccupata di non piacerti più.»

«È una follia» rido. «Io adoro passare il tempo con te. Sei divertente, tosta, intelligente e sai tante cose. Mi ricordi mio zio.»

Il volto di Shiv si illumina. «Allora non ti importa che non mi piaccia nuotare?»

«Certo che no. Senti, mi dispiace» dico. «Non volevo escluderti. Sono solo tanto euforica per le immersioni in apnea. Non ho mai provato niente di simile, mi sembra di essere nata per questo. Dai, restiamo qui e guardiamo il servizio fotografico. Io posso tornare un altro giorno.»

«No» fa Shiv, risoluta. «Siamo venute qui per fare le sirene ed è proprio quello che faremo. Posso riuscirci. La mente è più forte del corpo.»

«Oh, grazie al cielo» rido. «Leo vuole mostrarmi una grotta e per arrivarci bisogna andare sotto e attraversare a nuoto una galleria.»

Shiv rabbrividisce. «Una galleria? Tu sei fuori! Magari resto di sentinella. Sono sicura che questo posso farlo.»

*Dissolvenza in apertura sulla costa, verde e rigogliosa, dove le onde lambiscono in silenzio le rocce grigie come granito. Il sole illumina uno scenario drammatico, tingendo l'acqua, limpida come un oceano tropicale, di un blu acquamarina.*

*Stacco sulla mia espressione rapita.*

Stavolta non c'è nessuna cima, ci immergiamo senza, ma

Shiv mi ha ordinato categoricamente di stare vicina a Leo. Insieme ci dirigiamo verso la galleria sommersa. È come esplorare un altro mondo e, di nuovo, mi sembra di essermi lasciata alle spalle tutte le mie preoccupazioni. Qua sotto c'è una tale pace. Io ho sempre la musica nelle orecchie, o parlo come un'ossessa, o ascolto i miei monologhi interiori. Chi avrebbe pensato che il silenzio potesse rilassarmi tanto? Mi sento così felice, quasi stordita. È una sensazione nuova e strana.

La galleria diventa buia ma, proprio quando inizio ad avere un po' paura, vedo una luce e riemergiamo in una piccola grotta illuminata da un fascio di raggi solari che entra da un buco, in alto tra le rocce, e fa scintillare l'acqua tutto intorno.

«Wow» resto senza fiato «è incredibile.»

Leo sogghigna. «Te l'avevo detto, no? Lungo la costa di queste grotte ce n'è quante ne vuoi.»

«Come Morvoren?»

Annuisce. «Mi piacerebbe scoprire se la leggenda è vera» dice, e gli brillano gli occhi. «A quanto sembra dentro c'è una specie di ritratto. Secondo alcuni è una pittura rupestre vecchia di millenni.»

*Sguardo in camera...*

«Non ho mai conosciuto un forestiero che diventasse bravo nell'apnea così facilmente» continua. «Sei stupefacente.»

Sorrido. «Grazie. Anche tu! Capisco perché lo fai sempre. Crea dipendenza, vero?»

Annuisce. «Vuoi continuare?»

«Forse un altro po'» dico, combattuta tra la voglia di continuare l'avventura e il timore di lasciare troppo a lungo Shiv da sola.

«Perché hai portato Shiv?» domanda Leo.

«È una mia amica» rispondo. «E vorrei che andaste d'accordo. È così intelligente. Sa tutto dell'apnea. Be', la teoria, almeno. Peccato che...»

«Che odi il mare?» ride. «Be', peggio per lei. C'è un'altra pozza un po' più aventi. Dovremmo metterci circa tre minuti. Se questa ti sembra meravigliosa, aspetta di vedere l'altra!»

# Ti presento i miei

Ancora pieni di adrenalina dopo la nostra avventura, io e Leo torniamo a malincuore verso il mare aperto. Non sono sicura di quanto siamo stati via, ma sono certa che Shiv sarà infastidita. Quando mi avvicino alla superficie, la vedo che si agita a testa ingiù, con la coda da sirena, cercando con una mano di aggrapparsi agli scogli e l'altra stretta intorno a un orecchio. In diretto contrasto con la mia, la sua è un'espressione di dolore e angoscia.

«Ohi, ohi, ohi!» grida, dopo essere crollata sul pavimento della barca, con un asciugamano buttato sulle spalle e la coda da sirena fatta a brandelli nella fretta di salire a bordo. «Che male! Fatelo smettere.»

«È tutto a posto» mormoro, ed esco in fretta dall'acqua per correre al suo fianco. «Andrà tutto bene.»

«Non è vero» singhiozza. «Pulsa. Non riesco a stare in piedi. Che dolore. Che rumore!»

«Hai un timpano perforato» dice Noah. «Capita, se non fai compensazione. Come ti è venuto in mente di immergerti da sola? È pericoloso.»

«Volevo andare a cercarli» risponde Shiv. «Mancavano da troppo tempo.»

Io e Leo ci scambiamo uno sguardo colpevole.

«E a voi che vi ha detto la testa, a lasciarla sola?» vuole sapere Noah. «Ha paura dell'acqua.»

«L'avevamo lasciata su uno scoglio» dice Leo.

Noah si altera. «Va' a spiegarlo a tua madre. A quanto pare Adele Quartermain le ha telefonato. È fuori di sé. Dobbiamo rientrare subito in porto...»

Il rientro della barca non ha la magia dell'andata. Shiv mugola tra le mie braccia, in parte dal dolore, in parte dalla paura di affrontare sua madre. Infatti, quando entriamo in porto, vedo tre sagome in piedi sul molo. Adele, con le mani sui fianchi, che somiglia a un toro scatenato. Sarah un po' in disparte, i cui capelli raccolti in una lunga treccia bionda la fanno sembrare un po' Elsa, che ci lancia sguardi gelidi. E finalmente Min, di una testa più bassa, con un vestito oversize e un cappotto da uomo, che sembra... Be', a dirla tutta sembra una bambina con i vestiti della madre.

«Siobhan Evelyn Quartermain! Che cosa hai combinato?» strilla Adele. Se non ci fosse un tratto di mare tra lei e la barca, sono sicura che si sarebbe già avventata su di lei.

«Mamma, posso spiegare» dice Shiv, a voce alta, e poi scoppia a piangere.

«Che succede?» domanda Adele, insospettita. «Perché grida così?»

«Ha un timpano perforato» le spiego.

«Ecco, esattamente quello che volevo dire» sibila Adele, voltandosi verso Sarah. «È normale mandare dei bambini a una gita in barca da soli?»

«Non. Sono. Bambini» risponde Sarah. È chiaro che glielo ha già detto. «È scritto nelle avvertenze, se ti fossi presa la briga di leggerle. E comunque a quanto pare erano ospiti di mio figlio.» E lancia un'occhiata a Leo, come a dirgli che più tardi faranno due chiacchiere.

Min è l'unica a non aver parlato e, se non altro, sembra non essere sicura del perché si trovi lì, come se avesse sbagliato provino.

«Be'?» dice Adele, e le lancia un'occhiata fulminante che la fa scattare avanti per dire la sua battuta.

«Vi siete divertite?» domanda. «Almeno avete scelto la giornata giusta.»

«La giornata giusta!» strilla Adele.

«È solo un'escursione in barca. Coco è già andata a quella con le foche. Io ci andavo sempre.»

«Non è questo il punto» risponde Adele, sbattendo forte le palpebre. «Potevano annegare.»

Min sbuffa. «Sì, come no. Questa sembra un pesce. Non c'è verso di tenerla lontano dall'acqua.»

«Mia figlia è quasi annegata» ringhia Adele, paonazza.

«Non è vero» si acciglia Sarah. «Noah, dille che cosa è successo.» Ma la spiegazione non è quella che Adele vorrebbe sentire.

«Tuo figlio ha lasciato mia figlia da sola in mezzo al mare?» dice con rabbia, gli occhi accesi dalla furia.

«Sopra uno scoglio» corregge Leo.

«Sì, be', non avrebbe dovuto farlo» risponde Sarah arcigna.

«E tu dov'eri?» vuole sapere Adele, voltandosi verso di me. «Credevo fossi sua amica.»

«Lo sono.»

«Be', se è così che tratti gli amici, non vorrei mai essere tua nemica. Gli amici si guardano le spalle a vicenda. È stata un'idea tua, vero? Shiv non ha mai fatto niente di avventuroso in vita sua. Lei non è come Sprout, grazie al cielo.» Adele si scaglia contro Min. «Una come te può lasciare che la figlia vada a bighellonare dove vuole...»

«E questo cosa dovrebbe significare?» vuole sapere Min.

Sarah alza gli occhi al cielo. «Che sei una minaccia per la società?»

«Sentite» sospira Min «se voialtre volete raccontarvi che qui sono io la cattiva, per me va bene. Ma ho smesso di cercare di compiacervi. Vieni, Coco. Ce ne andiamo.»

# Drizzare il pelo

Mentre torniamo a casa Min non mi rivolge parola, ma a essere sincera nemmeno io ho voglia di parlare con lei. Non l'ho ancora perdonata per avermi rovinato la festa e di sicuro non mi sta rendendo molto facile l'inserimento qui. Appena arriviamo a casa sbatte la porta, facendo piovere frammenti di intonaco dal soffitto, e io so che sta per toccarmi un'altra delle sue piazzate.

«Be', è stato imbarazzante» sputacchia. «Sarah la posso pure capire, ma come mi ha guardato lei, Miss Presunzione. Non è colpa mia se Shiv non le racconta niente o se ho una figlia con la testa dura. Sono giorni che non ti vedo! Sono riuscita a stento a impedire a mio fratello di chiamare la polizia.»

«Coco» dice lo zio Henry, strascicando i piedi nel corridoio. «Stai bene?»

Min alza gli occhi al cielo. «Vedi?»

«Certo» dico, accigliata. Perché si preoccupano tutti per me?

«Dove sei stata in questi giorni?» vuole sapere lui.

«Da Shiv. Un pigiama party.»

«Di quattro giorni?» sbotta.

*Sguardo in camera, in tralice...*

«E non hai pensato a telefonarci?»

Lo guardo, perplessa. «E perché? A Min non dico mai niente.»

Lo zio Henry è allibito. «Be', è l'ora che cominci, signorina.» Signorina! «Sono stato sveglio quasi tutta la notte a preoccuparmi per te.»

«Scusami» dico, il pelo dritto per questa insolita strigliata. «Non credevo ve ne accorgeste. Ho sempre fatto così. Che ne dite se preparo un po' di tè? Scommetto che siccome non c'ero non avete mangiato come si deve, avete l'aria di chi deve essere tirato su di morale. Adele mi ha dato lezioni di cucina.»

«Perché?» borbotta Min. «Tu sai già cucinare.»

«Certo, ma cose più buone di fagioli e pane tostato.» Sogghigno. «Adele sa fare tutto. Prepara dei cupcake strepitosi, fa i popcorn in casa con una guarnizione personalizzata per ciascuno. Scommetto che vincerebbe *Big Mother* a mani basse.»

«Buon per lei» ringhia Min, e mi guarda come un falco che studia la sua preda mentre io mi arrabatto in cucina. «Perché sei così contenta?»

«Che c'è, non posso essere contenta?» rispondo. La sua espressione avvilita è l'esatto contrario della mia. E non voglio che mi rovini questa sensazione, voglio restare al settimo cielo per tutto il pomeriggio. «Giochiamo alla cosa preferita?»

Alza le spalle. «Io non ho niente per cui essere contenta.»

«Be', immergermi in apnea è stato fantastico» dico, e la ignoro allegramente. «Incredibile. Mi sentivo così felice.»

«Probabilmente un effetto della privazione di ossigeno» sbuffa lo zio Henry.

«Però ho trattenuto il respiro per quasi cinque minuti» gli dico. «È il mio record personale.»

«Cinque?» esclama, e la sua espressione cambia. «Ma è... una cosa da Pesci. Non lo avevi mai fatto prima.»

«Lo so. Ho un talento naturale! Ti sarebbe piaciuto, brulicava di pesci» dico. «C'è una spiaggetta dove non va nessuno.»

«Hobson's Point» dice lo zio Henry.

«Da lì si arriva a questa serie di grotte, lungo uno stretto corridoio di rocce e alghe.»

«Un canalone» aggiunge. «Si direbbero le Pendorn Caverns.»

«Proprio quelle!» esclamo. «Fantastiche. Non ho mai visto alghe così. Viola, verdi e rosse, ondeggiavano nell'acqua, con banchi di pesciolini d'argento che sfrecciavano dappertutto. Darei qualsiasi cosa per poterlo filmare. Sembrava di nuotare in un gigantesco acquario.»

Lo zio Henry ride. «Come credi che mi sia venuta la passione per la biologia marina? Vedere le cose con i propri occhi fa un bell'effetto, e da queste parti la costa è piena di simili canaloni e grotte.»

«Come Morvoren?» domando.

Lo zio Henry si muove sulla sedia, a disagio, e lancia a Min un'occhiata impenetrabile, a cui lei risponde con uno sguardo scorbutico. Un cipiglio che dice che ha voglia di litigare.

«Là non ci devi andare» sbotta lo zio. «È troppo pericoloso. Min» sibila «tu sei sua madre. Fa' qualcosa.»

*Sguardo in camera...*

Min sbatte la mano sul tavolo come se fosse l'ultima goccia. «E tu che ne sai di come si fa il genitore, eh, Henry?» Già, ha proprio voglia di litigare. Il fatto è che ce l'ho pure io...

«Cristo, la volete smettere?» strillo, mentre si abbandonano alle solite diatribe. «Dovreste essere adulti» dico. «È patetico.»

«*Tu* sei patetica» ribatte Min. Per una volta, però, non si mette a sproloquiare sulla figlia terribile che sono. Abbandona la discussione in uno sventolare di balze e si rifugia in salotto dove accende il giradischi a tutto volume.

Riderei, se non fosse deprimente: chi sarebbe l'adolescente qui?

«Che dobbiamo fare con lei, zio?»

Lui sospira. «Be', perfino il Pesce Bolletta del Bosforo prima o poi cresce.»

«Solo che non siamo pesci.»

«Peggio per noi» sbuffa, ed esce dalla stanza strascicando i piedi.

# Spezzoni

All'improvviso, mentre rivedo le riprese e inizio il lungo processo di montaggio del mio film, la mia vita sembra un insieme di clip, spezzoni di vecchie immagini che si alternano a scene contemporanee per spiegare in che modo si è sviluppata la trama.

Allo stesso tempo, cerco di ottenere una qualche reazione da Shiv e Leo. Forse io non sarò nei guai – Min fa di tutto per ignorarmi e lo zio Henry fa l'eremita come al solito – ma temo che possano esserlo i miei amici. Né Sarah né Adele sembrano donne disposte a sopportare molte sciocchezze.

11 agosto

IO
Ehi? TT ok?
15.30

SHIV
Mmmm
15.31

IO
È davvero incavolata allora?
15.32

SHIV
...
15.32

*Dissolvenza in apertura sulla prima volta che ho visto il tramonto a Piscary Bay, con i rosa e gli arancioni che lo fanno sembrare un acquerello, poi compare il titolo:* Una boccata d'aria, *di Coco James.*

*Zoom su una persona che, da sola, porta a spasso il cane e che adesso riconosco (è Ingrid). Stacco. Inquadratura di Cliff House con la sua formidabile silhouette, il crepuscolo sullo sfondo, seguita da un primo piano dello zio Henry che, in penombra, sbircia dalla buca delle lettere mentre Min gli abbaia contro perché ci faccia entrare. Nero.*

12 agosto

IO
L'immersione è stata strepitosa... TT ok?
18.21

LEO
...
18.26

*Dissolvenza in apertura sull'esterno di Cliff House nella splendida luce del mattino; segue una lunga sequenza in cui la mia mano apre varie porte, ogni tanto uno sguardo in camera, mentre esploro la casa. Lunga dissolvenza incrociata con una panoramica dell'acquario. Primo piano di Brian con i suoi occhi a palla. Stacco. Lo zio Henry, sempre più accalorato, mi racconta una delle sue curiosità sui pesci.*

Alcune scene, a differenza di quanto accade nella vita, nel montaggio vengono scartate. Cose come Leo che salta la coda al supermercato o che se la prende con Shiv sulla spiaggia. Dopotutto, voglio mostrarlo sotto una buona luce. Mia madre non se la cava così facilmente: se tagliassi tutte le volte che si è comportata da incubo non mi resterebbe più materiale.

IO
Aiuterebbe se venissi a scusarmi?
20.00

SHIV
No
20:01

*Stacco. Fuori dalla finestra della mia camera infuria il temporale: lo spettacolo è discreto, anche se l'audio è un po' attutito. Poi è il turno di alcune delle inquadrature che Shiv ha girato a me e Leo in acqua. Ci somigliamo da far paura! Mi sorprende che nessuno l'abbia notato.*

*Stacco. Una sequenza dell'escursione con le sirene. Io assolutamente entusiasta ogni volta che guardo in camera e Shiv, al contrario, infelice e dal colorito verdastro. Shiv, in disparte, guarda Leo con l'aria triste, mentre io rido e scherzo con lui da dietro la telecamera...*

Perché non me ne sono accorta? Perché ho insistito che venisse anche lei? Nelle riprese che ho con lei mi ritrovo davanti tutte le volte che non era voluta entrare in acqua con me, se non per nuotare a cagnolino.

Tuttavia, a stendermi davvero è un commento fuori campo

di Shiv, involontario. «Che ci sono venuta a fare qui?» borbotta. «A lei interessa Leo. Che dovrebbe farci con una come me?»

13 agosto

IO
Sei arrabbiata con me?
07.30

SHIV
...
07.30

*Stacco. Le tre madri sono ferme impalate sul molo mentre la barca ci accompagna in slow motion verso un destino ignoto. Nero. Titoli di coda.*

IO
Scusa...
23.30

Riguardo il film tra emozioni contrastanti. Sono preoccupata, perché è evidente che non sono stata per Shiv l'amica che credevo; ma sono pure euforica, perché sinceramente il film non sembra affatto male. Farebbero comodo alcune inquadrature del mare e senz'altro serve una colonna sonora migliore, ma tutto sommato per essere il mio primo cortometraggio non è da buttare. Mi serve l'opinione di un professionista e ho proprio la persona giusta a cui mandarlo...

# Piantagrane

Appena qualche giorno e la notizia della nostra prodezza si è sparsa per la cittadina come un incendio. Jan vuole sapere a che profondità sono scesa, mentre Ingrid si scusa per averlo detto a Adele, spiegando che era andata da lei in negozio a prendere il regalo di compleanno di Sprout. La signora Khatri mi guarda con tale rimprovero che non oso nemmeno avventurarmi in gelateria.

«Abbaia, ma non morde» ride Wanda, fermandosi a riposare davanti al Plaice 2 Be e rovesciando la spesa sul marciapiede.

«Serve aiuto?» dico, prendendo le buste.

«Oh, grazie, tesoro» risponde. «Mi sorprende vederti in città. Ho sentito che Adele Quartermain è sul piede di guerra. A quanto pare sei un cattivo esempio per Shiv, e anche mio nipote ha preso una bella strigliata da sua madre a causa tua. Buffo, non sembri proprio come Min. Di sicuro non le somigli.»

«Già, somiglio a mio padre» rispondo incespicando nelle parole, e la tentazione di dire qualcosa rialza la sua brutta cresta.

«Aiuterebbe se mi scusassi con Sarah?»

Il volto di Wanda si allarga in un sorriso raggiante. «Mi piace una ragazza che prende il toro per le corna. Per i forestieri da queste parti ci vuole coraggio, lo sai...»

L'ultima casa a schiera, quella dei Pengelly, si trova in alto dalla parte opposta della baia, in mezzo a un gruppo di edifici messi lì alla rinfusa, con vista sul porto; sulla facciata ha un bovindo che offre una splendida panoramica su tutto, comprese Cliff House e tutta quanta Old Barn, che somiglia piuttosto a una casa sulle colline di Hollywood.

«Vieni dentro, allora» dice Wanda. «Metto su l'acqua per il tè.» E sparisce in cucina, lasciandomi fare come se fossi a casa mia.

Il salotto è piccolo e ha l'aria vissuta. Ci sono mobili male abbinati incastrati dappertutto. Le pareti sono coperte di ritratti e paesaggi marini. Anche la mensola del camino è ingombra di foto e la cosa mi incuriosisce subito, visto che si tratta dei miei famigliari. Noah e Sarah, da quando erano piccoli fino alla mezza età nell'arco di pochi scatti. Orribili foto scolastiche di Leo, che mi fanno sputacchiare dal ridere, e poi tante foto di Billy, comprese quelle che avevo già visto nell'album di mia nonna, solo che qui Min è tagliata via.

«Era bello, vero?» dice Wanda, porgendomi una tazza di tè fumante. «Il mio Billy» aggiunge, accennando con tristezza alla foto.

«Già, abbiamo la stessa foto in un album a casa. È il ritratto di Leo» dico, sfiorando la mensola del camino con le dita. «Adoro le vecchie foto. Non sono sicura che ci sentiremo allo stesso modo quando, in futuro, guarderemo i nostri vecchi selfie.»

Wanda sbuffa. «Penserete che eravate pazzi! Credimi. Arriva alla mia età e comincerai a vedere tutto sotto una luce diversa. Come sta Henry?» E mi fa cenno di sedermi.

«Se la cava» dico. «Un passo alla volta.»

«Ha seguito il mio consiglio, allora» dice fra sé. «Dovrei andare a trovarlo. È molto negligente da parte mia. È passato troppo tempo. Poveretto. Il modo in cui questa comunità non lo ha sostenuto, inventandosi tutte quelle storie ridicole. Verrebbe da dire che non avevano di meglio da fare. Passami quell'album, ti va?» dice, indicando il tavolino. Insieme sfogliamo le pagine, che non sono come quelle degli album di Cliff House. Non c'è un ordine o una linea temprale, sono solo un'accozzaglia di foto incollate come capita.

«Che coppia che erano» ride Wanda, indicando due ragazzi in piedi, uno accanto all'altro, orgogliosi, con le braccia che cingono le tavole da surf.

«Quello è lo zio Henry?» domando a bocca aperta.

Wanda annuisce. «All'epoca erano dei surfisti che non ti dico. E lo so bene, perché gliel'avevo insegnato io. Anche a tua madre. Ogni mattina partivano appena svegli. Andavano a nuotare, a fare surf o a immergersi. Adoravano l'acqua. Non c'era verso di farli uscire, perfino d'inverno.»

«Min scommetto di no» borbotto, poco gentile, pensando ai suoi problemi di circolazione.

«Oh, lei era la peggiore di tutti!» bofonchia Wanda. «Marinava sempre la scuola per stare con Billy. Credimi, suo padre non fu per nulla contento quando saltò gli esami.»

«Lei com'era?»

«Una piantagrane, ecco com'era» sbotta Sarah, chiudendo la porta d'ingresso con uno scatto. «Che ci fai qui?»

Sorrido, nervosa, e mi chiedo come giocarmela al meglio. Pentita, ma facendo un po' la splendida, o schiacciata sotto il peso del rimorso?

«Sono venuta a scusarmi» mormoro, scegliendo la seconda opzione. Non mi sembra che il mio sorriso smagliante possa fare effetto su di lei. Meglio tenere per me anche i baci all'aria...

«E perché?»

Mi fermo. Per Min? Perché esisto? Perché cerco di essere amica di mio cugino? Per tutte queste cose?

«Per aver interrotto l'escursione delle sirene» decido, alla fine.

«Sì, questo è vero» brontola Sarah. «Ma è stato il comportamento stravagante della giovane Quartermain a rovinare la giornata di tutti. Non è colpa tua.»

«Oh, grazie per essere così comprensiva.» Sorrido, e lo faccio in modo scintillante, sperando che passi dalla mia parte, e un improvviso e incontenibile desiderio di cadere tra le sue braccia e vuotare il sacco mi pervade. «Sei mia zia, Sarah» le direi. «Sono la tua nipote perduta!» E poi ci abbracceremmo.

«Tu sei proprio come *lei*...» borbotta invece Sarah, piena di sarcasmo.

*Sguardo nervoso in camera.*

«So che Min non è la persona più facile del mondo» mormoro «ma se solo provassi a guardare le cose dal suo punto di...»

«Scommetto che non ti ha mai raccontato che fu lei a farlo entrare nella grotta» dice Sarah, fissandomi con i suoi gelidi occhi azzurri. «Durante un temporale. Chi è che fa una cosa del genere? Billy era più furbo, ma era come un cucciolo innamorato alle calcagna della padroncina. Lei era una piantagrane, con tutta quella sete di avventura e nessun rispetto per l'autorità. E ha ucciso mio fratello. Dunque, no» aggiunge «non ho bisogno di sentire la sua versione della storia. Non potrò mai giustificare il suo comportamento...»

Mentre scendo dalla collina, Piscary Bay mi si allarga davanti in tutta la sua gloria al technicolor, ma sono così livida di rabbia che a stento me ne accorgo. Le due versioni si somigliano, però Min sembra aver tagliato alcune scene chiave. E sappiamo tutti che con me lo fa da quando sono nata. Chi può dire che non lo stia facendo anche adesso? Come posso credere a ciò che dice? E come possiamo continuare a vivere così? Lei bollata per sempre come piantagrane e io marchiata con lo stesso timbro. No, è finita. È tutto finito. Ho chiuso.

*Nero.*

# Parte terza

## EUFORIA

**EUFORIA** [eu-fo-rì-a] *s.f.*

**Sostantivo**
Stato di felicità intensa e grande fiducia in se stessi.

**Psicologia**
Sensazione di felicità, fiducia o benessere.

# Un barlume di speranza

Non me ne accorgo finché non arrivo all'altezza del Burbank Hotel, ma sto trattenendo il fiato. Nei polmoni sento una grinta che mi ricorda della rabbia che mi pulsa nelle vene.

«*Kochanie*» esclama Jan. «Tutto bene? Ti cercano.»

Sospiro. Qualcun altro che vuole prendersela con me, non c'è dubbio.

«Perché quella faccina triste?» domanda. «È un bell'uomo. Sembra uno famoso.»

Bob, dev'essere lui! È l'unica persona che conosco a sembrare una stella del cinema tanto quanto Min.

«Mi ha chiesto se conoscevo Coco James» dice Jan «e io gli ho risposto che tutti conoscono Coco James.» Sogghigna. «È andato di là.»

Se la mia vita fosse un film, in questo momento comincerebbe a piovere mentre io parto in quarta lungo la strada, con la musica che si lancia in una allegra canzone pop. Arriverei da Bob fradicia fino alle ossa e volerei tra le sue braccia, con un primo piano del mio viso in estasi mentre mi fa girare, felice di rivedermi. Com'è prevedibile, invece, nel mondo reale il sole picchia e io sbuffo e ansimo, e quando lo raggiungo ho dei rivoli di sudore sul volto arrossato. Nessun attore degno di questo nome accetterebbe un primo piano in queste condizioni.

«Bob!» grido, quando lo vedo a piedi nudi sulla sabbia, ipnotizzato dall'acqua come me, le scarpe da ginnastica immacolate in mano. Un bel miraggio, in un blazer di velluto blu che richiama il colore del mare e la pelle scura e calda che splende al sole. «Bob!» Mi lancio tra le sue braccia, e scoppio subito a piangere.

«Ancora non ci credo che sei qui.» Sono aggrappata al suo braccio e non voglio lasciarlo mai più, mentre guardiamo surfisti e bodyboarder che sfrecciano sulle onde.

«Avevo una settimana libera» dice Bob. «Ma è il tuo film che mi ha fatto decidere. Tua madre non ne esce molto bene. Che cosa sta succedendo?»

Gli racconto tutto. I segreti, le bizze da adolescente di Min, i pregiudizi della comunità. «Non funziona e basta» dico. «Non ce la faccio più. Min è un vero incubo. Voglio venire a stare da te.»

Bob gonfia le guance e guarda il mare, accigliato. «Non ti riconosco più» mormora. «Tu sei sempre ottimista e positiva.»

«Già, be', le cose sono cambiate» borbotto. «Io sono cambiata.»

«*Hej!*» esclama Ingrid, uscendo dall'acqua con la tavola da surf. Come faccia a mantenere il rossetto così perfetto non lo so. In questo è proprio uguale a Min. Forse è una cosa che si impara con l'età...

«*Hej*, Ingrid» rispondo. «Lei è una dei buoni» spiego a Bob «è la proprietaria di Hej!. Ti piacerà il suo negozio... Come sono le onde oggi?» le domando.

Ingrid fa una smorfia. «Piene di corpi umani. È come l'Apocalisse. Chi è questo giovanotto?»

Rido. «Questo è Bob.»

«Ah, quella specie di padre di cui mi parlavi!»

«Salve.» Bob le stringe la mano.

«*Hej*» risponde lei, e lo squadra, con uno sguardo di approvazione. «Gli Zombie sono sempre più belli, eh?»

Ridacchio. «Già, ma non glielo dire...»

«Sono terrorizzato» sussurra Bob, quando lei se ne va.

«Ingrid?» rido. «Oh, ma è una gattina.»

«A me sembra piuttosto una leonessa» borbotta.

«Aspetta di conoscere lo zio Henry allora. Tra lui che sembra uno spaventapasseri e Jan che sembra l'uomo di latta, mi pare di essere atterrata a Oz.»

Bob ride. «Pensi ancora alla tua vita come a un film, allora?»

«Certo» rido. «Sapere che la trama può ancora cambiare è la sola cosa che mi aiuta a tirare avanti.»

Mi guarda, incerto. «E vuoi che succeda adesso?»

«*Deve* succedere adesso» sospiro. «A proposito... Che cosa ne pensi davvero del mio film?»

«È... buono» dice dopo una lunga pausa, durante la quale sono diventata piccola piccola per la paura. «Mi sono piaciute le panoramiche, belle ampie, e il modo in cui hai saputo avvicinarti ai tuoi soggetti. Certamente è piacevole da vedere e la colonna sonora che hai scelto funziona, ma...»

Prendo fiato, bruscamente. Non arriva mai niente di buono dopo un ma.

«Manca qualcosa» dice, alla fine.

*Sguardo in camera. Eccoci.*

Forse dopotutto non sono dell'umore adatto per questo.

«È da buttare, eh?» dico, e mentre Bob mi mette un braccio sulle spalle e mi stringe come a volte vorrei che mi abbracciasse Min, curvo le spalle e arrivano le lacrime.

«Non piangere» dice Bob. «Non mi hai lasciato finire. Quello che stavo per dire è... Tieni, apri.» Tira fuori un regalo, una scatola bene incartata. «Penso che potrebbe aiutarti.»

Lo scarto e l'attesa è una sofferenza perché credo di sapere cosa potrebbe essere.

Ed è così! «Una telecamera subacquea?» Sono senza fiato. «Oh, Bob. Grazie mille. È proprio quello che mi serve.»

Lui sorride. «Prendilo come un regalo di Natale in anticipo. E poi non vedo l'ora di vedere cosa ne tiri fuori. Il tuo film ha del potenziale, Stellina. Ma devi imparare ad accettare le critiche. Non diventa mai più facile, questo te lo assicuro. Ora: mi porti a questa tua Cliff House? Sono affascinato. Il tuo film la fa sembrare terribile, come il set di un horror: *La casa infestata di Scary Bay*» aggiunge, facendo scorrere la mano contro il cielo come se immaginasse già un titolo di testa.

«E pensa che ho montato le sequenze migliori» sogghigno. «Prima posso farti fare un giro? C'è così tanto da vedere. Dove vado a nuotare ogni giorno, la gelateria, il negozio di articoli da regalo, il porto, una grotta leggendaria...»

Bob si acciglia. «Per essere una che ha appena detto di voler tornare a Londra con me, la lista delle cose che ti piacciono di questo posto è lunga. Senti, io muoio di fame e ho sentito che il tè pomeridiano al Burbank Hotel è fantastico. Che ne dici di andare a chiamare quella terribile madre che ti ritrovi e portare anche tuo zio? La faremo diventare una bella festa...»

# Pensa positivo

L'interno del Burbank Hotel è un mondo a parte. L'arredamento è così scuro, rispetto alla luminosità dell'esterno, che ci vuole un po' perché gli occhi si abituino alla penombra improvvisa. È tutto nero. I muri, i mobili, le poltrone, il pavimento. Il banco della reception è ricavato da un unico pezzo di marmo nero lucido con sopra un gigantesco vaso, ovviamente nero, pieno di fiori. Le pennellate di arancione, giallo e rosso vivo, inframmezzate da sprazzi di verde, contro quello sfondo nero sembrano un dipinto dei grandi maestri olandesi.

«Ah, be'! È un po' cambiato» mormora Min. «Lo chiamavamo la bettola per via della sua clientela spartana. Chissà se hanno gradito i miglioramenti. Ma è un bel passo avanti, vero Henry?»

«Ce l'ho fatta» ansima, lasciandosi crollare su un divano e guardandosi intorno meravigliato, come se vedesse il mondo per la prima volta.

Oltre un ampio arco, l'occhio mi cade sulla più maestosa scalinata che abbia mai visto. In diretto contrasto con il nero dell'atrio, la doppia scalinata è bianchissima. Gradini di marmo bianco, con una balaustra bianca e pareti bianche, con opere d'arte bianche, il tutto illuminato da un gigantesco lampadario di vetro bianco. Sembra la scala per il Paradiso!

«Posso aiutarvi?» Un giovane ci appare davanti all'improvviso, come una silhouette con la divisa nera.

«Siamo qui per il tè del pomeriggio, con Bob Seymour» annuncia Min a voce alta, attirando nella nostra direzione più di uno sguardo. Probabilmente perché indossa ancora gli occhiali da sole che la fanno sembrare una stella del cinema. Proprio come il suo abbigliamento.

Il tè del pomeriggio viene servito in un salottino rosa. Pareti color zucchero filato, finestre alte dal pavimento al soffitto e fasciate di velluto rosa, che si affacciano su un cortile pieno di fioriere rosa. Negli angoli della stanza ci sono giganteschi vasi dove crescono palme enormi – non rosa, per fortuna – e poi un tavolo dopo l'altro, tutti apparecchiati con tovaglie fucsia e vasetti di vetro da cui spuntano fiori rosa simili a margherite.

Min fa il suo ingresso mimando con il viso la sua approvazione e fa girare verso di sé altre teste. Ovviamente, l'abito estivo color corallo con turbante abbinato e un chimono di seta in contrasto si accordano alla perfezione con l'arredamento, nemmeno lo avesse fatto apposta.

Dopo essersi accomodato su una panchetta di velluto rosa, con gli abiti più alla moda possibili, anche Bob sembra nel suo elemento e mi sento a disagio per il modo in cui risaltano il mio outfit – due cose buttate addosso in fretta – e il costume da spaventapasseri dello zio Henry.

«Bob Seymour!» strilla Min, a pieni polmoni – e giù altre occhiate – e corre tra le sue braccia, ridacchiando come una scolaretta.

«Ma guardati» ride lui, tenendola a un braccio di distanza. «Stai... bene.»

«Sembri sorpreso» risponde. «Che cosa ti ha detto Coco?»

«Nulla» dice, senza scomporsi. «Ho già ordinato» aggiunge, accennando al tavolo apparecchiato con un delicato servizio da tè di porcellana rosa e un vassoio a tre piani d'argento colmo di sandwich e dolci. «Spero che abbiate fame...»

«Allora, ti siamo mancate?» chiede Min, mordicchiando l'angolo di un tramezzino all'uovo senza glutine, mentre io divoro il mio in due bocconi. «Sei qui per implorarci di tornare?»

*Sguardo in camera. È davvero quello che voglio?*

Bob sbuffa. «Sono qui perché tua figlia mi ha spedito il suo film. La vostra casa è incredibile. Un potenziale enorme.»

«Il potenziale per mandarci in bancarotta» borbotta lo zio Henry.

«Vuoi comprarla?» chiede Min, speranzosa. «Non sto scherzando.»

«Non puoi vendere Cliff House» sussurro. «Ci abitiamo, lì.»

«Cade a pezzi» dice Min, e beve un sorso di tè. «Ripararla ci costa una fortuna. Sarebbe più semplice buttarla giù e ricostruirla. Probabilmente ne potremmo ricavare dieci appartamenti di lusso.»

«No» sbotto, disgustata al pensiero e arrabbiata già solo perché l'ha suggerito. «Rovinerebbe la baia. Bob! Non lasciarti convincere.» Mi rivolgo allo zio Henry. «Tu non sarai mica d'accordo con lei, vero?»

Alza le spalle.

«Pensavo che non volessi vendere neanche morto. Hai già mandato a quel paese Adele.»

«Ah, perché ci ha provato, vero?» sbuffa Min. «La madre della sua amica» spiega a Bob. «Un'aspirante *Big Mother*, se ce n'è mai stata una.»

«Smettila di essere così cattiva» dico. «Adele è adorabile.»

«Questo lo dici tu» ride Min.

«Perché? Perché è gentile con me? Perché mi domanda come va la mia giornata? Mi prepara la cioccolata calda con i marshmallow e addirittura mi abbraccia? È questo che dovrebbe fare una madre.»

«Oh, wow» dice Min, asciutta. «Se avessi saputo che era così facile...»

«Oh, sta' zitta» scatto, e sento riaffiorare la rabbia della conversazione con Sarah. A Min non ho ancora detto niente.

«Coco» mi avverte Bob, guardandosi intorno. «Siamo in un ristorante.»

Provo a mordermi il labbro e a inghiottire le parole che di solito riesco a non dire. Oggi però sono furiosa, perché lei mi ha mentito per tutto questo tempo e sono stufa di trattarla con i guanti.

«Guarda come ti sei combinata» le dico, ignorando Bob. «Sei una bugiarda e una...»

«Non parlarle così» mi avverte lo zio Henry.

*Sguardo in camera. La difende?*

«Lei fa del suo meglio» aggiunge.

«Deve crescere» sbotto, come se trattenessi il respiro da mesi, e l'euforia della prima boccata d'aria alimenta la mia rabbia come l'ossigeno con il fuoco. «Si comporta come un'adole...»

La mia filippica viene interrotta da un giovane che si ferma nervoso accanto a Bob e lo fissa con una tale incredulità, come se non riesca a capacitarsi del fatto che sia lì. «Mi scusi» dice. «Ma lei è... famoso? Sembra una stella del cinema.»

Bob sorride. «Sono solo un regista della tv.»

«Ah. Posso avere il suo autografo?»

«Certo.»

«E lei è famosa?» domanda il cacciatore di autografi accennando, speranzoso, in direzione di Min.

*Sguardo in camera. Oh, ma per l'amor del cielo!*

«No» ringhio. «Vattene.»

«Coco...» Bob mi guarda, perplesso. «Ma che ti prende?»

«Tu non c'eri» la mia voce è flebile «non hai visto che cosa è diventata. Mi ha mentito su mio padre.»

«Non è vero» strilla Min.

*Sguardo in camera, con gli occhi al cielo.*

«Bugiarda» sibilo.

«Io non...»

«Possiamo calmarci, per favore?» chiede Bob, serio. «Sono qui per aiutarvi. Ora, gentilmente, moderate i toni. Tutte e due.»

# Farsi perdonare

In piedi al centro del salotto, la mia attenzione è tutta per lo schermo del mio telefono, dove i fatidici tre puntini lampeggiano da un'ora, come se Shiv stesse rispondendo con una tesi, per dirmi che pessima amica che sono. Adesso lo capisco. Dopo aver visto e rivisto il mio film, è l'unica conclusione possibile.

23 agosto

SHIV

...

17.35

«Ahi» sibilo, quando mi punge per la milionesima volta. «Mi stai facendo male.»

«Stai ferma allora» borbotta Min, con gli spilli che le spuntano dalle labbra premute strette, mentre fa delle modifiche alla giacca della sua vecchia uniforme scolastica.

Bob è ripartito, dopo aver esercitato la sua influenza rasserenante e averci fatto ricominciare a parlare, invece di urlarci contro. E stavolta sembra proprio che possa durare. In Min è cambiato qualcosa. Ha cominciato a rendersi utile e mi ha iscritta alla scuola locale. Inizio tra poche settimane. Sono terrorizzata.

«Che hai da sospirare?» domanda Min, mentre sul telefono mi arriva un messaggio da un'amica di Londra.

«Shiv mi ignora» dico. «Sono settimane che non risponde ai messaggi. Non credo di piacerle più.»

«Ma certo che le piaci! Si è perforata un timpano facendo qualcosa che la disgusta solo per passare un po' di tempo con te. Magari, se ogni tanto spegnessi quella telecamera, capiresti meglio che cosa provano le persone.» Tace, e mi guarda alzando un sopracciglio perfettamente disegnato.

*Sguardo in camera. Ovviamente parla di se stessa. E non è proprio* così *cambiata.*

«Eri così concentrata a correggere una comunità che non vuole essere corretta» dice «e nel provare a fare amicizia con il nemico, che non ti sei nemmeno accorta di quello che avevi sotto il naso. Vale a dire Shiv.»

Non so cosa pensare. «Credevo che non ti piacesse.»

«È sua madre che non sopporto. Ecco» dice, rimettendosi seduta per osservare la sua opera. «Mi sa che ci siamo.»

«È orrenda» sospiro. «A Londra non ho mai dovuto mettere giacca e cravatta. Perché devo iniziare adesso? Mi manca solo un anno al diploma.»

Min sbuffa. «Non è così male.»

«La fai facile tu» rispondo, accigliata. «Ma io non sono come te. Tu...»

«Sto solo cercando di aiutarti, tesoro» dice. «So che nel film della tua vita ti piace assegnarmi il ruolo del cattivo, e non mi importa, dopotutto i cattivi hanno le storie più interessanti, però dacci un taglio. Sto facendo del mio meglio.»

«Tu... sei *cool* senza doverti sforzare, stavo per dire.»

Ride. «Be', grazie. Sembro *cool* solo perché non mi importa di cosa pensa la gente, sai?»

«Tranne Wanda e Sarah» ribatto. «Perché non mi hai detto che la grotta era stata una tua idea?»

«Perché mi sento in colpa. Ogni singolo giorno.» Le trema la voce. «Non credi che rimpianga quella decisione? Che cambierei tutto se potessi? Ma la vita non è un film, Coco. Non puoi girare di nuovo le scene venute male. Ci sono voluti quindici anni e per capirlo sono dovuta tornare qui. Eravamo solo ragazzi.»

*Sguardo in camera. Forse Min è cresciuta più di quanto sia disposta ad ammettere.*

«Andavamo lì per fuggire da tutto» spiega. «Lì nessuno ci sarebbe venuto dietro per paura di smarrirsi nelle gallerie. Era il nostro posto.»

«E come facesti a ritrovare l'uscita?»

Sorride, triste. «Avevo segnato il percorso con lo smalto... Senti, avrei dovuto dirtelo, mi dispiace. Ma sapevo che ti avrebbero messa contro di me.»

«Non è così» dico.

«Bene» sospira. «Perché niente cambierà l'opinione che hanno di me. Nemmeno tu. Vogliono costruire la narrazione che più si adatta alla *loro* versione della storia e non alla mia... Ormai mi sono rassegnata. Ma...» Si ferma, mordendosi nervosa l'angolo delle labbra. «Se vuoi provare a far parte della loro famiglia, non te lo impedirò.»

«Davvero?» Sono così stupita che è come se gli occhi mi fossero usciti dalle orbite, attaccati a due molle.

Lei annuisce. «Davvero.»

Mi arriva un altro messaggio. Nemmeno stavolta è Shiv.

«E con Shiv fai quello che sai fare meglio, d'accordo?» dice Min. «Cambierà idea, lo fanno sempre. Tu sei una compagnona, proprio come tuo padre. Ah, e porta lo zio Henry a fare una passeggiata, ti va? È tutto il pomeriggio che mi dà il tormento. Fa' finta che sia un cane» aggiunge, quando percepisce la mia riluttanza.

«Significa che possiamo prenderne uno?» ribatto, e Min torna a fissare il mare senza degnarmi di una risposta. E allora, per la prima volta da quando siamo qui, mi accorgo di quanto sia serena. Ha un bel colorito alle guance e la stanchezza sembra scomparsa. Forse qui è più felice. Posso veramente dire ai Pengelly chi sono senza rovinare tutto?

# Un mare di stelle

Da quando è riuscito ad arrivare fino al Burbank, e con l'aiuto di Bob, lo zio Henry ha iniziato a fare delle passeggiate serali.

«Min ha detto che se voglio posso dire agli altri chi è mio padre» gli dico. «Solo che non so se dovrei.»

«Hai riflettuto sui pro e i contro?» domanda.

«Ancora no.» Prendo fiato, per farmi coraggio, preoccupata che il risultato non mi piaccia. «Potrebbe rendermi più facile inserirmi, credo. E avrei tutta una nuova famiglia da conoscere.»

«Io e Min non ti bastiamo?» ride lui.

Ridacchio. «Anche troppo... Ma se Wanda e Sarah non mi accettassero? E se rendessi tutto più difficile per Min? Quaggiù, a guardarla, sembra più felice. E se si rivoltassero di nuovo tutti contro di lei?»

Lo zio Henry inspira lentamente. «Sai, in Giappone il pesce palla lo mangiano. Si chiama...» Schiocca le dita. «*Fugu*! Una ghiottoneria squisita ma letale. La gente per mangiarlo rischia letteralmente la vita.»

Sono preoccupata. «Quindi se potessero si mangerebbero Brian?»

«Be', sì, ma non è questo il punto» brontola lui. «Volevo

dire che sei coraggiosa a cercare di sistemare le cose qui. E continui, a fronte di tanto veleno.»

*Sguardo in camera. Oh.*

«Forse, però» dice «è il momento di smetterla di provarci con tutta questa tigna. Tutto il coraggio del mondo non basta a cambiare la gente. Non se non vogliono. Min ne è la prova. Lei sta cambiando solo perché adesso lo vuole, non a causa tua. Se senti che vuoi avere un rapporto con Wanda e il suo clan, riguarda solo te.»

«Lo ha detto anche Bob» dico. «E sospetto che ne abbia parlato anche con Min.»

Lo zio Henry sorride. «È saggio, quel Bob. Ha un incredibile ascendente su Min. Non l'ho mai vista aprirsi tanto con qualcuno. Anche tu quando c'è lui sei diversa. Più... rilassata.»

Ridacchio. «Rilassata?»

«Sì. Gli hai detto dove volevi andare e cosa stavi facendo. Hai parlato con lui.»

«Con te non lo faccio?» dico, e mi sento male. «Attento a questa strettoia, zio Henry» aggiungo, e gli prendo la mano.

Camminiamo in silenzio e ciascuno di noi si concentra sul percorso finché non arriviamo in fondo. Lo zio Henry si volta, guarda la collina e spalanca gli occhi, incredulo.

«Ce l'hai fatta» rido. «Il prossimo passo è il mare.»

Ridacchia. «Un giorno, forse.»

Stasera il cielo è sereno, illuminato da uno splendido tappeto di stelle, come una galassia di lucine di Natale. Il tipo di cielo che in un film, nei momenti chiave, sarebbe puntellato di stelle cadenti. Io e lo zio Henry ci sediamo a guardare la marea in arrivo, riflettendo su cosa possiamo e non possiamo cambiare nelle nostre vite.

Uno dei cartelli sopra Morvoren si è staccato e sventola dolcemente nella brezza come se dicesse: *Non dimenticatevi di me!*

«Zio Henry? Com'è Morvoren?»

Sospira: «Non l'ho mai vista».

«Cosa? Ma non hai scritto tu la pagina su Wiziwisdom?»

«Sì, ma per allontanare i curiosi» dice. «Mi sono basato su quello che mi ha detto Min. Non ho idea se sia davvero così.»

«Quindi non c'è una scalinata di marmo verde che nelle giuste condizioni si illumina» dico, delusa. «Niente lacrime di sirena, niente mare di stelle?»

Lo zio Henry alza le spalle. «Mi è sempre sembrato un po' troppo *Mago di Oz*. Min era ossessionata da quel film. Della grotta ne so quanto te.»

All'improvviso capisco di volerci andare. Vedere con i miei occhi il posto in cui andavano a rifugiarsi Min e mio padre. Scoprire se la leggenda è vera. Potrei pure riprenderla, così che tutti possano vederla. Mostrare loro le gallerie. Potrebbe aiutare...

Poi, quando il sole alla fine sparisce, succede la cosa più straordinaria. Le onde che lambiscono la costa a un tratto, quando colpiscono la sabbia, esplodono in tanti minuscoli punti di neon azzurro. Un vero mare di stelle. Allora esiste!

«Bioluminescenza» mormoro. «È un segno...»

# Piscary Bay – Tavole di marea

**Sabato 24 agosto**

| | |
|---|---|
| Bassa marea: 05.33 | Altezza: 2,30 m |
| Alta marea: 11.33 | Altezza: 5,00 m |
| Bassa marea: 18.05 | Altezza: 2,40 m |
| Alta marea: 00.16 | Altezza: 5,00 m |

**Luna calante, ultimo quarto**

| | |
|---|---|
| Alba: 06.25 | Tramonto: 20.23 |
| Alba lunare: 00.33 | Tramonto lunare: 15.39 |

## Stanca di marea

WIKIWISDOM

La stanca di marea è il periodo in cui, alla fine di ogni ciclo di marea, il livello dell'acqua rimane stazionario. A seconda della località, di solito dura tra le due ore e tre quarti e le tre ore.

# Chi primo arriva

Il giorno dopo mi alzo ed esco presto; il sole ha già iniziato la sua routine mattutina e getta lentamente sul mare una calda luce gialla, segnando l'inizio di un nuovo giorno. Un giorno esaltante. Un giorno in cui progetto di fare pace con la mia amica e per il quale ho in mente un'avventura. In effetti, sono così eccitata dall'idea di raccontare a Shiv del mare di stelle che raggiungo casa sua prima di fermarmi a pensare che forse non mi aprirà nemmeno la porta. Per fortuna c'è Sprout.

«Coco!» strilla, e mi abbraccia. «Che ci fai qui?»

«Ciao anche a te, nanerottola» rido. «Com'era il campo estivo? Contenta di essere tornata?»

Arriccia il naso. «Non proprio. Per colpa tua la mamma e Shiv non la smettono di litigare.»

«Sprout, chi è?» chiede Adele comparendo in vestaglia. «Ah… È un po' presto, non credi?»

«Mi dispiace» dico. «Volevo solo parlare con Shiv.»

«Be', lei non vuole parlare con te» ribatte, e si lancia in una ramanzina su quanto si fosse fidata di me e come io avessi portato Shiv sulla cattiva strada.

«Mammina» sibila Sprout tirandola per la manica «basta.

Sei imbarazzante.» Siccome però ormai è evidente che Adele è scatenata e non le dà spago, Sprout scompare dentro casa e sono contenta quando, poco dopo, al suo posto compare Shiv.

«Sprout ha bisogno di te» sospira. «Si è arrampicata sul ripiano della cucina, cercando di arrivare ai marshmallow.»

«Per colazione! Perché non l'hai fermata?» dice Adele, agitata, e corre in cucina dove la sento strillare con Sprout su quanto sia pericoloso arrampicarsi e mangiare troppi dolci.

«Ehi» dico con un sorrisetto nervoso «grazie.»

Shiv si acciglia. «Non l'ho fatto per te. Non ho bisogno che mia madre combatta le mie battaglie, tutto qui. Che vuoi?»

«Sono venuta a scusarmi» dico. «Non sono stata granché come amica, vero? Me ne sono accorta solo rivedendo le riprese. Avevi lasciato accesa la telecamera. Ho sentito quello che hai detto.»

«Oh, mi dispiace tanto, la mia incompetenza ha rovinato il tuo filmino?» sogghigna. «Mi stavi solo usando. Ammettilo.»

«Non è vero.»

«Ah, no? Per essere una che diceva di voler sistemare le cose qui, hai passato un bel po' di tempo a leccare i piedi a Leo Tremain.» È proprio arrabbiata. «Mi hai lasciata da sola su uno scoglio, in mezzo al mare, per un'ora.»

Faccio una smorfia. «Scusa. Mi sono lasciata trasportare dalle immersioni in apnea. Non mi aspettavo che mi piacesse tanto. E sono anche brava, non sono abituata a sentirmi così.»

Shiv alza gli occhi al cielo, come per liquidarmi. Il gesto che fanno sempre quelli che non hanno mai avuto le mie difficoltà e che mi irrita.

«Non mi hai mai detto che non ti piace nuotare nell'acqua alta finché non ci siamo state dentro» scatto. «Che cosa avrei dovuto fare?»

Ora tocca a lei fare una smorfia, ma cambia rotta di colpo, stringendo le palpebre: è ovvio che c'è dell'altro che la infastidisce. «So di tuo padre, comunque.»

*Sguardo in camera. Come?*

«La mamma mi ha detto che ti ha vista insieme a lui.»

*Sguardo in camera. Cosa?*

«Bob Seymour» dice. «Il posto è piccolo, la gente chiacchiera, ma io lo so che non è tuo padre. Non riesco a credere che mi hai mentito così. Cos'altro mi hai tenuto nascosto?»

«Niente.»

«Allora perché hai mentito?»

«Perché...» dico, cercando una ragione e ritrovandomi faccia a faccia con l'unica possibile. «Perché era più facile dirti quello che la verità. E, insomma, il fatto è che... Leo è mio cugino!»

E finalmente ho vuotato il sacco.

Dopo essermi prostrata ai piedi di Adele, e grazie al sostegno di Shiv, ci rannicchiamo in salone e le cose sembrano tornate, finalmente, sul binario giusto.

«Fammi capire bene» dice Shiv, incredula. «Billy Pengelly era tuo padre: questo fa di te la cugina di Leo Tremain e dunque, *in contemporanea*, un Pesce, un Cuculo e una Zombie.»

Le faccio cenno di sì.

«E Min continua a chiederti di mantenere il segreto con tutti?»

Annuisco di nuovo.

«Ecco qua, tesori» trilla Adele, arrivando con un vassoio carico di cibo. Tazze di caffè fumante, frutta fresca, un piatto con dei croissant e un altro con pane tostato e frutta, burroso, fatto in casa. «Non ero sicura di cosa volevate» spiega.

«Ma se non vi piace ditelo. Posso sempre prepararvi qualcos'altro.»

«Oh, grazie. È già troppo così.»

«Per niente» ride, sedendosi su una poltrona vicina. «Allora, dimmi, chi è quel bell'uomo che era con te?»

«Mamma!» sibila Shiv, perforandola con lo sguardo. «Va' via.»

Adele per un attimo resta sorpresa e poi, arrossendo, dice: «Ah... Sì... Scusa. Sprout mi sta chiamando? Vi... lascio sole, allora».

«Grazie, Adele!» esclamo.

«Sai, non devi essere sempre così grata» borbotta Shiv.

«Ma sono sincera.»

«Be', smettila. Mi fai fare una brutta figura. Adesso ricomincia dall'inizio, e voglio tutti i dettagli più trash...»

# Déjà vu

Mentre arranchiamo per il solito sentiero da Old Barn a Cove Beach sembra di essere tornate ai vecchi tempi, con Sprout che saltella davanti a noi come un cucciolo ai primi passi.

«Andiamo, lumache!» grida. «Voglio nuotare!»

«Vorrei avere il suo stesso entusiasmo per il nuoto» sospira Shiv. «Non riesco a credere di aver voluto provare a fare la sirena. Dal giorno dell'escursione faccio incubi terribili. Continuo a svegliarmi convinta di essere in mezzo all'acqua senza riuscire a venire fuori.»

Faccio una smorfia. «Scusa. Come sta il timpano?»

«Meglio» dice Shiv. «È stata colpa mia, avrei dovuto restare dov'ero. Ma voi eravate andati via da troppo tempo e io ero preoccupata. E poi, ho visto una foca nuotare e volevo guardarla più da vicino.»

«Sai che lo zio Henry prima di ammalarsi faceva sempre le immersioni in apnea?» le dico. «Diceva che fare esperienza di prima mano aveva un valore inestimabile per la sua ricerca.»

«Davvero?»

«Sì, ieri sera è sceso in spiaggia per la prima volta dopo dieci anni. Abbiamo guardato le onde che esplodevano come fuochi d'artificio blu. Sembrava davvero un mare di stelle. Era meraviglioso. Mi sarebbe piaciuto che ci fossi anche tu.»

Shiv annuisce, concentrata. «Forse dovrei prendere esempio da lui. Non ho mai pensato di essere un tipo avventuroso, forse però dovrei mostrare alla mamma che sbaglia...»

«In cosa sbaglia stavolta mammina?» Sprout ride e corre indietro per raggiungerci. «È perché ha detto che Coco è una cattiva compagnia e che è proprio come sua madre? Una versione più giovane di lei?» dice, e si adombra. «Non vedo che cosa ci sia di sbagliato. Min sembra una stella del cinema...»

«Non devi ripetere tutto quello che senti» borbotta Shiv.

«È tutto a posto» rido, poi Sprout comincia a tirarmi per la manica, incitandomi a camminare più in fretta. «C'è ancora un sacco di tempo per nuotare» le dico. «Stasera la bassa marea è alle sei.»

«Ormai parla come una del posto» sbuffa Shiv.

Ridacchio. «Difficile non accorgersene, quando si guarda il mare ogni giorno. È una delle cose che adoro dello stare qui.»

«Adori?» ride Shiv. «Hai riscritto la sceneggiatura.»

«Ho dovuto.» Il vento mi spettina e mi fa rabbrividire. «Quasi non ci credo che l'estate sia quasi finita e noi due abbiamo sprecato due settimane a non parlarci.»

«Recuperiamo adesso, allora» dice Shiv.

Svoltiamo sul sentiero della scogliera, con il mare che si apre invitante davanti a noi. Non vedo l'ora di entrare in acqua.

«Allora, cosa intendi fare per il... sai... grande segreto?» sussurra.

«Quale segreto?» domanda Sprout.

«Niente» rispondiamo all'unisono.

Sprout fa una smorfia. «Nessuno mi dice mai niente» brontola. «Io sono brava a tenere i segreti.»

«Non è vero» ride Shiv.

«E invece sì.»

«Ehm, loro che ci fanno qui?» Shiv si blocca di colpo, incupita. «È uno dei tuoi tentativi, l'ultima spiaggia per un lieto fine?»

«No.» Le passo accanto di buona lena lungo il sentiero e salto per l'ultimo tratto direttamente sulla sabbia calda.

*Stacco. Inquadratura di Leo.* Non lo vedo dall'escursione con le sirene.

«Ciao Leo» lo saluto.

«Oi, oi!»

«Non hai risposto ai miei messaggi. Sei finito nei guai con tua madre?»

«Già, ma le passerà» ride «quando passerà ad Adele Quartermain.»

«Mi ha perdonato» dico. «Sono sicura che ora toccherà a te.»

Lui sbuffa. «No, capiterà qualcos'altro. Succede sempre così.»

«Sai che immergermi con te è stata la cosa più bella che mi sia mai successa?» gli dico. «Adoro il mare. Non so come ho fatto a sopravvivere a Londra. Mi sembra di immergermi da anni.»

Leo si guarda intorno, nervoso. «Già, il tuo è un talento naturale... Senti, senza offesa, ma non possono vedermi con te. E soprattutto con quell'altra snob della tua amica. Quella tra Pesci e Cuculi è una vecchia ruggine.»

«Ma sono solo etichette» dico, e butto sul ridere la mia frustrazione. «Non posso scegliere tra te e Shiv. Non voglio.»

Alza le spalle. «A essere sincero, la mamma comunque non è contenta che frequenti una James. Su *questo* è stata molto chiara.»

*Sguardo in camera. Se solo sapesse quanto mi suonano in testa, proprio adesso, le parole «sei mio cugino».*

«Non sei tu» aggiunge, tracciando una linea sulla sabbia. «È tua madre.»

Coscienziosamente, Shiv siede più giù lungo la spiaggia,

dopo aver steso una coperta, con Bennie che non la perde di vista un attimo. Leo si sdraia con la maglietta che gli copre la faccia e io rimango lì con un piede in due staffe, e sento di dover scegliere da che parte stare. Di nuovo. Ma non voglio!

«Stavo per invitarti a esplorare Morvoren» dico, allegra, al vento. Leo drizza la schiena. Dopotutto avevo solo bisogno dello spunto giusto. «Ho una nuova telecamera subacquea. Farò delle riprese. Pensavo che forse ti andava di venire con me, però, se non sopporti la mia compagnia...»

«Morvoren» dice Shiv stupita. «Ma non è pericoloso?»

«Che cosa è pericoloso?» fa Sprout.

«Niente» borbotta Shiv, irritata. «Non dicevo a te. Vai a giocare laggiù» sibila. «Di che stai parlando, Coco? Non possiamo andarci a Morvoren. Ti ricordi di quei ragazzi in Thailandia. Sono rimasti intrappolati sottoterra per giorni. Qualcuno è morto, cercando di salvarli.»

«Non andrà così.»

«Come fai a saperlo?»

«Perché Min c'è stata» dico, lanciando un'occhiata nervosa a Leo. «E ha segnato il percorso per entrare. Martedì mattina la bassa marea è alle nove e mezzo. Ho fatto delle ricerche. La stanca di marea dovrebbe lasciarci tre ore per esplorarla.»

«Al massimo!» dice Leo, serio. «Meglio non restare intrappolati nelle gallerie quando si riempiono d'acqua.»

«Allora vieni?» sogghigno.

Alza le spalle ma gli brillano gli occhi e lo prendo per un sì. Brillano come i miei quando sono determinata a fare qualcosa.

«Allora vengo pure io» dice Shiv all'improvviso.

«Cosa?»

«Immagina quali creature marine ci potremmo trovare» mi dice. «Potrei scoprire qualcosa di nuovo. Potresti fare delle foto con la tua macchina e io le mostrerei a tuo zio. E poi, ho detto di voler essere più avventurosa...»

# Piscary Bay – Tavole di marea

**Martedì 27 agosto**

| | |
|---|---|
| Alta marea: 02.59 | Altezza: 5,30 m |
| Bassa marea: 09.34 | Altezza: 2,00 m |
| Alta marea: 15.29 | Altezza: 5,60 m |
| Bassa marea: 22.08 | Altezza: 1,70 m |

**Luna crescente**

| | |
|---|---|
| Alba: 06.29 | Tramonto: 20.17 |
| Alba lunare: 02.15 | Tramonto lunare: 18.47 |

# Scritto sul muro

Oggi c'è un vento gelido che sa di autunno e mi soffia in faccia, con il sale che morde le narici e il sole che perfora le nubi: giorno perfetto per un'avventura. Una cosa per cui Shiv è venuta preparata sul serio. Avvolta nel dryrobe e affaticata sotto un grosso zaino, è come se partisse per una spedizione di una settimana.

«Che hai là dentro?» rido, mentre l'aiuto a levarselo dalla schiena per poggiarlo sulla sabbia.

«Cibo, coperte, kit di pronto soccorso» dice. «Ieri sera ho dovuto lasciarlo accanto al cancello perché la mamma non lo vedesse. E poi all'improvviso mi ha detto che dovevo badare a Sprout.»

«E come te la sei cavata?»

Shiv sogghigna così allegra che le brillano gli occhi. «Le ho detto che non potevo e basta. Le cose tra noi sono cambiate e un po' è anche merito tuo.»

«Mio?»

«Già. Ammiro molto il modo in cui prendi il toro per le corna. Ti scusi quando devi e fai sentire speciali le persone. Voglio somigliarti di più. Comunque, ieri sera abbiamo fatto una chiacchierata a cuore aperto. Ha davvero rasserenato l'atmosfera. Lei ha promesso di smetterla di fare la mamma elicottero e io di smetterla di essere un'ingrata.»

«Wow.» Sono colpita. Nessuno mi ha mai detto che mi ammirava.

«Tu cos'hai portato?» domanda Shiv.

«Macchina fotografica, torcia e maschera.»

«Tutto qui?»

«Resteremo nella grotta solo un paio d'ore» rido. E non sono nemmeno sicura che le gallerie siano abbastanza larghe per il suo zaino, ma questo lo tengo per me.

«Ah, è la macchina che ti ha regalato Bob?» dice Shiv. «Fammi dare un'occhiata. Wow.»

«Ti mostro come usarla» dico. «Per tutti i pesci che troverai... Ecco Leo. Ricordati di essere gentile.»

«Non lo sono sempre?» ridacchia. «Non rispondere.»

«Oi, oi» grugnisce Leo, con un'occhiata a entrambe e una smorfia alla vista dello zaino di Shiv. «Come ti aspetti di tenere asciutto quell'arnese? Potrebbe esserci una galleria completamente sommersa da attraversare a nuoto.»

Shiv si rabbuia. «Vuoi dire che dovrei immergermi? Coco» dice, andando nel panico. «Questo non me lo avevi detto.»

«Perché Min non ne ha parlato» dico. «Magari lascia lo zaino, però. Sono sicura che non ci servirà.»

«Okay, bene. Ma porto il dryrobe e questa.»

E, con mia grande sorpresa, da dentro lo zaino tira fuori una borsetta. Che cosa pensa che faremo là dentro?

*E... azione!*

Corro avanti, sbattendo i piedi sulla sabbia bagnata, per inquadrare Leo e Shiv mentre camminiamo verso la grotta.

*In camera: «Sono così entusiasta. Dopo settimane di ricerche, andiamo davvero a Morvoren!».*

*Stacco. Cartello di divieto.*

«Pericolo» legge Shiv a voce alta. «I trasgressori saranno perseguiti... Forse dovremmo tornare.»

«Quale film hai mai visto in cui i protagonisti danno retta ai cartelli?» rido. «Inoltre, Min qua ci veniva sempre.»

«E guarda com'è andata» borbotta Shiv, lanciando di nascosto un'occhiata a Leo. «UORI EDI O LA EDI» legge quando arriviamo all'ingresso. «E questo che dovrebbe significare?»

«FUORI DAI PIEDI O CON MIN TE LA VEDI» dico. «Lo ha scritto anche sulla porta della sua camera, solo che molte lettere si sono cancellate. Hai portato il nastro per segnare il percorso?» chiedo a Leo.

«Nastro?» ripete Shiv, sospettosa. «Perché?»

«Solo una precauzione» dico. «È stata un'idea di Leo, insieme alle torce frontali subacquee. Non vogliamo perdere la strada.»

«Credevo avessi detto che Min aveva segnato il percorso... Non lo so, Coco» dice Shiv. «Non mi sembra sicuro.»

«È solo una precauzione» dico, con calma. «Però non devi venire, se non vuoi.»

«No, voglio venire» dice, con un respiro profondo. «So essere anch'io coraggiosa e avventurosa...»

*Stacco. Inquadratura di me che seguo Leo nell'ingresso della grotta, con Shiv che mi si aggrappa alla mano come se non volesse lasciarla più, mentre ci facciamo strada verso il corridoio, salendo verso l'ignoto.*

*Nero.*

# Il labirinto

*In camera: «Be', almeno siamo nella grotta» dico, accarezzando la liscia roccia gialla su cui sono seduta. «La salita fin qui è stata ripida e sembra che la galleria si estenda per miglia e miglia...»*

*Stacco. Inquadratura su Leo di schiena.*

Una volta che ci lasciamo alle spalle la luce del giorno, diventa subito buio e io sono grata per le torce frontali che illuminano i nostri passi, mentre il percorso dietro di noi piomba di nuovo nell'oscurità.

«Quaggiù!» esclama Leo, con la voce che rimanda una strana eco. «La galleria si biforca.»

«Da che parte andiamo?» sussurra Shiv.

*Stacco. Inquadratura di una lettera M dipinta sulla roccia.*

«Di là» rido e la indico. «Te l'ho detto. Min ha segnato il percorso.»

Procediamo lentamente, con Leo che srotola il nastro arancione, trascinando i piedi nell'acqua gelida e stagnante. Senza volerlo rabbrividisco, sbatto forte le palpebre e cerco di tenere ferma la macchina mentre la galleria diventa così stretta che andare avanti è difficile; Shiv mi stringe sempre più forte. Non gliene faccio una colpa: abbiamo oltrepassato così tante gallerie, salendo, scendendo, girando di qua e di là, che ho perso del tutto l'orientamento e mi sembra di essere in un vero e proprio labirinto.

Leo si ferma di botto e si volta verso di me, con aria preoccupata. «È finito il nastro» dice, e lo lega stretto a una sporgenza rocciosa sopra di noi.

Shiv prende bruscamente fiato e si aggrappa subito a quelle parole come se avesse aspettato solo la scusa adatta. «Allora dovremmo tornare.»

*Stacco. Inquadratura del mio volto deluso.*

«Abbiamo tutto il tempo» dico con uno sguardo all'orologio. «Non potremmo semplicemente continuare a seguire le indicazioni di Min?» Spingo da parte Leo e vado avanti. «Arriviamo solo alla fine di questa galleria e se c'è un altro bivio torniamo indietro. Affare fatto?»

Stavolta faccio strada io. A ogni passo trattengo il fiato, sperando di arrivare presto alla stanza principale. Il soffitto si abbassa bruscamente, è alto la metà di prima, e sembra davvero di strisciare nelle viscere di questo posto. Mi batte il cuore per l'attesa... o è la paura... o entrambe le cose? Il pensiero che Min abbia fatto questo percorso *senza* i segni...

Mi spingo avanti, stavolta in salita, con la galleria che è sempre più stretta e d'un tratto, proprio quando inizio a sentirmi la claustrofobia e a provare dolore nello stare così china, ci siamo.

«Wow» diciamo tutti insieme, le voci che fanno eco mentre ci guardiamo a vicenda con allegria: come bambini euforici che hanno trovato i regali la mattina di Natale.

*Stacco. Panoramica di una grotta immensa, illuminata solo dai fasci tremanti delle nostre torce.*

Ogni superficie è coperta di alghe, come una carta da parati a strisce verdi, arancioni e viola. Massi poggiati uno sull'altro e, ai loro piedi, piccole pozzanghere piene di conchiglie e creature marine. E in mezzo a tutto questo ci sono delle pietre verde chiaro, levigate fino a diventare i gradini di una gigantesca scalinata. A togliermi davvero il fiato, però, sono i cumuli di gemme verdi e scintillanti ai piedi della scalinata.

«Le lacrime di sirena.» Sono senza fiato, mi sembra di aver trovato il tesoro di Ariel, anche se guardando più da vicino capisco che sono solo pezzetti di vetro lisciati dalle onde del mare.

All'improvviso l'audio si riempie di *ooh* e di *aah*, man mano che la grotta ci si rivela. Shiv strilla per le creature marine nelle pozzanghere, che purtroppo non splendono, e Leo che guarda stupito le file di bottiglie verdi e mozziconi di candela allineati lungo una cresta naturale, in alto rispetto al terreno, ogni cosa coperta di sale e di alghe viscide.

*Lunga, ampia panoramica della grotta mentre mi arrampico lentamente sulla scalinata, cercando di filmare tutto, anche nell'oscurità più profonda.*

Poi qualcosa attira la mia attenzione e io abbasso la telecamera per vedere meglio, con gli occhi che cercano di abituarsi al buio. Corro avanti, fuori di me dall'euforia. In cima alla scalinata c'è una parete grigia, liscia, sulla quale è tracciato il ritratto di una sirena dai capelli lunghi e mossi, che somiglia in maniera inquietante a Min, dalla figura sottile come un chiodo alla gigantesca acconciatura ad alveare.

«Leo, Shiv» ansimo. «Guardate!»

Tutti e tre in fila contempliamo in silenzio il gigantesco ritratto. Sono meravigliata da quanto mio padre fosse bravo a disegnare.

«Giuro di averlo già visto» mormora Leo. «O qualcosa di simile.»

*Sguardo in camera…*

Shiv inclina la testa mentre studia il ritratto. «Già. Non so come, ma lei mi ricorda qualcuno. Somiglia un po'… a te.»

Si voltano a guardarmi contemporaneamente, con i fasci di luce delle torce che mi accecano e, allibita, inciampo all'indietro. Colta di sorpresa, alzo le mani di scatto per proteggere gli occhi e la mia adorata telecamera mi sfugge di mano, cade acciottolando lungo i gradini e piomba nelle oscure profondità del pavimento della grotta. Mi lancio a recuperarla mentre guaisco per la frustrazione e scivolo sugli ultimi due gradini, dove inciampo sui miei stessi piedi e atterro con dolore sul fianco.

«Coco, tutto bene?» grida Leo, saltando giù per aiutarmi. Lui però scivola sugli stessi gradini e lo slancio in avanti lo fa volare a capofitto nella pozzanghera delle lacrime di sirena.

Un silenzio inquietante si posa su di noi per tre secondi – li conto nella mia testa – mentre aspettiamo che lui si alzi e si ripulisca. Ma non lo fa. Rimane lì e si contorce.

«Leo!» grida Shiv, scendendo i gradini con cautela. L'eco dei suoi singhiozzi si mescola alle grida di dolore di Leo, mentre io resto sdraiata lì, ancora senza fiato, ancora a bocca aperta.

Il nostro film di avventura, all'improvviso, è diventato un *disaster movie*.

# Troppo tardi

Appoggiato alla spalla di Shiv, con i piedi nella pozzanghera delle lacrime di sirena, Leo si guarda intorno, stordito e confuso, quasi a chiedersi come diavolo sia finito in fondo a una scalinata di marmo verde.

«Ahia» borbotta, e alza una mano per toccarsi il lato della testa per poi fissare, perplesso, le sue dita che ora sono sporche di sangue.

«Oh mio Dio!» strillo, quando scorgo la ferita: uno squarcio nero sul lato della testa; i suoi capelli biondi sono tutti opachi e hanno preso una sfumatura cremisi. «Che vogliamo fare?»

«Dobbiamo portarlo fuori di qui» risponde Shiv. «Potrebbe avere un trauma cranico. Quante sono queste?» gli domanda, alzando la mano.

Lui la fissa. «Tre.»

«Bene» risponde lei. «Nausea?»

«Solo se ti guardo.»

Lei fa una smorfia. «Non hai perso il senso dell'umorismo, buon segno.»

Leo ricambia a fatica il sorriso.

«Ce la fai a stare in piedi?»

Lui annuisce ma, quando cerca di alzarsi, è malfermo sulle gambe e viene verso di me vacillando. Ci riprova, ma è come se avesse perso del tutto il senso dell'equilibrio, mentre si accascia contro Shiv e geme per la frustrazione.

Shiv prende un respiro profondo, il volto che trasuda paura e gli occhi che frugano intorno a noi mentre pensa al da farsi. «Dovremo provare a portarlo fuori» dice. «Secondo te c'è abbastanza tempo prima che entri la marea?»

Guardo l'orologio. Sono le undici passate. «Dovremmo farcela, ma dobbiamo andare subito.»

«E la tua telecamera?» domanda con un cenno alle rocce tra cui è scomparsa.

«Lascia stare. Con ogni probabilità si è rotta.»

Con Leo che si appoggia alle nostre spalle procediamo lentamente. Leo è molto più alto e pesante di me, e il problema è reso ancora più grave da quanto gli ciondola la testa; è come una marionetta senza fili. Shiv, poi, deve sostenere gran parte del peso, mentre io mi oriento a tastoni lungo la galleria, trascinando i piedi nelle pozzanghere basse che si sono formate là dove prima era asciutto.

Girato l'angolo, con i piedi che affondano nell'acqua gelida che ora arriva alle caviglie, arriviamo in cima a quella che è la parte più bassa e più stretta della galleria e all'improvviso mi si blocca il respiro in gola. È allagata, e a ogni passo che faccio mi rendo conto di non poter proseguire. La discesa è troppo ripida. Dev'essere una delle gallerie sommerse di cui parlava Leo.

«Coco» dice Shiv, ansiosa. «Quanto manca prima che si allarghi? Non riesco a portarlo così.»

Mi lecco le labbra, nervosa, provando a inghiottire nella

gola secca una saliva che non esiste. «Ehm... Restate qui un secondo» dico, cercando di usare un tono leggero. «Vado a controllare.» E, con un piccolo cenno di saluto, sparisco nel buio della galleria.

Di lì a pochi passi l'acqua mi arriva al mento e inarco dolorosamente il collo verso l'alto; poi, quando faccio un altro passo, i piedi non toccano più e sono nell'acqua profonda. La galleria è completamente sommersa.

Appena si accorge che sono fradicia Shiv impallidisce.

«Dobbiamo andare avanti» mormora Leo, stordito. «Sta arrivando la marea.» Seduto sul pavimento della galleria, con le braccia e la testa in avanti, ha l'aria esausta.

«Come farai a nuotare, in questo stato?» scatta Shiv; mette quasi paura per quanto sembri di sentire Adele. «Non con una ferita aperta alla testa... E io non posso nuotare sott'acqua in quella galleria buia» mi sussurra. «È il mio incubo che si avvera.»

«E Leo?» sibilo.

«Non riesce a stare in piedi» risponde lei con un sussurro rauco. «Dovremo tornare nella grotta e lasciarlo riposare. Quanto manca alla prossima bassa marea?»

Quando scopro che è passato mezzogiorno sono sconvolta; ci abbiamo messo quasi un'ora per arrivare fino a lì. Sono senza fiato. «Almeno altre dieci ore.»

Gli occhi di Shiv quasi escono fuori dalle orbite. «Non possiamo restare così tanto!» Si volta verso Leo. «Ha un trauma cranico. Deve essere visitato da un medico.»

«Non faremo in tempo» dico. «Non con lui in questo stato. È troppo tardi. La marea ci ha intrappolati...»

# L'ora più buia

«Quanto tempo manca adesso?» piagnucola Shiv. Siamo rannicchiati insieme, Leo è avvolto nel dryrobe con Shiv e tiene la testa poggiata sulle sue ginocchia. Restiamo seduti al buio per conservare le batterie delle torce. Ce ne sono rimaste due, visto che cadendo Leo ha rotto la sua.

«Cinque minuti meno dell'ultima volta che l'hai chiesto» borbotto, avvilita. «Mi dispiace tanto, Shiv. Non avrei mai dovuto proportelo.»

«Sono voluta venire io» risponde. «Non potevi sapere che sarebbe successo questo e in un certo senso mi stavo divertendo. Fino a... be', finché non siete rotolati dalle scale.» Nell'eco le nostre risate suonano vuote. Come se non dovessimo ridere, date le circostanze.

«Sono sicura di aver visto un'aragosta, in quella pozzanghera» sospira Shiv. «Adesso vorrei averla fotografata. Tuo zio aveva ragione, vedere le cose dal vivo è tutta un'altra cosa. Possiamo riaccendere le torce? Non mi piace il buio.»

«Come ti senti, Leo?» domando.

«Ho sete» farfuglia. «E ho pure un mal di testa atroce.» Guarda il ritratto sul muro, accigliato. «Quel ritratto sembra Min. Deve averlo dipinto mio zio.» Ha la voce rauca e debole. Mi mette paura. E se...? No, non posso nemmeno pensarlo.

«Tieni, ho degli antidolorifici» dice Shiv, frugando nella borsetta e lanciandomi uno sguardo con gli occhi spalancati. «Per fortuna ti ho ignorata e l'ho portata, vero?» Leo sorride appena e, sul punto di chiudere gli occhi, la ringrazia. «Non addormentarti» gli ordina lei.

«Ma sono stanco» si lamenta.

«Non puoi» dice risoluta. «Devi restare sveglio. Che faremo? E se...?»

«Vado a cercare aiuto» dico, scattando in piedi una volta presa la decisione.

«Ma la galleria è sommersa» ansima Shiv, prendendomi per il polso. «E se ti perdi?»

«So trattenere il respiro» dico. «E ho la maschera. Seguirò il nastro fino all'uscita.»

«E le correnti di risacca?» domanda.

«Forse non ci sono» dico «e se ci sono so cosa fare. Me l'ha insegnato Leo.»

«Ma se fosse solo la storia che si ripete?» bisbiglia lei, con urgenza.

«Devo provarci» dico. «Anche se restate qui fino alla bassa marea, non c'è modo di portare Leo fuori. Ci serve aiuto. Torno appena posso. Tu prenditi cura di lui.»

Dopo un addio tra le lacrime, mi affretto a imboccare di nuovo la galleria finché l'acqua non mi arriva ai fianchi. Mi fermo e ripasso mentalmente la fase di rilassamento, un compito piuttosto inutile visto quanto mi sento tesa e spaventata. Poi, con un bel respiro, mi immergo e mi addentro lungo la galleria allagata. L'acqua è gelata, non somiglia per niente alle immersioni in apnea con Leo. Sono terrorizzata. Non dovrei fare tutto questo da sola, è la prima regola delle immersioni in apnea, la più importante, ma c'è forse altra scelta? Se il trauma cranico di Leo peggiora, be'...

Qualche minuto dopo risalgo a prendere fiato e mi sento sollevata quando mi trovo di nuovo con l'acqua alla vita e il nastro sopra di me, assicurato al soffitto della galleria. Allora faccio qualche passo avanti e poi, all'improvviso, la torcia che ho sulla fronte sfarfalla e tutto piomba nell'oscurità.

*Nero.*

Mi giro di qua e di là, terrorizzata, cercando disperatamente di abituare gli occhi al buio. Le mani scattano verso il soffitto e cerco di nuovo il nastro. È ancora lì. Grazie a Dio. Se solo potessi seguirlo con la mano sarei a posto.

*Entra la colonna sonora.*

Un silenzio inquietante, punteggiato dai miei gemiti. Io che parlo a voce alta: «Andrà tutto bene, Coco. Ce la puoi fare». Io che conto, cercando di capire dove sia l'estremità della galleria. Io che provo a cantare, con la voce che trema e la paura che continua a minacciare di travolgermi.

Arrivo a un altro corridoio sommerso e so di doverlo attraversare a nuoto, malgrado sia terrorizzata. È breve. Me lo ricordo perché è dove sono inciampata sui gradini e ho quasi fatto cadere la telecamera. Con un bel respiro mi immergo, un braccio allungato avanti e l'altro che segue il nastro lungo il soffitto della galleria. Procedo lentamente, un centimetro alla volta, battendo le gambe con tutte le forze. Sperando di avere abbastanza fiato per arrivare in fondo.

*La tenebrosa musica dei violini svanisce e lo schermo rimane tutto nero.*

La mente brulica delle cose che direi a Min se avessi un'altra possibilità di vederla.

*Stacco. Inquadratura della sottoscritta che sale a riprendere fiato. O, piuttosto, il rumore che faccio, perché è sempre buio pesto.*

La galleria sale e scende, l'acqua sale dalle ginocchia al collo e io ho il terrore di scendere nel cunicolo sommerso. So che sta arrivando perché è quello lungo che porta all'ingresso, quello che con l'alta marea è sempre pieno d'acqua. L'unico modo per uscirne è a nuoto e questo potrebbe portarmi dritta in una corrente di risacca che, forse, mi trascinerebbe in mare aperto. Ma ce l'avrei, poi, la forza di tornare a riva a nuoto?

Sono tentata di tornare indietro, con la paura che sta avendo la meglio su di me, e proprio in quel momento il passo successivo si illumina come se fossi fatta di elettricità; resto a bocca aperta, passando la mano nell'acqua, con minuscoli puntini blu di plancton che la seguono. Il mare di stelle: è un altro segno.

*Stacco. Inquadratura di me che, stringendo il nastro, procedo fiduciosa finché non vedo la luce del giorno; finalmente sono arrivata alla roccia gialla liscia, quella che prima avevo filmato parlando in camera.*

Sono in cima all'ultima discesa. Ho solo bisogno di tenere la testa a posto e, se ci sono le correnti, non opporre resistenza.

Infilo la testa sott'acqua e mi immergo, puntando verso l'ingresso, e in meno di un minuto vengo sputata fuori. Sono di nuovo in superficie e la luce brillante mi acceca.

*Dissolvenza incrociata su una lunga ripresa delle onde che, accompagnate dal verso dei gabbiani, arrivano e si schiantano. Una voce incerta, la mia, sussurra: «Andrà tutto bene».*

*Stacco. Un montaggio frenetico di inquadrature in cui mi guardo intorno, ansiosa, aspettandomi che la corrente mi trascini al largo.*

Ma non c'è un tratto di acqua più scura. Non c'è maretta. Le onde si infrangono normalmente. Lancio un grido di sollievo: sono salva.

*Stacco su: la mia espressione sollevata.*

*Dissolvenza in apertura sull'inquadratura sfocata del mare alternata al cielo grigio, mentre con tutte le mie forze nuoto verso la spiaggia.*

*Stacco. Mi trascino sulla sabbia e trovo Amy e Bennie che prendono il sole.*

«Aiuto» gracchio, la gola mi fa male per l'acqua salata che senza volerlo ho inghiottito.

*Stacco. Primo piano del volto di Amy che sogghigna.*

«Che cosa c'è che non va?»

*Carrello in avanti su Bennie, accigliato.*

«Tutto bene, James? Credevo fossi con Leo.»

«Sì, cioè, lo ero» ansimo. «Lui è... là dentro. Con Shiv. È ferito. Ci serve aiuto.» E scoppio in lacrime.

# Perduti e ritrovati

Da quando sono tornata a riva il set è completamente cambiato e adesso sembra ancora di più un *disaster movie*. Addio luce del sole, salve nuvoloni neri. I cavalloni bianchi si impennano e poi crollano giù, per schiantarsi contro gli scogli, nella fretta di tornare in mare aperto. Vicino c'è una lancia di salvataggio, che osserva la situazione. Adesso all'inquadratura serve solo un elicottero che sorvoli a mezz'aria, spinto qua e là dal vento forte mentre perlustra l'acqua con un faro.

La spiaggia si è riempita di gente. Adele cammina avanti e indietro, si tormenta le mani, parla al telefono gesticolando. La madre di Bennie offre tazze di tè e caffè. Un medico è pronto a intervenire e parla con Ingrid che è arrivata con delle utilissime coperte. Sarah e Noah sono impegnati negli ultimi controlli alle bombole. Bennie alimenta il falò, mentre Amy si occupa di me.

«Non ti preoccupare» sussurra, stringendomi le spalle con un braccio mentre io mi sciolgo di nuovo in lacrime.

«Ma sono passate ore da quando li ho lasciati» singhiozzo.

«Non si può tornare dentro finché la marea non cambia» mormora. «Sono in buone mani. Non puoi fare meglio di Sarah e Noah… Tireranno fuori Leo in men che non si dica…»

Poi tace. «Tra poco ricomincia la scuola» riprende, cercando di cambiare argomento. «Tipico, no? Proprio quando gli Zombie se ne vanno, ci tocca stare in classe tutto il giorno.»

«Anche a scuola vi sedete dal lato opposto dei Cuculi?» borbotto, incupita.

«*Nooo*» ride. «Gli insegnanti sono molto bravi a mantenere una certa socievolezza. Molti anni di pratica, immagino... Lo so che è ridicolo, ma è qualcosa che è rimasto dalla generazione dei nostri genitori. E, anzi, la situazione è peggiorata. Qua intorno ci sono parecchi senzatetto, grazie ai proprietari di seconde case.»

«I miei nonni però comprarono Cliff House parecchi anni fa» dico.

Amy alza le spalle. «Che vuoi che ti dica? I Pesci sono orgogliosi. Soprattutto i Pengelly.»

«Che cosa sta succedendo?» esclama Wanda, che avanza sulla spiaggia, come a volerle dare ragione. «Dov'è mio nipote?» Quando la figlia indica Morvoren, crolla singhiozzando tra le braccia di Sarah: «No, un'altra volta no!».

«Sono al sicuro» dico, alzandomi in piedi nel desiderio disperato di tranquillizzarla. «Shiv si prende cura di lui. Ha un kit per il pronto soccorso, antidolorifici, acqua, snack. Sa che cosa fare.»

«E, esattamente, di chi è stata l'idea di andare là dentro?» vuole sapere Wanda, con lo sguardo pieno di rabbia. In un attimo vedo la persona che Min una volta, tanti anni fa, aveva dovuto affrontare.

«Mamma» mormora Sarah. «Così non mi aiuti. Ora, parlami di nuovo del percorso che avete seguito, Coco.»

La guardo, perplessa. «Ma io vengo con voi. Posso mostrarvi la strada.»

«Non se ne parla» risponde Sarah, brusca.

«Troppo pericoloso» concorda Noah.

«Io sono l'unica che è stata là dentro» singhiozzo. «Vi prego, devo farlo. È stata un'idea mia. È tutta colpa mia...»

Non entriamo in acqua finché la marea non scende sul serio e il bagnino è d'accordo che non ci sia pericolo. Alle sette del pomeriggio il temporale è passato e i raggi del sole cominciano a perforare le nuvole grigie, mentre all'orizzonte tratti d'acqua scintillano come argento. Si sta facendo freddo, però, e sono grata per la muta e la maschera.

Entro in acqua insieme a Sarah e Noah: mia zia e mio zio, solo che non lo sanno e, forse, non lo sapranno mai. Sono quasi sicura che non vorranno avermi intorno se – quando – Leo tornerà al sicuro e in salute. Nemmeno Adele, credo. Il mio desiderio di una bella sceneggiatura ha rovinato tutto.

«Pronti?» dice Sarah, e iniziamo a nuotare verso la grotta, il cui ingresso è ancora sommerso.

Controllo per la centesima volta la torcia frontale e poi, con un respiro profondo, mi tuffo sott'acqua e punto verso la galleria.

Li sento, prima ancora di vederli. Ridono e chiacchierano come vecchi amici. Poi, quando finalmente riesco a stare di nuovo in piedi nell'enorme grotta, li vedo in cima alla scalinata, ancora avvolti nel dryrobe di Shiv, che allungano il collo e guardano in alto, a bocca aperta, e indicano l'enorme ritratto neanche fossero in una galleria d'arte.

«Shiv, Leo» esclamo. «Sono tornata.»

I loro sguardi stupiti lasciano subito il posto alla felicità, con l'eco delle grida di Shiv che ci avvolge mentre scende la scalinata e mi si lancia tra le braccia. «Oddio, sei viva. Ero così preoccupata.»

«Ce l'ho fatta» dico, con tanto di lacrime. «E ho portato aiuto.»

Sarah e Noah compaiono all'improvviso nella grotta, gli occhi spalancati e l'espressione meravigliata che, senza dubbio, è simile alla nostra, mentre salgono i gradini fino a Leo che mi guarda fisso.

«Sta bene?» domando a Shiv.

Lei fa una smorfia. «Gliel'ho detto. Scusami» dice lei, mentre resto a bocca aperta. «Ho dovuto. Continuava a chiudere gli occhi e poi abbiamo iniziato a discutere perché non gli interessava quello di cui stavo parlando. È come te: odia la scienza.»

«Io non odio la scienza» protesto. «O almeno, non più.»

«Be', lui sì. Comunque, avevo esaurito gli argomenti e lui si era messo a guardare il ritratto di quella sirena e a parlare dello zio e di come era morto e allora... mi è scappato. Scusami. Però ho ritrovato questa.» Mi porge la telecamera. «Non è rotta. Ci sono delle riprese splendide.»

Le sorrido. «Chi se ne importa del film. Sono contenta che siete salvi e basta. La marea sta uscendo e non ci sono gallerie sommerse. Non dovrete neanche nuotare. Solo dopo che saremo usciti, insomma. Andiamo» dico. «Tua madre ci aspetta sulla spiaggia.»

«È arrabbiata?» domanda, in preda all'ansia.

«Con me, sì» rido. «Ma è molto più preoccupata per te...»

# Solo ragazzi

Quando raggiungiamo l'uscita il cielo è come in fiamme, tutto rosso e rosa. Leo si appoggia a Sarah e Noah, e io e Shiv, per mano, li seguiamo verso la spiaggia dove gli altri ci aspettano intorno al falò. Nei momenti di crisi Pesci e Cuculi trovano un punto di unione. Forse c'è ancora una speranza.

Nella versione cinematografica della mia vita, a questo punto verrei salutata come un'eroina. Ma la mia vita non è un film e nella realtà la folla sciama intorno a Leo e Shiv, li accoglie in un abbraccio affettuoso e dà il bentornato a Sarah e Noah, con tutti che parlano di quanto sono coraggiosi.

«Non so come ringraziarvi» sbotta Adele, tra le lacrime.

«Non potevo permettere che la grotta si prendesse un'altra vita» risponde Sarah.

Poi li portano verso il falò, dove il medico visita Leo e Adele sommerge Shiv di baci e abbracci. E io rimango tutta so...

«Coco!»

Mi volto e vedo lo zio Henry che caracolla verso di me, tenendo alto il bastone da passeggio mentre cerca di attirare la mia attenzione.

«Coco!» grida di nuovo. Corro tra le sue braccia. «Ho avuto paura che la storia si ripetesse» dice, con la voce rotta.

«Sto bene, zio Henry» singhiozzo. «Sto bene. Dov'è Min?» domando, per un improvviso desiderio di stare con mia madre, e subito mi avvilisco: probabilmente lei nemmeno c'è. Poi, all'improvviso, la vedo tremare accanto al fuoco, con un vestito da sera lungo, nemmeno fosse andata alla consegna degli Oscar.

«Coco» ansima, mettendosi a correre, come al solito in ritardo sull'attacco. «Tesoro, sei salva!»

«Dove sei stata?» gracchio.

«A un colloquio di lavoro. Non sei ferita, vero?» domanda. «Cosa è successo?»

«*Lei* è successa» dice Sarah. «Lei e la sua ossessione di esplorare quella dannata grotta. Proprio come sua madre.»

Min fa una smorfia, la bocca che trema per quello che vorrebbe dire.

«Quante vite dovete prendere, voi James, prima di fermarvi?» sibila Sarah.

«Penso a lui ogni giorno, sai?» dice a un tratto Min, e sembra così ferita che sento il bisogno di intervenire, per proteggerla. «Rivivo quella scena di continuo e quanto vorrei essere in grado di farla finire in modo diverso.»

«Almeno tu sei viva per poterlo fare» sputa Sarah.

«Sarah» la implora lo zio Henry, entrando in campo, «sono discorsi che abbiamo già fatto.»

È come se ci fosse un riflettore che illumina soltanto loro tre, mentre noialtri diventiamo uno sfondo sfocato, in un silenzio così profondo che è come se il fonico si fosse dimenticato la colonna sonora.

*E poi* bum! *Scatta il ciak e il regista grida: «Azione!»*.

«Oh, povera Min» dice Sarah con tono di scherno. «Sempre con la storia che non ti abbiamo accettata?»

Min si adombra. «No. Hai lasciato che il tempo cambiasse i tuoi ricordi, Sarah. Tutte queste sciocchezze su Pesci e Cuculi erano iniziate come uno scherzo. Le inventò proprio Billy.»

I volti di Min e di Henry – quelli di tutti, in realtà – sono così tristi, come se stessero rivivendo tutto, e all'improvviso vedo la mia famiglia per com'è veramente. Henry, il giovane responsabile, e Min, la teenager problematica; entrambi che ancora ne pagano il prezzo. E poi ci sono io: il promemoria di ciò che hanno perso. Tutte le volte che li ho sorpresi a fissarmi, quando vedevano sulle mie labbra il sorrisetto dei Pengelly…

«Io lo amavo, Sarah» dice Min con la voce che incespica.

Sarah fa un verso di scherno. «Lo amavi? Lo hai condotto alla morte e poi sei scappata, e sei andata a farti mettere incinta da un altro.»

«Non è vero» mormora lo zio Henry. «Billy sapeva quello che faceva, era già stato in quella grotta parecchie volte. Eravamo solo ragazzi, Sarah. Appena più grandi di Leo e Coco. Vorresti dirmi che tu non hai mai fatto errori, da adolescente?» Le rivolge uno sguardo così intenso che le si arrossano le guance.

«E secondo te dovremmo semplicemente accoglierla di nuovo» sputa. «Lei e sua figlia, che…» Tace, sopraffatta dall'emozione. «Mio figlio avrebbe potuto morirci, là dentro.»

«Ho scelto io di andarci» dice Leo, e mi si avvicina, facendo puntare il riflettore su di noi. «Coco mi ha salvato la vita.»

«E anche la mia» concorda Shiv, stringendomi la mano.

«Ha attraversato la grotta da sola e al buio» aggiunge Bennie.

«E poi ci è tornata» conclude Amy.

Sarah sbatte le palpebre, mentre guarda i miei amici che si dispongono a semicerchio intorno a me e all'improvviso mi sembra che le cose, dopotutto, non vadano poi così male.

«Non hai intenzione di dirglielo?» domanda Leo.

«Dirmi cosa?» si acciglia Sarah.

Alzo le spalle. «Farebbe qualche differenza? Dovrebbe?»

«Sì» dice lui.

Sbuffo. «E insomma, dopo che mi avete fatto sentire un'estranea e sgradita, all'improvviso mi accoglierete a braccia aperte?» chiedo. «Queste etichette dietro alle quali vi siete nascosti vi stanno rendendo infelici. E la cosa triste è che è stata una tragedia ad avvelenarvi, gli uni contro gli altri. Ma questo non lo riporterà indietro.»

Rivolgo a Sarah un sorriso triste, mentre prendo Shiv e Leo per mano. «Tu... noi abbiamo salvato le loro vite, oggi» dico. «E non hai pensato due volte a chi fossero.»

Sarah si acciglia. «Non capisco. Cos'è che non mi staresti dicendo?»

«Io sono tua nipote!»

Mi guardo intorno, in cerca della fonte della voce fuori campo, finché non capisco che quelle parole le ho pronunciate io e allora Wanda fa un passo avanti, e la sua espressione somiglia a quando le nubi si diradano. Come se per la prima volta dopo anni riuscisse a vedere le cose nella luce giusta.

«Sei la figlia di Billy?» Mi guarda, raggiante, con gli occhi che brillano di lacrime e il volto pieno di una grande tenerezza. «Be', se questa non è la notizia più bella che ho avuto da tanto tempo a questa parte allora...» E, proprio come nella versione cinematografica della mia vita, mi stringe in un abbraccio, felice.

«E ha anche ragione, sapete» continua, rivolgendosi agli altri. «Con tutta questa rivalità non si va da nessuna parte e io non la sopporto più. Non voglio più sentir parlare di Pesci e Cuculi. Avete capito?»

Ed è come se tutti rispondessero insieme, sotto quel suo sguardo pieno di rimprovero: «Sì, signora Pengelly».

«Bene» e sembra soddisfatta della loro reazione «perché io, da parte mia, sono felicissima di accogliere una nipote in questa comunità.»

*Sguardo in camera, con un sospiro: Le braccia aperte che ho desiderato per tutto questo tempo!*

# Fabbricare ricordi

Ore più tardi il sole è tramontato da tempo e perfino la luna è scomparsa, lasciando un cielo notturno limpido e costellato di pietre preziose, rischiarato ogni tanto dalle scintille che si alzano dal falò. Mi siedo, guardando distratta il mare, pensando a quanto mi senta felice e perfino euforica, per come la trama della mia vita sia cambiata in maniera così radicale.

Scopro di avere in totale una nonna, una zia, due zii e quattro cugini, più numerosi altri parenti di secondo o terzo grado, e non riesco ad abituarmi del tutto all'idea. E se da un lato non posso dire che la comunità sia del tutto guarita – Min e Sarah sono riuscite giusto a stringersi la mano – dall'altro sono nate abbastanza amicizie che non può mancare molto. Tanto per dirne una, Wanda e Ingrid si sono accordate per fare surf insieme. Sarah e lo zio Henry parlano da così tanto tempo che mi viene da pensare che abbiano una storia comune di cui non so (ancora) nulla, e poi ovviamente ci siamo io e Shiv...

«Indovina» sussurra, eccitata. «L'anno prossimo verrò a scuola qui.»

«E come hai fatto?»

Alza le spalle. «La mamma è d'accordo. Se voglio studiare biologia marina è meglio essere vicino al mare. E qui, naturalmente, c'è tuo zio. Sarei una pazza a non attingere a una simile fonte di conoscenza. Bennie, poi, mi insegnerà a nuotare in mare aperto» aggiunge, arrossendo. «Avevi ragione, su di lui. Come su parecchie cose, in realtà.»

Accenna con il capo a Leo che, a parte la testa bendata, sembra tornato il compagnone di sempre, anche se un po' stanco. «Non avrei mai creduto che potessi davvero ricucire questa comunità, sai?»

«Per un attimo ho smesso di crederci perfino io» rido. «Chi l'avrebbe detto che bastava che voi due foste intrappolati insieme in una grotta per sette ore?»

Shiv si lamenta: «Non me lo ricordare. Stanotte chissà che incubi».

«Puoi sempre venire a dormire con me» dice Adele, che viene ad aiutare Shiv ad alzarsi. «Cioè, se ne hai bisogno. Probabilmente no, adesso che sei cresciuta. Dobbiamo salutare, tesoro; a quanto pare Sprout non vuole andare a letto se prima non ti ha rivisto.»

«Oh, povera Sprout» dico, con tono affettuoso.

«Povera Sprout?» sbotta Shiv. «Sei sicura che non voglia vedere Coco?»

Adele annuisce. «Te, assolutamente. Anche se adora Coco.»

«Sì, un po' troppo» fa Shiv, stringendo le palpebre. «Qualche volta dovreste discutere, devi dirle che è una rompiscatole, ogni tanto...»

«Forse hai appena scoperto il motivo per cui voi due non andate d'accordo» rido.

Adele mi stringe forte. «Grazie, Coco. Di tutto. Sogni d'oro...»

«Cugini, eh?» dice Leo quando raggiungo lui e Amy al falò. «Te l'avevo detto che le immersioni in apnea erano nel tuo Dna.»

«Già, ricordami di non giocare mai all'ultimo rimasto con te» ride Amy. Poi sogghigna, timida. «Dunque non ti piaceva Leo, vero?»

Rido. «Non è il mio tipo, mai stato.»

«Che cos'ho che non va?» domanda lui, indignato.

«Vuoi davvero saperlo?» ridacchio.

«Sono stata una tale idiota, con la mia gelosia» dice Amy. «Pensavo che volessi portarmelo via. Credi che possiamo essere... amiche?»

«Stai scherzando?» strillo. «Ma certo che possiamo... Però... anche Shiv?»

Amy ride. «Sì, anche lei. Wanda è stata molto chiara al riguardo e poi qualcosa mi dice che Bennie non lascerà che qualcuno parli ancora male di lei. Quei due non la smettevano di chiacchierare» dice. «E sottovoce, come se avessero chissà quali segreti.»

«Sono contenta che finalmente si siano trovati» dico. «Sono una bella coppia.»

«Senza rancore, allora?» dice Amy.

«Certo. Un abbraccio?» propongo. «A Soho facevamo così.»

«Già, be', qui non siamo a Soho» ribatte Leo.

«No, questo è poco ma sicuro.» Sorrido.

*Sguardo in camera. E la volete sapere una cosa? In realtà mi va benissimo.*

# Ultima scena

«La prima volta che sei entrata nella grotta, non avevi paura?» chiedo a Min più tardi, quando la festa è arrivata alla sua naturale conclusione e siamo rimaste da sole davanti alla brace del falò.

«Ero terrorizzata» ride. «Quello coraggioso era tuo padre. Anche se poi abbiamo scoperto che tutte le gallerie portano alla grotta, solo che alcune sono più lunghe di altre. Io ho contrassegnato il percorso più breve.»

*Sguardo in camera. Ah.*

«Ma là dentro era così buio» rabbrividisco. «Era come se fossi cieca.»

Lo zio Henry infila un bastoncino nel fuoco. «Sai che c'è un pesce che vive nelle grotte messicane e si è evoluto senza gli occhi? Vuoi sapere perché?»

«No davvero» ridacchio. «Però immagino che me lo dirai comunque.»

«Non vuoi provare a indovinare?» chiede, speranzoso.

«Senza gli occhi consuma meno energia?» azzardo.

«Sì!» esclama, euforico. «Esattamente per questo. Ci sono ancora speranze di fare di te una scienziata.»

«Sai, per essere uno che va in giro sembrando uno spaventapasseri, sei davvero saggio» gli dico.

Lo zio Henry ridacchia. «Non ti danno due Neptunian Award di fila per niente. Non che servano a molto quando si tratta di pagare per un tetto nuovo, a parte forse per sostenerlo.»

«Non venderai la casa, vero?»

Min scuote la testa con quel suo sorriso che mostra lo spazio tra gli incisivi. «Non ci stavo davvero pensando. Dovremo fare dei cambiamenti, però, perfino io.»

«Cioè comincerai a usare lo struccante?» domando, in tono semiserio.

«Non essere ridicola!» stride, rauca. «Non c'è niente che non vada via con acqua e sapone.»

*Sguardo in camera. A parte il suo rimmel waterproof...*

«No, intendevo sul fronte professionale» dice.

«Domani abbiamo un incontro con Adele» spiega lo zio Henry. «Si è offerta di aiutarci a riparare Cliff House. Min vuole aprire un Airbnb. Che Dio ci aiuti!»

«Adele mi insegnerà anche a cucinare» dice Min, e scherzando gli dà una gomitata nelle costole. «Dopo che hai lasciato in giro quell'articolo che dice che sei cosa mangi, quello sui cibi antiqualcosa.»

«Antinfiammatori» dico.

*Sguardo in camera. Mi sono ricordata come si chiamano!*

«Già, quelli. Mi ha fatto riflettere e ho seguito il consiglio. Mi sento benissimo. Ho tanta più energia e dormo meglio... Adele ha già lavorato con i costruttori di qui, così almeno avremo qualche possibilità di finire entro il prossimo anno. Nel frattempo, sto pensando di modificare vestiti e rivenderli. Secondo Ingrid c'è richiesta. È una cosa che ho sempre sognato di fare. Mi serviva tornare a casa per capirlo. Finché Cliff House non è pronta dovrò pur trovarmi un lavoro, qualcuno le deve pagare le bollette.»

«Che faccia tosta» sbuffa lo zio Henry. «Io sono anni che le pago. Adesso però devo iniziare una nuova ricerca.» Tace. «Ho già qualche idea, sui nomadi badjao. Secondo me può esserci un collegamento diretto tra...»

«Ti sei accorto che abbiamo smesso di ascoltarti, vero?» ride Min.

Lo zio Henry alza gli occhi al cielo. «Ecco perché voglio tornare a insegnare agli ignorantoni come voi. A domicilio, matematica e scienze.»

«Hai detto qualcosa, Henry?» fa Min.

Mi unisco alla loro risata e mi godo il fatto che per una volta bisticciano con buon umore. Le cose sembrano diverse, come se stessero ricominciando a sentirsi a proprio agio tra loro.

*Sguardo in camera. Chissà se...*

«Possiamo prendere un cane?» domando.

Min ridacchia. «Sul serio? E chi se ne occuperà? Chi lo porterà a passeggio? Chi gli darà da mangiare e raccoglierà i suoi escrementi?»

«Io» dico. «Non è quello che ho fatto per voi due, negli ultimi mesi?»

Lo zio Henry scoppia a ridere. «Oh, Minnie! Questa te la sei cercata.»

«Anche tu» ribatte lei, arricciando il naso. «Senti, se riesci a dare da mangiare ai suoi pesci per un mese e *anche* a pulire l'acquario, ci farò un pensierino.»

«Aspetta un po'» dice lo zio Henry, accigliato. «Io non ho voce in capitolo? Bisogna fare attenzione con Brian. Mi ci è voluto parecchio per imparare a mantenere una vasca di pesci tropicali. Quello che so sui pesci non l'ho mica avuto in dono alla nascita, sai?»

Min ridacchia. «No, in dono hai avuto solo le squame.»

«Lo sapevo che eri tu a scrivere quella pagina su di me!» strilla lui. «Smettila o ne faccio anche io una su di...»

«È tornato il mare di stelle!» esclamo con stupore, mentre la linea delle onde che avanzano si illumina di colpo.

«Il termine scientifico è bioluminescenza» dice lo zio Henry.

«Già, mare di stelle però mi piace di più» dico. «Guardate!» strillo. «Ci sono pure i delfini!»

Lo zio Henry stringe le palpebre e guarda il mare. «Ma dove?»

«Laggiù! Dove il mare è più luminoso. Non li vedi?»

«No, senza occhiali no.»

«Stai invecchiando, Henry» ride Min.

«Anche tu» ribatte lui.

«Tutti invecchiamo» ridacchio, prendendoli entrambi sottobraccio e stringendoli forte.

Magari non saranno i genitori normali che ho sempre sognato. Magari saranno pure i più strambi di tutta Piscary Bay, ma sono la mia famiglia.

*Dissolvenza al nero. Parte la musica. Titoli di coda...*

# Nota sull'autrice

Lou Abercrombie è cresciuta nell'Essex, ha studiato alla Durham University, dove si è laureata in matematica, e poi si è trasferita a Londra, per lavorare in televisione. Lou adesso vive a Bath col marito, il romanziere fantasy Joe Abercrombie, e i loro tre figli. Come fotografa ritrattista, oltre a realizzare progetti come *Shooting the Undead* (una serie per cui Lou ha dovuto imparare il make-up da zombie) e *Age Becomes Her* (una serie che celebra la donna anziana), con la sua macchina ha messo a fuoco un gran numero di scrittori per bambini, fantasy e gialli.

Lou ha sempre avuto la passione per il nuoto, ma dopo aver letto per caso un articolo su Lord Byron, alcuni anni fa, si è sentita ispirata a seguire le sue orme e attraversare a nuoto lo stretto dei Dardanelli, un braccio di mare lungo cinque chilometri tra l'Europa e l'Asia. Da allora ha nuotato per dieci chilometri lungo il fiume Dart, ha imparato a immergersi in apnea come una sirena, ha fatto a nuoto il periplo di Burgh Island e

Brownsea Island, partecipato all'annuale Copenhagen TrygFonden e nuotato di notte coi bastoncini luminosi. Ed è sempre alla ricerca di una nuova avventura acquatica.

@LadyGrimdark
louabercrombie.com

# Ringraziamenti

Un libro su un'aspirante cineasta non sarebbe completo senza i titoli di coda. Una *troupe* di persone favolose, dentro e al di là dell'editoria, che hanno avuto un ruolo fondamentale nell'aiutarmi a realizzare *Air. Una boccata d'aria*.

Troupe

| | |
|---|---|
| Agente | Gill Mclay |
| Direttrice editoriale (all'epoca) | Ruth Bennett |
| Editor | Mattie Whitehead |
| Segretaria di redazione | Jane Tait |
| Illustrazioni | Anna Kuptsova |
| Progetto grafico | Sophie Bransby |
| Correzione bozze | Melissa Hyder |
| Responsabile vendite UK | George Hanratty |
| Responsabile marketing digitale | Dannie Price |
| Assistente marketing | Summer Lanchester |
| Controllo produzione | Demet Hoffmeyer |
| Responsabile diritti | Nicola O'Connell |

| | |
|---|---|
| Consulenti (biologia marina) | Rachel Ellis |
| | Julia Knight |
| | Nick Tettersell |
| | Ian Donald, *Freedive UK* |
| Consulente (ME) | Bren Abercrombie |
| Consulente (lingua danese) | Barbara Borup |
| Consulente (gergo televisivo) | Joe Abercrombie |
| Opinioni varie | Grace Abercrombie |
| | Evie Abercrombie |
| | Ted Abercrombie |
| Sostegno alla scrittura | Anna Wilson |
| | Joanna Nadin |

Un ringraziamento speciale va all'incredibile comunità di scrittori per ragazzi su Twitter che mi hanno tirato su il morale durante tutto l'oscuro periodo del lockdown.

*Sguardo in camera. Grazie infinite! Baci!*

# Indice

## Parte prima

## Parte seconda

**Parte terza**

# Altri titoli in collana

Nel mondo reale, Eliza Mirk è una ragazza timida e solitaria, la strana della scuola. Online, è Lady Constellation, autrice anonima di un webcomic seguito da milioni di follower. Il computer è la sua tana del Bianconiglio, internet è il suo paese delle meraviglie... Eliza è felice così, la sua web community la fa sentire amata e parte di qualcosa di importante, il mondo reale non le interessa.
Poi a scuola arriva Wallace, un ragazzo che scrive fanfiction e non parla con nessuno, ma decide di aprirsi proprio con lei. Insieme a Wallace, Eliza scopre che anche la vita offline vale la pena di essere vissuta. Ma quando accidentalmente la sua identità segreta di Lady Constellation viene svelata al mondo, tutte le sue certezze - online e offline - vanno in frantumi.

**Un romanzo vibrante e intenso, perfetto per i fan di John Green.**

**Una struttura narrativa unica,<br>che combina fiction, fanfiction e fumetto.**

La realtà non è mai come appare. Lo sa bene Alex, da tutta la vita. A seguito di uno spiacevole incidente, deve cambiare scuola e quartiere. Ricominciare, per lei, è difficile. Ma questa è la sua ultima chance per poter accedere al college, ed è determinata a riuscirci. Armata della sua inseparabile macchina fotografica, Alex combatte una battaglia quotidiana per capire se ciò che vive è reale oppure no. Se le cose che vede e le persone che incon¬tra sono vere, o solo uno scherzo della sua mente instabile. E quando incontra Miles, un ragazzo scontroso e sconstante, ma che sembra capirla come mai nessuno ha fatto prima, è sicura di averlo già conosciuto. Le ricorda "Occhi Blu", il bambino che l'aiutò a liberare gli astici dalla vasca del supermercato, quando lei aveva sette anni. Ma quell'episodio è accaduto davvero?

**Un romanzo di grande intensità, un viaggio emotivamente trascinante nella mente di una protagonista autentica e indimenticabile.**

Nella piccola città di Addamsville scoppia un incendio di cui tutti ritengono responsabile Zora.
L'unica speranza della ragazza è scoprire il vero colpevole, ma c'è un problema: Zora può vedere i fantasmi, e tra improbabili alleati, invadenti troupe televisive e spietati demoni del fuoco, scoprire la verità e uscirne vivi sarà più complicato del previsto.

**Un romanzo in equilibrio tra giallo e sovrannaturale che catturerà nuovi e vecchi fan dell'autrice.**

**Francesca Zappia ritorna con la scrittura graffiante e il senso dell'umorismo che le sono propri.**

Non importa cosa indossi, come ti pettini, quanto ci provi: a scuola qualcuno troverà comunque il modo di farti sentire diversa e sbagliata. Per Maleeka, tredici anni, è così fino all'arrivo della professoressa Saunders, con i suoi completi di marca e una macchia sul viso per cui verrà subito presa in giro. Sarà lei a vedere il potenziale di Maleeka, aiutandola ad affrontare i pregiudizi dei compagni e a scoprire la passione per la scrittura. Tra la prof, gli amici e i nemici di scuola, sarà un anno di sfide. Ma perché è così difficile credere in se stessi e così facile ascoltare le persone sbagliate?

**Un romanzo - scritto in prima persona dalla protagonista tredicenne Maleeka - che affronta temi molto attuali come il razzismo, l'accettazione di se stessi, la violenza che si subisce a scuola, la forza di non piegarsi di fronte alle minacce.**

**Una scrittura e un linguaggio capaci di entrare immediatamente nel cuore di tutti, giovani e meno giovani.**

È andata via la luce. Nell'isolata cittadina in cui vive Alexandra l'elettricità manca ormai da tre settimane, e ora persino il carburante scarseggia. Quando Anthony, il migliore amico di Alex, la invita ad avventurarsi a piedi con lui verso un paese vicino, Alex accetta; si dice che là hanno un modo per comunicare con il mondo esterno, e quindi forse anche con la madre di cui Anthony non ha notizie dall'inizio del blackout. Ai due si unisce a sorpresa il fratello di Alex, Georgie, che da tempo vive in una famiglia affidataria. In fondo si tratta solo di una giornata di viaggio. Cosa mai potrà succedere?

**Tra desideri inesplorati, verità scomode e un'amicizia sul punto di trasformarsi in qualcos'altro, Andrew Simonet cattura la fame di vita dell'adolescenza, in bilico tra vulnerabilità e certezza che tutto sia possibile.**

MISTO
Carta da fonti gestite in maniera responsabile
FSC® C115118
FSC www.fsc.org

Stampato presso Elcograf S.p.A., stabilimento di Cles